Les portes de la forêt

C'est à l'invocation d'une amitié et, par-delà la mise en accusation de Dieu, à une quête de l'identité perdue qu'est consacré le cinquième roman d'Elie Wiesel. Depuis leur rencontre clandestine dans une Hongrie en proie à la guerre et à la persécution raciale, Grégor n'a pas abandonné un instant la vision de Gavriel. Il la poursuit à travers une existence de proscrit, croit la saisir au cours d'une représentation villageoise où il joue le rôle de Judas puis, après la guerre, lors d'une cérémonie hassidique à New York.

Mais qui est ce Gavriel ? Un prophète, un possédé, un phantasme ? Est-il autre chose que cette interrogation que Grégor jette sans relâche devant lui ?

« Dieu créa l'homme parce qu'il aime les histoires », écrit Elie Wiesel. Nul mieux que lui n'a puisé au fonds si riche de la tradition orale et des légendes. Nul ne sait mieux transmettre la parole et le scandale de la foi à travers les péripéties d'un monde en proie à l'horreur.

Elie Wiesel

Les portes de la forêt

roman

Éditions du Seuil

TEXTE INTÉGRAL

EN COUVERTURE : illustration Claire Forgeot

ISBN 2-02-008988-2
(ISBN 1re publication : 2-02-001024-0)

Lorsque le grand Rabbi Israel Baal Shem-Tov voyait qu'un malheur se tramait contre le peuple juif, il avait pour habitude d'aller se recueillir à un certain endroit dans la forêt; là, il allumait un feu, récitait une certaine prière et le miracle s'accomplissait, révoquant le malheur.
Plus tard, lorsque son disciple, le célèbre Magid de Mezeritsch devait intervenir auprès du ciel pour les mêmes raisons, il se rendait au même endroit dans la forêt et disait : Maître de l'univers, prête l'oreille. Je ne sais pas comment allumer le feu, mais je suis encore capable de réciter la prière. Et le miracle s'accomplissait.
Plus tard, le Rabbi Moshe-Leib de Sassov, pour sauver son peuple, allait lui aussi dans la forêt et disait : Je ne sais pas comment allumer le feu, je ne connais pas la prière, mais je peux situer l'endroit et cela devrait suffire. Et cela suffisait · là encore le miracle s'accomplissait.
Puis, ce fut le tour du Rabbi Israel de Rizsin d'écarter la menace. Assis dans son fauteuil il prenait sa tête entre les mains et parlait à Dieu : Je suis incapable d'allumer le feu, je ne connais pas la prière, je ne peux même pas retrouver l'endroit dans la forêt. Tout ce que je sais faire c'est raconter cette histoire. Cela devrait suffire. Et cela suffisait.

Dieu créa l'homme parce qu'il aime les histoires.

PRINTEMPS

Il n'avait pas de nom, aussi lui donna-t-il le sien. En gage, en cadeau, quelle différence ? En temps de guerre tous les mots se valent. L'on ne possède que ce que l'on offre.

Grégor aimait et haïssait son rire qui ne ressemblait à aucun autre, qui ne se ressemblait même pas.

Imaginez une lutte à mort entre deux anges, celui de l'amour et celui de la colère, celui du mal et celui de la promesse, imaginez qu'ils arrivent tous deux à leurs fins, emportant chacun sa victoire finale ; imaginez le rire qui s'élèverait au-dessus de leur cadavre, comme pour leur dire : c'est votre mort qui m'a fait naître, je suis l'âme de votre conflit, son aboutissement aussi.

Le rire de l'homme qui lui a sauvé la vie.

C'était une nuit sans lune. La veille, il avait plu ; les nuages se refusaient à quitter le petit bout de ciel sous lequel se serraient les maisons recroquevillées en bas dans la ville ; ils s'y sentaient à l'aise. Plus tard, Grégor comprit pourquoi : ce n'était pas des nuages à proprement parler ; mais des Juifs qui, chassés de leurs demeures, s'étaient transformés en nuages ; sous ce déguisement ils pouvaient revenir dans leurs foyers occupés par des étrangers.

Il allait dormir quand, soudain, il perçut un bruit insolite venant de la forêt. Il sauta au bas du lit et s'approcha de l'ouverture de la grotte. Les nerfs tendus, il écoutait. Les nuages ? Ils ne faisaient pas de bruit. Pas encore. Alors, qui ? Les yeux écarquillés, il regardait dans le noir. La solitude lui avait appris à faire usage de ses sens, à se laisser guider par eux. Il devenait un animal prêt à sauter, prêt à fuir. Il cessait de penser, de se souvenir. Il ne vivait plus hors de son corps.

D'où venait ce bruit ? Plus de bruit. J'ai dû me tromper Allons, va te recoucher. Fausse alerte. Un vent humide soufflait dans les arbres. Rien d'autre ? Rien d'autre.

Cependant il restait aux aguets. Il aimait la nuit, son alliée. Il aimait les nuages qui pesaient sur la nuit. De toute façon il ne pourrait retrouver le sommeil de sitôt. Il maudissait le vent qui criait trop fort à son gré. La guerre lui avait appris à maudire.

Il attendait, ouvert aux moindres murmures venant du bois, là où derrière chaque arbre se dessinait une présence nocturne.

Enfant, il avait peur de la forêt, même en plein jour. On lui avait dit qu'elle abritait des loups sauvages qui vous prennent la vie, des êtres sanguinaires qui vous dérobent la fierté, et des créatures maléfiques envoyées sur terre afin de détourner l'homme de sa voie : elles emprisonnent votre regard, plient votre élan.

Maintenant, au contraire, la forêt inspire à Grégor un sentiment de sécurité. En caressant l'écorce des pins, il se sent plus près de la terre ; en écoutant le bruissement des feuillages, il devine que le secret de l'homme survit à l'homme. Entretemps, il a appris que la forêt véritable est celle qui rend sauvages les loups, et les humains assoiffés de sang et de pitié. Rien ne sert de fuir cette forêt, elle est partout ; elle est ce qui sépare l'homme de l'image qu'il se forge de son destin, de la mort de ce destin. Qui donc t'a ouvert les yeux, Grégor ? Lui. Cela faisait mal ? Oui et non.

Grégor sursauta. Des pas ! Il les percevait nettement. Je n'ai pas rêvé. Quelqu'un est là. Quelqu'un me cherche. Il jeta un coup d'œil sur le cadran lumineux de sa montre : deux heures dix. Il savait l'heure, mais ignorait le jour. Cela aurait pu être vendredi aussi bien que dimanche, quelle importance ! Il vivait à l'heure de la guerre, hors du temps.

Depuis quand habitait-il la grotte ? Il ne le savait plus. Son père lui avait promis de revenir dans les trois jours. Grégor avait compté trois jours, puis trois encore. Depuis il avait cessé de compter. Père est parti et a emporté les chiffres avec lui. Pour toujours.

Les pas approchaient. Le crissement se faisait plus net. Les yeux de Grégor fouillaient l'espace, mais ne ramenaient que le noir. Et l'angoisse. Il essayait de la chasser, de la tromper. Il se parlait, se répétait : Tu n'as pas peur, non, tu n'as pas peur ; un garçon de ton âge — dix-sept ans — n'a plus peur de la nuit ni de l'inconnu qui s'y cache. Si tu trembles — un peu — c'est qu'il fait froid dehors ; si tu restes figé, c'est que tu n'as aucune raison de bouger ; si tu retiens ton souffle, ce n'est pas par crainte de respirer trop fort, mais uniquement pour mieux entendre le bruit mystérieux que fait la nuit en pénétrant dans la forêt : deux créatures qui s'enlacent. Parfois, elles se font mal et alors de la terre monte un gémissement très doux ; d'autres fois, elles se caressent et leur chant secoue les arbres. Voilà pourquoi tu respires bas : pour écouter. Et aussi pour saisir ce chant et te donner à lui. Mais, tu n'as pas peur, pas vrai ? Grégor n'a peur de rien, pas encore. Grégor est assez grand pour reconnaître l'instant précis où la peur surgit, le fouet à la main, et se met à battre son cœur, comme pour l'obliger à vivre et à s'accepter. Il est assez grand, Grégor, pour lui en interdire l'entrée, pas vrai ? Je n'ai pas peur, je n'aime pas la peur, elle avilit. Grégor se parlait et tremblait. Oui, les nuits printanières sont fraîches en Transylvanie.

A présent, les pas semblaient tout proches. Les bruits dans la forêt étant trompeurs, Grégor ne savait où les situer. Une lueur : si c'était père ? Non. Impossible. Père ne viendrait plus. Jamais. Il était l'exactitude même. Incapable de mentir ni de se tromper. S'il n'est pas venu, c'est qu'il a changé ; il doit se trouver dans un monde où les chiffres tuent, où les promesses renferment le vide.

Avant, Grégor avait cru son père tout-puissant, inébranlable, d'une lucidité qui à la fois réconfortait et terrifiait ceux qui l'aimaient, ceux qui le craignaient. On s'accrochait à lui, à sa parole, à sa vision. En sa présence, l'on se sentait fort et pur, invincible. Il parlait peu, mais ce qu'il disait avait l'accent et la force de la vérité. Il disait : « Demain il fera beau » ; le soleil lui obéissait. Il disait : « Qui marche vers la source devient cette source » ; alors, on marchait. Mais il avait dit aussi : « Je reviendrai dans les trois jours. » Et il est ailleurs.

Grégor se remémorait ses dernières recommandations : n'ouvrir la bouche en aucun cas, ne pas trahir sa présence. Mais, l'attente et l'incertitude devenaient insupportables. Et Grégor ressentait le besoin de désobéir à son père : je vais crier. Tu n'as pas tenu ta promesse, je ne tiendrai pas la mienne. Le temps se remit à exister.

— Qui va là ? prononça-t-il en hongrois.

Sa voix se répercuta dans la grotte, dans la forêt, sautilla d'un arbre à l'autre, d'un nuage à l'autre. Pourtant, il n'avait fait que murmurer.

— Qui va là ? répéta-t-il.

Silence. Rien. La nuit, les nuages, la forêt. Et le cœur qui bat à se rompre. Tapi derrière le gros arbre qui cachait l'ouverture, Grégor retenait son souffle. Il ne bougeait pas, l'autre non plus. Ils ne pouvaient se voir. Est-ce qu'il a peur, lui aussi ? Est-ce sa peur qui me fait trembler, qui me fait douter ?

L'autre reprit sa marche.

— Arrête ! s'écria Grégor, pris de panique. Arrête ! Ne t'approche pas ! Je te défends de faire un pas de plus !

L'autre continua à avancer. Grégor n'arrivait toujours pas à le situer. Par moments, il lui semblait que la forêt était pleine de chasseurs nocturnes. Et chacun avait, comme l'ange de la Mort, mille yeux qui attirent les voix pour les étouffer et les corps pour les défigurer. Voilà le châtiment, pensa Grégor. J'ai désobéi à mon père, je vais être puni. Les mots, maintenant, jaillissaient de sa gorge et il était incapable de les contrôler !

— Qui es-tu ? Que veux-tu ? Qui t'a envoyé ? Qui cherches-tu ? Où vas-tu ? Qui t'appelle et qui t'accompagne ?

Faisant fi de toute prudence, il avança la tête hors de la grotte. Des possibilités d'une variété infinie s'échafaudaient dans son esprit. Un gendarme faisant sa ronde ? Un paysan mouchard voulant le faire chanter ? Un montagnard errant ? Un berger somnambule ? L'inconnu l'effraya. Dès que le danger sera là, présent, dès que le mal aura un visage, la peur le quittera et il se retrouvera libre. Il se mit donc à crier cette fois-ci en allemand, et avec colère :

— Assez ! Si c'est moi que tu cherches, viens, je suis là, je t'attends !

Alors, pour la première fois, il entendit le rire. Un frisson le parcourut. Ses jambes se dérobèrent sous lui. Derrière chaque arbre et dans chaque lambeau de nuage il y avait quelqu'un qui riait. Ce n'était pas le rire d'un seul homme, mais de cent, de sept fois sept cents.

Grégor eut envie de se boucher les oreilles : l'autre voulait le rendre fou.

— Arrête ! Ne ris pas ! cria-t-il toujours en allemand. Je suis seul et la guerre continue ; elle continuera encore longtemps et je serai de plus en plus seul. Aussi, tais-toi ! Ecoute la guerre et tu ne riras plus !

Il y eut un silence prolongé. Les nuages, brusquement, parurent plus épais. Sans doute, un nouveau transport de Juifs revenant de loin pour mettre le feu à leurs foyers.

— J'écoute la guerre et je ris.

Grégor n'en crut pas ses oreilles. La voix, venant de tout près, avait parlé en yiddish. Non en hongrois, ni en allemand. En yiddish.

— J'ai décidé une fois pour toutes de ne plus pleurer, ajouta l'autre. Pleurer serait jouer leur jeu. Je suis contre.

A son tour, Grégor eut envie de rire. Pourquoi n'y avait-il pas pensé ? Pourtant, c'était si simple. Un Juif ! Un Juif comme lui, un Juif qui fuyait le destin, en quête d'un refuge souterrain, d'un endroit qui le rendrait invisible au regard perçant de la mort. Un Juif qui refusait de se déguiser en nuage.

— Et toi ? demanda l'inconnu. Tu aimes pleurer ?

Et il se remit à rire.

Grégor attendit un instant avant de sortir de la grotte, non pour le voir, mais pour se montrer et le diriger vers lui. Il ne répondit pas à la question qui lui fut posée. Par contre, il se contenta de dire d'une voix légèrement tremblante :

— Qui que tu sois, d'où que tu viennes, approche. J'ai trouvé une cachette sûre. Il y a de la place pour deux.

Il s'aperçut qu'il avait parlé en allemand, aussi se hâta-t-il d'ajouter :

— Ne crains rien, je suis un ami.

— Un ami ?

— Oui, un ami, dit Grégor en yiddish.

Grégor se tenait à découvert, à deux pas de l'arbre. Brusquement, il se retourna. L'autre était là, derrière lui ; son ombre recouvrait la forêt.

— Tu es juif, toi aussi, remarqua l'inconnu.

— Oui. Tu le savais ?

— Je l'ignorais.

— Alors, pourquoi riais-tu ?

— Justement parce que je l'ignorais. Je me croyais le dernier, le seul survivant. Cela me donnait le droit de rire, tu ne crois pas ?

Plus grand que Grégor, il se tenait légèrement voûté, comme portant un lourd fardeau sur les épaules, ou évitant de toucher les nuages.

— Viens, dit Grégor. Rentrons. Il n'est pas prudent de rester ici.

Pour le guider, il lui prit le bras ; il le conduisit à l'intérieur de la grotte, vers le coin où le lit de camp était installé. Ils s'assirent côte à côte.

— Il ne faut pas éclairer, remarqua Grégor pour engager la conversation. D'en bas l'on apercevrait la moindre lueur.

— Bien.

— Mais, tu peux fumer, si tu en as envie.

— Je ne fume pas.

— Moi oui.

— Bien. Fume.

— Tu es sûr que la fumée ne te dérangera pas ?

— Sûr.

A la maison, Grégor ne fumait jamais ; son père le lui avait défendu. Mais, ayant trouvé dans le sac à provisions, en plus de la nourriture, quelques cartouches de cigarettes, il s'était mis à fumer, surtout le soir, en cachant le feu dans la paume de sa main.

— Quel âge as-tu ? demanda le visiteur.

Grégor le lui dit.

— Tu es bien jeune.

— Possible.

— Depuis quand te caches-tu ?

— Je ne sais plus. Quelques jours, quelques semaines. J'ai oublié l'art de compter.

— Et avant ? Savais-tu compter avant ?

— Je n'en suis plus si sûr.

— Bien, constata le visiteur.

— Il m'arrive de regarder le soleil se lever, se coucher, mais il n'indique plus le temps. Qu'il arrête sa course, cela ne me surprendrait pas. Il est devenu étranger à la terre qu'il réchauffe par habitude ou par ennui. Les gens ne l'intéressent plus.

— Tu le prends pour un dieu sage, or les dieux ont choisi la folie.

Sa voix recelait une trace d'indicible ironie. Elle semblait affirmer et nier la même conclusion : tout est vrai *et* tout est faux. Les hommes s'aiment et s'assassinent ; Dieu leur ordonne de prier, et leurs prières ne changent rien.

— D'où viens-tu ? demanda Grégor.

— De là-bas.

— Où exactement se situe « là-bas » ?

— Là-bas, te dis-je. Partout. De l'autre côté.

Pour ne pas l'irriter, Grégor n'insista pas. Chacun sa zone de silence. Il changea de sujet.

— Quel est ton nom ?

— Je n'en ai point.

Grégor ne dissimula guère son étonnement :

— Tout le monde en a un, dit-il.

— Soit. Mais, moi je l'ai perdu.

Il ricana sans méchanceté :

— Mon nom m'a quitté. Adieu, il est mort, mon nom. Il est parti un jour, comme ça, sans raison, sans excuse non plus ; il a oublié de me prendre avec lui. Voilà pourquoi je n'ai pas de nom. Bien sûr, je me suis aussitôt mis à sa recherche ; introuvable. Tu comprends ?

— Non, dit Grégor.

Il comprenait les mots, mais non le sens qui s'en dégageait. Ce qu'il entendait sonnait triste et beau, mais sans signification cohérente.

— Quoi, tu ne comprends pas ? s'écria le visiteur mi-fâché mi-moqueur. Tu ne comprends pas que cela peut arriver ? Et à n'importe qui ? En temps de guerre des millions de personnes vivent sous des faux noms, il y a séparation entre l'homme et son nom. Parfois, ce dernier en a assez et s'en va. Est-ce donc si difficile à concevoir ?

— Oui, admit Grégor, envahi par un malaise obscur.

— Bon, que je t'explique. D'abord, tu dois reconnaître que le nom joue un rôle important dans la création : c'est en les nommant que Dieu créa les choses. Tu es d'accord ?

— Oui, murmura Grégor.

— Aussi devrais-tu reconnaître que le nom a sa vie à lui, son destin propre, indépendants de la vie et du destin de celui qui le porte. Il arrive que le nom vieillit, tombe malade et s'éteint bien avant l'homme qui s'identifie à lui. Eh bien, le mien m'a déserté. Est-ce clair maintenant ?

Il se moque de moi, pensa Grégor, irrité. J'ai accueilli chez moi quelqu'un venu pour se moquer de moi. Il parle pour que je ne le comprenne pas, il rit pour que je doute de sa raison et de la mienne.

— Tu as perdu ton nom, dis-tu ? Soit, s'exclama-t-il, indigné. Mais avant ? Quel était ton nom avant ?

— Tu veux trop savoir, répondit l'étranger d'une voix douce. Mon nom se prononçait et s'écrivait de différentes façons ; il avait l'imagination libre et lorsqu'il prenait son essor, rien ne l'arrêtait : les hommes et les choses ne lui suffisaient pas. Il montait plus haut. Il était libre, quoi. Il l'est toujours, moi je ne le suis pas.

Un poids inconnu tomba sur Grégor. Je rêve, se dit-il.

Ou bien, il est fou. Sa voix à l'accent irréel provient d'un autre monde. Les événements ont dû déranger son esprit, l'ont rendu amnésique, l'immunisant contre la réalité passée, présente et à venir. Que faire ? Quelle attitude adopter ? Comment le désarmer, l'apaiser ? Il devint triste. Il pensa : un jour je lui ressemblerai, je serai entouré de tristesse, un jour je serai un autre.

— Tu as faim ?

L'homme sans nom n'avait pas faim.

— Tu as soif ? Je peux te faire du café.

Il n'avait pas soif, le café ne le tentait pas.

— Tu es fatigué ? Tu désires te reposer ? Dormir, peut-être ? Non.

— As-tu envie de parler ?

— Parler ? Pourquoi ? Pour qui ? Pour quoi faire ? Je n'ai rien à dire.

Il s'allongea sur le dos et s'enferma dans une méditation dont Grégor fut exclu. Celui-ci ouvrit un deuxième lit de camp et s'étendit, faisant semblant de dormir. Comment faire pour comprendre quelqu'un dont la porte est ouverte sur le délire, sur la négation ? Quelqu'un qui se refuse à toi, qui se moque de toi ? Mon père, tout en l'admirant, je ne le comprenais pas, lui non plus. Mais c'était différent : il faisait tout pour que je le comprenne, pour qu'un jour je le comprenne. Ma mère, elle, je la comprenais même à l'âge où je ne savais pas encore que l'image dans le miroir était la mienne. Bientôt la guerre finira ; serais-je encore capable de comprendre quelqu'un dont la vie est différente de la mienne ?

Les sens éveillés, endoloris, les yeux ouverts, Grégor se voyait dans l'avenir : il raconte à un ami, à ses enfants peut-être, cette étrange rencontre avec un homme qu'il ne connaît pas encore, qu'il ne connaîtra sans doute jamais. J'ai sauvé un fou ayant perdu contact avec sa terre et avec son nom ; et cela le faisait rire. Qu'est-ce qu'un fou ? Quelqu'un qui a égaré son nom. Grand-père, sa barbe plus blanche que jamais, ses yeux plus flamboyants que jamais, est là aussi à l'écouter. Grégor ne s'en étonne guère, bien que grand-père soit mort depuis dix ans. Dans l'esprit du jeune garçon, le vieillard vit toujours, sa joie aussi. Hier soir, il lui est apparu dans son sommeil, en colère : « Tu te laisses aller, cela me déplaît. Défends-toi contre la tristesse, elle avilit, elle précède la mort, elle lui prépare la voie. Tu dois affirmer ta puissance sur elle, sinon tu es perdu. » C'était un *hassid* fervent du Rabbi de Wizsnitz, lequel voyait dans le chant un instrument de lutte. Un jour, le vieillard prit à part son petit-fils et lui fit un discours qui devait influer sur son développement intérieur : « Je voudrais que plus tard, quand je ne serai plus de ce monde, tu te souviennes de moi et de la flamme qui m'anime : je suis fermier et par conséquent je reconnais la valeur et l'utilité de la pluie lente, c'est elle qui fait pousser les plantes et le blé. Cependant, l'âme ne ressemble pas à la terre labourée ; l'âme, elle, a besoin d'orage, de feu, de vertige. Le corps a le temps, il avance lentement, prudemment, pas à pas, sujet aux lois de la pesanteur ; l'âme, elle, nie le temps et bouscule les lois, elle veut courir, foncer de l'avant et tant pis si cela fait mal, tant pis si cela provoque l'ivresse, voire la folie ; ce n'est qu'ainsi qu'elle s'élève jusqu'à Dieu. Tu rencontreras sur ta route des gens qui s'accrochent à la raison, mais la raison chemine en tâtonnant, à l'aide de la canne blanche de l'aveugle, butant à chaque pierre et quand elle se retrouve face à un mur, elle s'arrête et s'évertue à le démolir brique par brique, sans jamais y arriver tout à fait, car une main invisible le reconstruit et y ajoute de la hauteur, de l'épaisseur. Nous, mon enfant, nous croyons en la force de la foi, de l'extase : aucun mur ne nous résiste ; avec nos poings, avec nos chants, nous l'abattons, d'un coup, dans le fracas, dans l'étourdissement ; les portes ne nous font pas peur. Car, mon enfant, écoute bien : pour voir Dieu, les autres ouvrent les yeux tout grands ; nous, au contraire, nous les fermons. Et pourtant ce sont les autres qui attirent l'obscurité, pas nous ; nous nous en moquons. Alors, elle se met à nous suivre, au lieu de nous précéder. » Le visage de grand-père s'illumina et il se caressa la barbe. Il poursuivit : « Tu comprends ? L'étincelle hébergée dans le regard du *Tzadik* est un guide plus sûr que toutes les théories et les sciences inventées par les hommes, victimes et créateurs de leur propre orgueil. »

Grand-père, mort il y a dix ans, écoute le récit de son petit-fils et ne dit rien. Tu disais vrai, grand-père. Pendant la guerre, j'ai rencontré un fou dont les liens avec les hommes et avec le sens qu'ils donnaient aux mots avaient été coupés. Tu l'aurais aimé, j'en suis convaincu. Le vieillard se met à sourire : es-tu sûr, mon enfant, que c'était un fou ? C'était peut-être un messager en quête de message, lui non plus n'a ni domicile ni identité ; c'était un de ces rêveurs vagabonds qui parcourent les routes et les montagnes, choisissant l'exil, afin de se détacher du temps pour le conjurer. Es-tu sûr que c'était un fou, mon enfant ?

Le souffle de l'inconnu devenait faible, Grégor le crut assoupi. En dépit du danger, il eut envie de frotter une allumette, quitte à l'éteindre aussitôt. Le voir, ne fût-ce qu'une seconde. Enregistrer ses traits, fixer les contours de son visage : il se peut qu'il me ressemble, il se peut qu'il me fasse peur. Quelque chose en Grégor savait déjà que désormais il le retrouverait aux carrefours importants de son existence. Il allait se lever doucement, mais l'étranger ne dormait point.

— Comment t'appelles-tu ?

Grégor hésita, puis dit :

— Grégor. Je m'appelle Grégor.

Il mentait, l'autre s'en aperçut :

— Ce n'est pas un nom de Juif.

— Pourtant, je suis juif.

— Ton nom ne l'est pas. Tu dois en avoir un autre, plus proche de toi.

— En effet. Seulement, il se cache. Mieux vaut le laisser tranquille. Le tien est parti, le mien a choisi la clandestinité, comme moi. Nous sommes quittes.

— Tu as peur de moi ?

— Je n'ai pas peur de toi.

— Serais-tu en colère ?

— Je ne connais pas la colère.

— Cela viendra.

— Possible. Je n'ai pas peur de la colère.

Ils se turent. Grégor se demanda si l'autre avait les yeux ouverts.

— Dis-moi ton nom, dit le visiteur.

— Non, il ne faut pas. Tant que la guerre durera, il ne faut pas le dire à voix haute.

— Je sais me taire, c'est ce que je sais faire le mieux. Ne pas ouvrir la bouche, même sous la torture. Ou encore, me taire tout en ouvrant la bouche. Dis-moi ton nom, je le garderai intact.

Il s'interrompit pour esquisser un sourire ou pour devenir plus grave :

— Tu me prends pour un fou, n'est-ce pas ?

Et sans attendre la réponse, il ajouta :

— Je le sais, je connais ton silence. Tu crois que j'ai perdu le sens. Supposons que cela soit vrai. Raison de plus de me confier ton nom. Je ne le trahirai pas. Par les temps que nous vivons, les fous sont nos seuls alliés. Ils ne nous tuent pas au nom de l'intelligence ou de la foi. Ils sont de notre côté. Ils se font tuer.

Grégor se sentait gagné par l'émotion. C'était comme s'il avait déjà entendu cette voix et ce qu'elle disait. Dans une autre vie, peut-être. Il pensa : ce n'est pas notre première rencontre, il connaît mon nom, il m'interroge pour me mettre à l'épreuve.

— C'est le nom d'un ange, dit Grégor en murmurant. Il s'appelle Gavriel.

L'inconnu émit un petit rire triste :

— Sais-tu ce qu'il signifie ? L'homme de Dieu. Drôle de nom, tu ne trouves pas ? Ainsi nous apprenons que ce que nous appelons les anges ne sont que des hommes. Les anges, les vrais, n'existent pas. Et les hommes ? Oui, ils existent, eux. Malheureusement pour les anges, pour nous aussi. Et ce qui est pire c'est qu'ils soient vrais.

Il se tut brusquement, vainqueur ou vaincu, Grégor ne le savait pas. Le jeune garçon voyait toujours le visage exalté de son grand-père qui remuait les lèvres : « N'aie pas peur, mon enfant. Les fous ne sont que des messagers vagabonds sans lesquels le monde ne subsisterait pas un seul jour. Sans eux, nous ne serions guère capables de surprise : ils arrivent à surprendre le Créateur lui-même, car ils lui échappent et le prennent en pitié. Leur mission sur terre ? Nous convaincre que nous ne savons pas compter, que les chiffres nous leurrent, que nous tombons dans leurs pièges. Tu m'entends ? » Le cœur lourd, Grégor répond : « Oui, grand-père, je t'entends, je crois que je n'ai vécu que pour cette rencontre, que pour cette nuit. » Je l'entends à peine murmurer : « Ceci, mon enfant, est valable pour chaque rencontre, pour chaque nuit. »

— Dis, est-ce que tu sais compter ? s'écria Grégor, angoissé.

L'inconnu ne répondit pas tout de suite :

— Oui, dit-il finalement, avec un soupir. Oui, je sais compter. Malheureusement pour les hommes ; et pour les anges.

Le vent du matin se faufila dans la grotte et se mit à fouetter les ombres.

L'aube allait apparaître, d'un gris transparent, distant. Bien qu'il tremblât de froid, Grégor, hagard, n'osait se lever pour prendre une couverture. Il craignait de se heurter au vent, de tomber. Il attendait. Quelque chose allait se produire, il le sentait. Les événements de la nuit ne marquaient que le commencement d'une étape dont le prolongement se perdait dans les nuages. Le silence devint immensément lourd, écrasant. Grégor se racla la gorge et dit sur un ton qu'il aurait voulu naturel :

— Ecoute, j'ai une idée. Mon nom, je ne m'en sers plus. Je te l'offre, il est tien. Prends-le, Gavriel.

L'inconnu ne trouva point nécessaire de le remercier, Grégor en fut content.

— Tu aimes donner, pas vrai ?

— Oui, admit Grégor. C'est plus facile.

— Pas du tout. Rien n'est plus difficile.

Il ajouta comme à lui-même :

— Pour les Orientaux, donner est un privilège qu'il faut mériter.

Dehors, il faisait déjà jour. Drapé de pourpre, l'horizon se préparait à accueillir le soleil qui se faisait attendre. La montagne et la forêt respiraient avec soulagement, on venait de leur ôter un poids.

Gavriel se mit à parler. Sa voix était empreinte d'une mélancolie pure, et de chaleur aussi ; pour l'écouter, Grégor ferma les yeux.

— Un homme qui meurt emporte son âme, mais laisse son nom aux soins des survivants. Les Allemands ignorent à quel point leur stupidité les condamne : ils assassinent les Juifs, mais ne trouveront jamais le moyen d'effacer leurs noms. Le Talmud nous enseigne que la délivrance viendra parce que Israël n'a pas changé de nom. Ce n'est pas par hasard que

Dieu a pour nom l'Eternel ; il y a quelque chose d'éternel, d'immortel, dans chaque nom. Contre lui, le temps se révèle impuissant, sans ressources. Les jours viennent et sont suivis par la nuit, les hommes naissent et meurent, mais la chose la plus fragile dans l'existence — quoi de plus fragile qu'un nom ? — reste et résiste. Aussi, je me promène dans le monde, et les villes vides — vides de Juifs, vides de prières juives et de larmes juives et d'espoirs juifs — sont habitées par des noms, seulement par des noms. Et chaque nom orphelin m'implore de l'adopter.

J'ai de la chance, pensa Grégor. Il portait le nom de son grand-père du côté paternel, mort lors de la première guerre mondiale. La tradition juive exige que l'on donne aux nouveau-nés le nom des défunts. Ainsi la chaîne n'est jamais rompue. Je ne suis pas mort, mais j'ai donné le mien à quelqu'un. On n'a jamais autant de chance qu'en temps de guerre.

— Je viens de visiter la ville qui s'étend au pied de cette montagne, continua Gavriel. Elle grouille de fantômes et je m'y connais en fantômes. Plus de ghetto. Il y en avait un, je le sais ; je m'y connais aussi en ghettos. Partout des noms sans corps, des Juifs nulle part. Le dernier transport est parti la semaine dernière. Sur les maisons, de grandes affiches annoncent à la population la bonne nouvelle — en hongrois et en allemand, je lis l'allemand — que depuis la date du 25 avril, la ville est enfin devenue — par la grâce de Dieu — *Judenrein :* débarrassée du poison juif, de la peste juive, de la vermine juive. Maintenant, dans l'air purifié comme dans une salle d'hôpital, les habitants vont pouvoir vivre en paix, entre frères, partageant le même bonheur, récoltant les fruits de la même victoire. C'est ce que leur affirment les affiches sur les murs. Tous connaîtront la sérénité, la richesse et l'apaisement. Il suffit que l'on tue un Juif pour que les choses aillent mieux. Comme si l'on pouvait faire disparaître la haine en éliminant l'objet de la haine. Seulement, les bonnes gens de cette ville se leurrent lourdement. Ils ont oublié de déporter les noms de leurs voisins juifs dont ils ont hérité domiciles, meubles et draps de lit. Les noms sont là, toujours là et, tels des souvenirs errants, ils viendront hanter les rêves et verser du sang dans le vin. Un jour, je te le promets, ces habitants paisibles, ces pères généreux, ces maris loyaux, ces chrétiens épris de charité chrétienne qui n'est pas la charité tout court, je te promets que tous auront peur du sommeil.

— Du réveil plutôt, remarqua Grégor faiblement.

Il eût voulu l'interrompre, il craignait la suite. L'incantation de Gavriel, douce à l'oreille, lui faisait peur, car elle préparait les étapes futures ; et Grégor ne savait s'il pourrait les franchir sans larmes.

— Du réveil, dis-tu ? Non. Les noms attendent le sommeil pour se mettre à l'œuvre ; c'est leur domaine réservé ; ils envahissent le cerveau, le sang et le désir : impossible de s'en débarrasser et l'on finit par appeler la mort, car elle n'a pas de nom.

Grégor se sentait pâlir. Il écoutait et n'écoutait pas, il était là et ailleurs ; un poids pesait sur lui et en même temps il se sentait flotter dans l'air. Son cœur battait à grands coups, sa gorge se serrait. Il venait de comprendre le message du messager : père ne viendra plus. Personne ne viendra plus. La famille est partie sans laisser de traces, partie sans espoir de retour.

Gavriel parlait sans interruption. Ce qu'il disait datait d'une autre époque et d'un autre monde. Sa voix ne se ressemblait pas. Elle changeait non d'accent, mais d'essence. De même qu'il avait mille noms, il possédait mille voix. L'une contenait la plénitude de l'aube transparente, l'autre l'espérance insensée de l'homme condamné, la troisième les silences effrayés, émouvants de l'enfant abandonné dans la rue, au milieu de la foule.

Gavriel ne savait pas si Grégor l'écoutait ; celui-ci ne faisait aucun bruit, ne remuait pas, respirait tout bas.

Voulait-il enseigner une leçon, infliger un châtiment, communiquer un souvenir, une douleur ? Transmettre un message, dévoiler un aveu dangereux et terrible ? Décrire la marche qui sera longue et qui n'aboutira nulle part ? Grégor n'en savait rien. Gavriel s'exprimait sur un ton léger, presque détaché ; il racontait une histoire lointaine, ridicule à dessein, une farce savoureuse, grotesque, comme celles que l'on écoute le verre à la main et le cœur en liesse. Il en riait. Rire privé de joie et même de cruauté, rire de quelqu'un ayant subi la peur dans sa totalité, rire de qui n'a plus peur. De rien, de personne.

Un célèbre kabbaliste médiéval, Joseph di-la-Reina, s'était mis en tête de faire venir le Messie et d'en finir avec cette comédie que l'homme est condamné à jouer contre lui-même. Au prix de sacrifices et de renoncements, le grand érudit avait réussi à maîtriser Satan et à le mettre aux fers. Branle-bas partout, sur ciel et sur terre, au paradis et en enfer : l'on approchait de la fin. Seulement, le Maître avait commis une erreur, la seule : il avait eu pitié de son prisonnier. Le vainqueur s'était laissé attendrir par les larmes du vaincu. La pitié est une arme à double tranchant, Satan sait s'en servir. Il brisa ses chaînes si bien que le Messie, déjà au seuil, dut regagner sa prison, quelque part, au loin dans l'infini, dans le chaos du temps et de l'espérance humaine. Et tout restait à recommencer, parce que le pauvre faiseur de miracles n'avait pas le cœur assez endurci.

Gavriel riait aux éclats. Grégor succomba à l'angoisse qui, depuis le début du récit, remuait au fond de ses souvenirs. Il connaissait cette légende. Mais, pourquoi Gavriel tenait-il à l'évoquer ? Dans quel but ? Et pourquoi en riant ? Qu'y avait-il de drôle dans cette histoire où la justice engendre sa propre défaite ? Grégor n'osait l'interroger, n'osait s'introduire dans ce monde clos où choses et événements devaient avoir un sens secret, un lien secret, échappant à l'entendement, un sens malade, un lien malade.

Gavriel riait toujours et Grégor, pour l'arrêter, dit que cette histoire lui plaisait.

— Elle te plaît, dis-tu ? s'écria Gavriel, irrité. C'est tout ce que tu trouves à dire ? Qu'elle te plaît ?

— C'est une belle histoire, dit Grégor. Triste et belle. Je l'aime.

— Et la fin ? Que penses-tu de la fin?

— J'aime aussi la fin.

Il inspira profondément, puis ajouta :

— Je ne veux pas que la venue du Messie soit le résultat d'un manque de pitié, de générosité, fût-ce envers Satan lui-même. Je ne veux pas que la délivrance se fasse par le feu, la cruauté et par les sacrifices imposés à autrui.

Une tristesse sauvage, obsédante, enveloppa la grotte, comme après le départ d'un ami qui aurait le cafard, parti sans avoir trouvé du secours. Je l'ai blessé, pensa Grégor. Je l'ai déçu. Grégor se remémorait ses parents, son grand-père, surtout son grand-père qui incarnait à ses yeux la nostalgie messianique. Sa mère lui avait raconté que, dans sa jeunesse, avec ses premiers sous, grand-père avait acheté un complet très beau et très cher qu'il ne mettait jamais. « Je le garde », disait-il et une lueur étrange s'allumait dans son regard. « Je me le réserve pour le grand jour où j'irai serrer Sa main. » Il délirait en parlant du Messie. Et il n'était pas fou.

Gavriel le tira de sa rêverie :

— A quoi penses-tu ?
— A mon grand-père.
— Pourquoi à lui ?
— Parce qu'il est mort.
— Es-tu sûr qu'il soit mort ?
— Oui.
— Et les autres membres de ta famille ? Tu ne penses jamais à eux ?
— Rarement.
— Parce qu'ils sont vivants ?
— Oui.
— Es-tu sûr qu'ils soient encore en vie ?
Grégor hésita avant de répondre :
— Oui... non...
Son cœur se mit à battre sourdement, comme la nuit où sa mère était gravement malade, en danger de mort ; il avait prié des heures et des heures en pleurant ; épuisé, il s'était endormi. Au réveil, il courut vers la malade, une peur inconnue lui gonfla la poitrine : Mère est morte ! Mère est morte par ma faute ! Je n'aurais pas dû m'arrêter de prier. Sa mère avait ouvert les paupières et lui adressa un pâle sourire ; le garçon cacha son visage dans ses mains et quitta la chambre à reculons. Les jours suivants, il revenait toutes les heures voir sa mère, le sourire de sa mère, puis son cœur s'était enfin calmé
La voix de Gavriel se fit douce, empreinte de mélancolie :
— En arrivant dans cette ville hier soir, je ne savais pas que je t'y rencontrerais. Si nos chemins se sont croisés, c'est que notre rencontre protège un sens qui nous échappe ou qui nous défie. Dans ce cas, à nous de le dégager, de l'approfondir ; sinon, si rien ne nous attendait au carrefour, à nous de lui donner une signification, de la lui imposer s'il le faut. Tu es d'accord ?
— Oui, dit Grégor dans un souffle.
— Alors, réponds-moi : tiens-tu à la vie ?
— Oui, je crois.
— Tu crois seulement ? Tu n'es pas sûr ?
— Je ne suis sûr de rien.
Le ton de Gavriel devint dur, tranchant :
— Je veux que tu y tiennes. J'exige que tu gagnes cette guerre. Je te veux fort et victorieux.
Sans attendre la réaction de Grégor, presque sans transition, Gavriel se mit alors à lui raconter les détours que prenait la

mort afin de l'épargner. Car, contrairement à ce que l'on peut penser, la mort est capable d'humour ; elle tue par plaisir, pour s'amuser, pour rire.

Parfois Gavriel avait dû interrompre son récit ; il suffoquait. Son rire se répercutait dans la grotte, se confondait avec le vent matinal qui s'en allait, lourd de présage, vers la forêt et la montagne, vers toutes les forêts et toutes les montagnes, comme pour les secouer, comme pour les déraciner. Grégor se disait qu'il devrait rire aussi, ne fût-ce que par politesse. Mais faire écho à Gavriel lui eût semblé un sacrilège. Les fous ne tolèrent pas qu'on les imite ; pour eux le monde extérieur n'est pas une caisse de résonance, autrui n'est pas un miroir. Se croyant seuls au monde, ils agissent comme s'ils tenaient ce monde enfermé dans le creux de leur main, dans l'absence terrifiante que suggère leur voix. Et ils ont raison. Ils vivent verticalement. Pour se noyer, nul besoin d'aller à la mer, une goutte d'eau suffit.

— Tu m'écoutes ? demanda Gavriel.

— Je t'écoute.

— Tu n'oublieras pas ?

— Je n'oublierai pas.

— Tu n'oublieras pas les appels à la prière et les prières de mes compagnons face à leur bourreau impassible ?

— Je n'oublierai pas.

— Tu sais, ils l'avaient regardé droit dans les yeux, droit dans les yeux, sans sourciller, sans faiblesse ; ils auraient pu se jeter à ses pieds pour attirer sa pitié, d'autres l'auraient fait ; eux pas. Une fierté d'un autre âge s'était emparée d'eux et les empêchait de se courber même devant Dieu qui se tenait derrière le bourreau.

— Je sais, Gavriel, je sais.

— Et le silence, le terrible silence fragile et déchirant des enfants à l'heure de leur mort, tu t'en souviendras ?

— Je le ferai mien.

— Et le *Tzadik* qui chantait en se dirigeant vers la fosse où s'entassaient les cadavres de sa communauté, tu t'en souviendras ?

— Toujours, dit Grégor. Son chant deviendra mon guide, je le suivrai, je ne le laisserai pas s'éteindre.

La voix fiévreuse de Gavriel se tut, sa respiration haletante était celle d'un malade qui s'étrangle. Il réussit à reprendre souffle et continua :

— Il ne faut pas oublier le rire non plus. Sais-tu ce qu'est le rire ? Je vais te le dire. C'est l'erreur de Dieu. En créant l'homme afin de le soumettre à ses desseins, il lui octroya par mégarde la faculté de rire. Il ignorait que plus tard, ce ver de terre s'en servirait comme moyen de vengeance. Lorsqu'il s'en rendit compte, il était déjà trop tard, Dieu n'y pouvait plus rien. Trop tard pour ôter à l'homme ce pouvoir. Pourtant, il s'y est appliqué. Il le chassa du paradis, inventa à son intention une variété infinie de péchés et de châtiments, lui donna conscience de son propre néant et cela uniquement dans le but de l'empêcher de rire. Trop tard, te dis-je. L'erreur de Dieu précéda celle de l'homme : elles ont ceci en commun qu'elles sont irréparables.

Et comme pour illustrer ses paroles, il rit avec une telle passion que Grégor, pour ne pas se mettre à hurler, dut se boucher les oreilles.

Le matin, Grégor le vit et fut surpris. Il l'avait cru plus âgé et plus dur. Trente ans, même pas. Beau visage tourmenté, saillant, le menton aigu, un sourire mélancolique autour des lèvres. Ses yeux, deux brasiers qui marquent la chair et percent l'écorce abritant l'être et ses élans. Ils se posent sur vous et vous n'êtes plus le même.

La grotte baignait dans une tiède pénombre. Il commençait à faire chaud. Grégor enleva sa chemise et conseilla à Gavriel d'en faire autant. Celui-ci refusa. Grégor remit la sienne.

Ils passèrent la journée à bavarder. Gavriel pria son compagnon de lui parler de son père. Est-ce qu'il était bon ? Sévère ? Rêveur ? Parlait-il beaucoup ? Savait-il écouter ? Grégor éprouvait des difficultés à y répondre. Père était tout cela à la fois. Il venait de réaliser qu'il connaissait peu son père.

— Est-ce qu'il était croyant ?

— Oui, je crois.

— Tu n'es pas sûr ?

— Non. Je ne suis plus sûr de rien.

Gavriel, du regard, l'invita à continuer. Grégor ne put s'y dérober :

— Père me parlait rarement de religion. C'était le domaine de ma mère. Mon père s'intéressait davantage aux hommes : les fous, les mendiants, les ivrognes, il les écoutait sans se fâcher, sans s'énerver, sans leur refuser ni son temps ni son argent. Il ne fréquentait la synagogue qu'aux heures de prières.

Un jour, un grand scandale éclata dans la ville. Shlomo, fils d'un juge rabbinique, se révolta contre la loi et la tradition de ses pères : il se promena un matin de Shabat, une cigarette à la bouche, sur la place devant la vieille synagogue. Son père attendit la venue du soir pour s'asseoir par terre et déchirer ses vêtements : la sainteté du septième jour nie le deuil. « Je n'ai plus de fils », déclara-t-il à ceux venus le visiter, le consoler. « Je le considère comme mort. »

Le lendemain, Grégor alla faire un tour avec son père dans le jardin adjacent à leur maison. Pendant un long moment, son père marcha en silence d'un pas nerveux, l'air taciturne. Soudain, il s'arrêta et se tourna vers son fils : « Je voudrais te parler. » « Oui, père ? » « De Shlomo. » C'était inattendu. Grégor, plus jeune que Shlomo, ne le connaissait que de vue. « Oui, père. » « Que penses-tu de lui ? De son comportement ? » « Pourquoi veux-tu le savoir ? Tu crains qu'il ait pu m'influencer ? Je peux te rassurer : il ne m'a jamais adressé la parole. » « Je ne te demande pas ce que tu penses de toi-même, mais de lui. » Le garçon hésita un instant, il choisit ses mots : « C'est un renégat. » Son père hocha sa tête et ne dissimula guère sa déception : « J'en étais sûr, fils. C'est la raison pour laquelle je voulais te parler. »

Il reprit sa marche et l'humilité qui marqua son visage fut si profonde que Grégor en fut ému.

« Tu as tort de le juger, fils. Surtout comme cela, sans le connaître, sans l'avoir abordé : c'est comme si tu lui jetais des pierres d'un endroit caché. Tu ne risques rien, lui tout. En le maudissant, tu plais à tout le monde et les gens diront avec admiration : voilà un garçon bien, il nous protège, il nous venge. Tu as le beau rôle, quoi. »

Grégor aimait ces promenades. Père lui parlait d'égal à égal. Il aurait voulu marcher ainsi jusqu'au bout du monde.

« Plus tard, fils, tu sauras par tes propres forces éviter les pièges. Sache ceci : un homme qui s'élève contre la foi de ses pères, contre la chaîne que forgent les siècles, ne le méprise pas, ne te détourne pas de lui en crachant. Tu ne sauras jamais sur qui tombe ton crachat. Sur toi-même peut-être. Pas aujourd'hui, mais demain. Vois-tu, le devoir de l'homme est de se choisir libre et de faire reculer les murs. Or celui qui se libère de Dieu, tu dois le respecter plus que les autres, car plus que les autres, il accomplit son destin. »

Grégor ne discuta pas. Ils rentrèrent à la maison. Shlomo quitta la ville et le juge rabbinique mourut peu après.

— Ton père était un homme courageux, dit Gavriel. Plus courageux que Shlomo.

— Etait ? s'exclama Grégor, bouleversé. Tu t'exprimes à son sujet comme s'il était déjà mort.

Gavriel le dévisagea fixement, puis baissa la tête lentement.

— Continue, dit Gavriel. Si tu continues, tant que tu continues, il vivra.

— Un jour père tomba malade, reprit Grégor d'une voix rauque. Nous entrions dans sa chambre sur la pointe des pieds. Comme pour ne pas réveiller quelqu'un qui le guettait à son chevet. Le médecin venait trois fois par jour, plusieurs fois la nuit. Il posait ses questions en chuchotant, maman lui murmurait les réponses. Je n'allais pas à l'école, je veillais sur lui. Une fois, c'était à l'heure du crépuscule, il ouvrit les yeux et me fit asseoir sur le bord de son lit : « Je veux te parler », dit-il faiblement. « Oui ? » « De la mort », ajouta-t-il. Je tressaillis. Il le remarqua. « Elle te fait peur ? » « Oui. » « Quelle mort : la mienne ou la tienne ? » « La tienne. Et aussi la mienne. » Son regard se fit caressant et j'eus une pensée coupable : j'étais content, content de le voir ainsi, étendu paisiblement, ayant perdu toute trace de sévérité ; les larmes me montèrent aux yeux. « Ecoute, fils, dit-il en souriant. Ne te laisse pas surprendre par la mort. Un moment avant qu'elle ne réussisse à te frapper, tâche de redresser la tête et de l'interroger : ta victoire te survivra. »

Gavriel l'écoutait, rêveur.

— J'aime ton père, dit-il.

— Il m'intimidait, je n'osais pas ouvrir la bouche en sa présence.

— Je l'aime et il ne m'intimide pas. Parle-moi de lui. Encore.

Vint le soir et à nouveau les ombres envahirent la grotte, s'allongeant sur le plafond, silencieuses, distantes, détachées. Grégor chercha la sienne et ne put la cerner.

— Cela ne fait rien, dit Gavriel. N'aie pas peur.

— Peur ?

— Chez nous on disait que lorsque l'ombre vous quitte, vous mourrez dans les trente jours. Elle est lâche, l'ombre, elle se refuse à suivre le corps dans le néant. Ceci t'explique pourquoi, dans notre monde, il y a plus d'ombres que d'êtres vivants.

— Donc, je mourrai dans les trente jours qui viennent ?

— Je n'ai pas dit cela, j'ai dit : n'aie pas peur.

Gavriel se pencha légèrement vers son compagnon et ajouta :

— Je serai ton ombre, je te protégerai.

Ils se tenaient près de l'ouverture, derrière le gros tronc d'arbre qui la dissimulait. Ils regardaient la ville qui, telle une maison close, remuait dans les replis de ses rideaux et de ses lourdes draperies.

Le regard de Grégor traversa la forêt, remonta le fil de ses souvenirs, à l'origine desquels il retrouvait Maria, la vieille servante de sa famille. C'est elle qui avait implanté en lui la peur de l'inconnu. Le soir, elle lui racontait des histoires à lui faire dresser les cheveux sur la tête. A l'en croire, le monde grouillait de démons guettant les hommes imprudents à chaque pas, à chaque parole. Ils sont invisibles ; la nuit est leur royaume, comme l'est l'imagination des pêcheurs. Tu te crois seul ; erreur, tu ne l'es pas : la solitude est un démon, un entre mille. Tu te tais et autour de toi rien que le silence : erreur, le silence aussi n'est qu'un démon au ricanement étouffé. Tu rencontres un homme, une femme, tu leur souris, car ils t'ont souri avec chaleur : ne te laisse pas faire, ce sont des démons et leur sourire entraîne ta perte.

Maria faisait partie de la maison. De la famille. On la consultait avant de prendre une décision : où partir en vacances, que préparer pour dîner, de quelles couleurs repeindre la chambre à coucher. Elle savait tout faire, tout arranger. Jamais à court de réponse, d'ingéniosité.

Une fois l'an, vers Noël, elle partait chez elle, dans quelque village obscur où elle avait laissé un père ou un amant, ou les deux, et revenait avec un sac en toile plein de noisettes. Aujourd'hui encore, en croquant des noisettes, Grégor la voit : petite, grassouillette, cinglante et cachant sa tendresse sous l'insolence dont elle se servait comme d'une arme efficace : on n'osait jamais la provoquer, on redoutait ses colères.

Le jour où la famille de Grégor quitta la maison pour aller habiter le ghetto, Maria retourna chez elle pour de bon. Elle souffrait, mais ne le montra pas : « Je suis contente de m'en aller, disait-elle. Chez moi, j'ai un homme qui m'attend. Il m'aime et je l'aime. Je serais partie, même si vous étiez restés chez vous. » Mais, soudain, elle se mit à sangloter. Elle embrassait Grégor sur le front et il s'efforçait de sourire : « Tu vois, Maria ? Tu avais raison. Les démons existent bel et bien, visibles à l'œil nu : ils se pavanent dans la rue, en maîtres hautains et puissants. Tu avais raison et moi j'avais tort. » Elle pleurait et se mouchait : « Ne vous en faites pas, dit-elle. La guerre ne durera pas éternellement. Nous nous reverrons. » Avant de partir, elle indiqua le nom de son village et décrivit avec force détails la cabane où l'on pourrait la trouver, en cas de nécessité.

Plus tard, obligé de fuir la grotte, c'est chez elle que Grégor se réfugia.

— Je te protégerai, répéta Gavriel. Je serai ton ombre.

— Sois mon ami.

— Je serai ton ami. L'ombre le sera aussi.

Là-dessus il se mit à lui raconter la mort d'un ami à qui l'on avait, au préalable, arraché la langue.

— Tu comprends ? Il était dans son pouvoir de disperser l'obscurité simplement en usant la parole ; c'est pour cela qu'on lui avait coupé la langue.

— Qui était-ce ?

— Je viens de te le dire : un ami.

— Une ombre ?

— Non, pas lui. Il était plutôt le contraire d'une ombre, l'ennemi de la nuit. Ne me pose plus de questions. Je te dirai ce que tu dois savoir. Pas plus : C'était un ami. Qu'est-ce qu'un ami ? Plus qu'un frère, plus qu'un père, c'est autre chose : un compagnon de route ; avec lui on reconstruit cette route et on tente de conquérir l'impossible quitte à le sacrifier plus tard. L'expérience de l'amitié marque une vie aussi profondément — plus profondément — que celle de l'amour. L'amour risque de dégénérer en obsession, l'amitié ne signifie jamais autre chose que partage. L'éveil du désir, la naissance d'une vision, d'une terreur, c'est à l'ami qu'on en fait part ; les premières angoisses devant la fuite du soleil, devant l'absence d'ordre et de justice, c'est à l'ami qu'on les communique : l'âme est-elle immortelle et si oui, pourquoi cette peur qui nous mine ? si Dieu existe, comment prétendre à la liberté puisqu'il en est l'origine et l'aboutissement ? La mort, c'est quoi au juste ? Simple fermeture de parenthèses ? Et la vie ? Dans la bouche du philosophe, ces questions rendent souvent un son faux, mais posées lors de l'adolescence, de l'amitié, elles provoquent un changement d'être : le regard se met à brûler, le geste quotidien tend vers son propre dépassement. Ce que c'est qu'un ami ? C'est celui qui, pour la première fois, te rend conscient de ta solitude et de la sienne, et t'aide à t'en sortir pour que, à ton tour, tu l'aides à s'en sortir. Grâce à lui tu peux te taire sans honte, tu t'ouvres sans te diminuer. Voilà...

Ému, Grégor attendit la suite. Gavriel ne termina pas sa phrase.

— Je t'envie, dit Grégor, timide.

— Tu m'envies ?

— D'avoir eu un ami pareil.
— Qui te dit que j'en ai eu un ?
— Toi-même. Ne m'as-tu pas dit, tout à l'heure, que c'étai ton ami à qui l'on avait arraché la langue ?
— Il l'est devenu après, cria Gavriel avec rage. Tu m'en tends ? Après !
Grégor n'avait plus de questions

Grégor n'avait pas eu d'amis. Le seul qui aurait pu le devenir il lui avait fallu le quitter avant même que leur amitié ait p éclore : la famille de Grégor avait changé de quartier. Lorsqu'i le revit, des années plus tard, ce n'était plus pareil.

Il devait avoir huit ans, un peu plus peut-être.

La ville ensevelie sous la neige. Une ruelle obscure. Le cie est bas. Séparé de la terre par l'écran opaque de blancheur il la menace de sa colère. Les pas incertains d'un gamin s rendant à l'école. Il n'ose guère respirer, relever la tête, il s sait en terrain ennemi. Il ne se laisse pas méprendre par l calme qui règne alentour ; il sait que la Bande l'épie. Au coin dans l'encoignure de la porte cochère, là où, tout au long d l'été, la vieille gitane est assise du matin au soir, c'est là qu'il lui tomberont dessus. La Bande trouve cela amusant : battr les enfants juifs non accompagnés, les humilier, leur faire boir la boue. Cela dure depuis des siècles, c'est devenu plus qu'un habitude : une tradition, une loi. Sans ce jeu, toute vie orga nisée serait interrompue. Force est donc de le pratiquer pou le bien de la communauté. Chaque génération crée sa Band et chaque Bande situe sa proie. Des années auparavant, o avait retrouvé le cadavre d'un enfant juif dans une gouttière la Bande l'avait tué à coups de massue. Puis, elle l'avait noy dans le crachat.

Le gamin sait qu'ils sont là, qu'en son honneur ils se son levés tôt le matin. Cependant, il avance, la lanterne à la main éclairant la route enneigée. Le visage mordu par le froid, le jambes molles, les yeux larmoyants, il avance et sa gorge s noue de peur, il ferait mieux de rentrer à la maison, de se fair accompagner par son père.

D'habitude, c'était Maria qui l'emmenait à l'école et l'e ramenait. Mais, ce matin-là, elle était tombée malade et avai dû garder le lit. Mère dormait encore et père travaillait ; Grégo ne voulait déranger ni l'un ni l'autre. Il décida de sortir seul, se voulant assez grand pour affronter le noir sans escorte. Maintenant, il regrette sa décision. Il ferait mieux de rentrer, vite, sans perte de temps, de frapper à la porte de son père et de lui avouer sa peur. Père connaît l'activité de la Bande, il sait qu'elle est dirigée par Pishta, fils et petit-fils d'antisémites notoires : dans sa famille, ils se transmettaient le poste de chef de bande comme un titre de gloire. Père le sait, il comprendra. Mais, il n'aime pas les peureux, les faibles. Grégor continue à avancer.

Soudain, le gamin s'arrête : quelqu'un l'appelle par son nom. Sous le coup de la surprise, il manque de laisser tomber sa lanterne. « Hé, c'est toi ? » « Oui », chuchote-t-il, tout en se demandant qui cela pouvait être. Une porte s'ouvre, une lanterne y apparaît. Un garçon s'approche et dit : « Je suis Leib, mon père est cocher. Mes amis m'appellent Leib le Lion. Je sais qui tu es, nous sommes voisins, moi aussi je me rends au *Heder*. Viens, nous marcherons ensemble. »

Sans attendre, il veut se mettre en marche, le gamin le retient par la manche et lui souffle son avertissement : « La Bande ! » « Je sais », dit Leib, très calme. « Tu n'as pas peur ? » « Si, mais cela ne fait rien. » Ils font quelques pas en silence, le grincement terrifie Grégor. Les maisons basses, couvertes de neige et de glace, ressemblent à des vieillards menaçants, taciturnes, à des voleurs d'enfants. « Oui, j'ai peur, mais cela ne fait rien », dit Leib le Lion. Il est le plus âgé des deux, le plus grand, le plus fort. Sa lanterne semble plus grande, plus lourde.

Leib serre le bras de son jeune compagnon et l'encourage : « Viens, tu n'es plus seul. » La flamme des lanternes vacille, timide. Grégor se mord les lèvres ; ils y sont. Voici la porte cochère, il y fait plus sombre qu'ailleurs. On dirait que la vieille gitane, plusieurs fois centenaire, est encore assise là, tassée sur elle-même, immuable, un bloc de ténèbres. Leib se tait, tendu.

Brusquement, la terre tremble. C'est l'attaque, l'enfer déchaîné. La Bande, Pishta en tête, se rue sur les deux garçons juifs en hurlant comme des sauvages guerriers : *Büdos zsido, büdos zsido.* « Sales Juifs, sales Juifs, allez en Palestine, vous avez tué le Christ, vous allez voir ce que cela coûte de tuer le Christ, vous allez payer son sang, son sacrifice. » Phrases apprises à l'école, à la maison, à l'église, dans la rue. Les cris se répercutent dans la rue, l'écho les multiplie, leur donne un volume énorme. Il semble que les fenêtres se soient ouvertes et que cent têtes, et encore cent, toutes tordues par la haine se joignent à la mêlée, dans le hurlement : *Büdos zsido, büdos zsido*. Grégor éprouve un violent besoin de courir, n'importe où, foncer de l'avant, briser le cercle qui se rétrécit autour de lui. Mais, il regarde Leib et demeure. Leib n'a pas perdu son calme, son assurance. Grégor laisse tomber sa lanterne et de ses mains libres se protège le visage. Leib prend une attitude différente. Il s'immobilise, les jambes écartées ; on dirait un roc ; paupières mi-closes, dents serrées, il attend les assaillants. Grégor ne peut s'empêcher de l'admirer : il semble avoir grandi, sa tête touche aux nuages. Leib ne bouge pas, il se tient droit, très droit ; quand les guerriers sont tout près, à sa portée, il se secoue lentement, très lentement, et, d'un geste inattendu se met à agiter son énorme lanterne en décrivant des cercles au-dessus de sa tête, puis l'abaissant, il frappe dans le tas et toujours sans dire mot ; il défend son corps comme si c'était une forteresse, en l'entourant d'une muraille de feu : qui s'approche s'y brûle. Quelques instants, Grégor l'observe, stupéfait, n'en croyant pas ses yeux, il n'a jamais assisté à un tel spectacle. Il se dit : Leib le Lion n'est pas mon voisin, le fils de cocher, c'est un héros venu de la lointaine histoire pour châtier les ennemis d'Israël. C'est Yehuda Hamakabi, c'est Bar-Kochba. Leib le sort de son rêve : « Attention, un salaud à ta gauche, baisse-toi et fais comme moi, fais comme moi, te dis-je, ramasse ta lanterne et frappe. » Sa voix est normale, dénuée de crainte. « Vite », dit Judas le Macchabé. « Vite, dépêche-toi, saisis ton arme et fais comme moi. » Grégor obéit : le rêve lui plaît. Il se baisse, ramasse la lanterne et commence à l'agiter, d'abord avec prudence, avec hésitation, puis il se laisse gagner par son propre mouvement. Bientôt il éprouve l'efficacité de son arme ; il touche un corps, un cri de douleur déchire l'air froid du matin. Le gamin se sent libre, fort et fier ; il a envie de chanter, de danser d'allégresse : maintenant il appartient lui aussi au royaume de la légende.

La bagarre dure un bon quart d'heure. L'on entend une porte s'ouvrir, une autre ? La Bande recule : plusieurs combattants sont en sang. Pishta ordonne la retraite. L'aube se lève sur la ville. La rue retrouve sa paix, son hiver.

Alors, seulement alors, Leib et son allié posent leurs armes et reprennent leurs esprits. Leib garde son air sérieux, Grégor ne demande qu'à parler, qu'à raconter, qu'à comparer. Leib le dévisage : « Tu es blessé. » « Toi aussi. » Ils ôtent leurs gants de fourrure, se lavent le visage avec de la neige. Grégor n'a jamais connu une telle joie.

Pendant tout l'hiver, ils firent le chemin ensemble ; Grégor avait réussi à convaincre Maria de rester à la maison. La Bande s'était gardée de réapparaître et Grégor, secrètement, vint à le regretter.

— On lui a coupé la langue et il est devenu mon ami, dit Gavriel en criant. Tu m'entends ? On l'a fusillé et depuis il est mon ami. Tout homme à qui l'on arrache la langue devient mon ami.

— Je t'entends, répondit Grégor en regardant ailleurs.

L'idée que Gavriel souffrait devant lui, comme pour accentuer son incompétence, son manque de fidélité, lui parut insupportable.

Plus tard dans la soirée, Gavriel se remit à conter des histoires. Il parlait bas, du bout des lèvres, les bras croisés sur sa poitrine. Grégor se sentait proche de lui et de ses histoires. Mais pas encore de sa souffrance. Elle impliquait l'absence.

— Le Talmud nous apprend, dit Gavriel dont la voix retrouvait sa profondeur mélancolique, que le Messie est assis à l'entrée de Rome, parmi les mendiants et les malades vivant en marge de l'histoire : c'est là qu'il attend l'appel. La Kabala nous enseigne, en revanche, qu'il se trouve loin des hommes et près de Dieu, enfermé dans le plus saint des sanctuaires inaccessibles ; de là il voit le temps s'écouler, le temps de la détresse, le temps chargé de pitié, d'éternité.

Du regard, Grégor captait les soubresauts de la nuit. La guerre ne finira jamais, pensa-t-il. Tant pis pour elle, c'est ici qu'elle connaîtra sa défaite.

— Des années durant, reprit Gavriel, je versai des larmes brûlantes et implorais le Seigneur de rallumer la joie dans le cœur d'Israël et de reconstruire sa demeure. Je fouettais mon regard pour le faire courir plus vite et traverser des espaces plus vastes. Je tenais à percer l'écran qui me cachait l'avenir, à pénétrer le plus lourd des secrets : découvrir le refuge du sauveur, l'empoigner aux épaules et le ramener de force sur la terre des hommes. Une nuit, je me plantai devant le prophète Elie et exigeai son secours. Lui est prophète de la dureté, de la colère aussi. De son vivant, personne ne l'abordait, son contact écorchar. Même les rois, les rois surtout, les maîtres assouvis de puissance et de gloire, tremblaient devant lui. L'ange de la Mort recula de panique, lorsque vint l'heure, et, se déclara incapable d'accomplir sa besogne. C'est pourquoi Elie est le seul parmi les élus du Seigneur qui soit monté vivant au ciel. Dieu lui envoya son char de feu et Elie ne l'a pas encore rendu. Il le garde ; il en a besoin pour ses randonnées. Car le prophète à la parole foudroyante est devenu celui de la consolation. Sur le mont Carmel, il a conclu un accord avec le Dieu d'Israël. J'agirai contre les lois de mon cœur, je serai irascible à l'égard de ton peuple qui est davantage encore le mien, mais en échange, voici mes conditions : tu me laisseras revenir parmi tes malheureux enfants dans un rôle différent, pour réchauffer la demeure des pauvres, assurer la promesse et la durée qui sont dans chaque épreuve et la rendre moins lourde. Ayant besoin de son serviteur, Dieu accepta le marché. De plus, à titre de récompense — car Dieu aime ceux qui lui tiennent tête — il lui assigna une mission importante : « Tu seras le seul à savoir l'heure où le Messie descendra sur terre afin de réparer ma création, faire l'union entre l'homme et moi-même, entre la voix et son écho, entre la voix et sa source. Tu seras l'annonciateur. » Elie garda donc le char de feu pour être en mesure, le moment venu, de réapparaître à l'horizon sans perte de temps. C'est pourquoi je m'employai à lui expliquer l'urgence de la question : les dangers les plus graves menacent notre peuple, des fous inconscients, et aussi conscients s'apprêtent à l'assassiner froidement, ils se sont déjà mis au travail, avec succès. Si le Messie ne se hâte pas, il risque d'arriver trop tard : il n'y aura plus personne à délivrer. Je lui parlais des enfants juifs, aux yeux pleins de rêve, massacrés jour après jour, en présence de leurs parents qui, frappés de mutisme, les rejoignent dans la mort. Je lui rappelai la phrase du Talmud : Depuis la destruction du Temple, le pouvoir prophétique a été confié aux enfants. Donc, si ce monde est encore capable de salut, ce seront les enfants qui le lui apporteront. Or bientôt il n'y en aura plus. Bientôt, les enfants morts seront nos prophètes. Et je lui disais encore : « Pour toi, c'est facile, tu es ange et non pas homme ; essaie d'être homme parmi les hommes, essaie d'être enfant parmi les hommes, tu verras mieux, tu comprendras pourquoi attendre serait un crime : le temps n'est plus chose abstraite, mais fleuve de sang, fleuve de mort, il se jette dans la mer de sang, dans la mer de mort. » Elie me souriait, et si les anges étaient capables de pleurer, il aurait éclaté en sanglots. « Je sais, me dit-il en hochant sa tête, je sais tout cela. Je me promène à travers ce pays et à chaque pas je me laisse tomber à terre face au ciel et je prie le Seigneur de me tuer ; je me relève, je continue un bout de chemin et de nouveau je m'agenouille pour invoquer la mort. Seulement elle s'éloigne de moi, elle m'évite, je suis condamné à vivre, à regarder, à observer de loin et de près le progrès de l'holocauste. » Je le pris en pitié et alors il me dévoila un secret insoupçonné de tous. Le voici : Le Messie ne viendra pas, le Messie ne viendra plus, il est déjà venu. Les hommes l'ignorent, il n'est pas à Rome, il n'est plus au ciel. Tous se trompent. Le Messie est partout à la fois. Toujours présent, c'est lui qui donne à la présence son goût d'ivresse, d'abandon et de cendres. Il a un nom, un visage et ce que l'on appelle un destin individuel. Le jour où nom, visage et destin se feront un, les masques tomberont, le temps sera libéré de ses chaînes, et il le reliera à Dieu, comme il reliera à Dieu l'ivresse, l'abandon et les cendres. Quand ce jour viendra-t-il ? Le prophète, tenu au secret, refusa de me le dévoiler. Dieu même préfère ne pas le savoir. S'il le savait, la venue du rédempteur ne serait plus un acte de liberté. « Si Dieu tient à l'ignorer, c'est son affaire, m'écriai-je, moi, je veux savoir. » « Tu blasphèmes, mon petit », dit Elie sur un ton de reproche. « Si Dieu préfère attendre, continuai-je sans prêter attention à sa réprimande, c'est qu'il peut se permettre d'attendre ; pas moi, pas nous. Pour nous, chaque minute compte, chaque sacrifice compte. » « Tu blasphèmes, mon petit », répéta-t-il doucement, comme s'il m'enviait, comme si lui aussi eût voulu blasphémer. La victoire divine consiste en ce que l'homme est incapable de le rejeter : tu crois l'injurier, tu ne fais que le louer, tu crois t'opposer à lui, tu ne fais que t'ouvrir à son rayonnement ; tu crois lui crier ta haine, ta révolte, tu ne fais que lui dire combien tu as besoin de son appui, de sa miséricorde. « Il ne faut pas blasphémer quiconque souffre de ta souffrance, dit le prophète et son visage me sembla défait. Tu exiges l'impossible, tant mieux. Mais, je n'ai pas le droit de t'en dire davantage. Plus tard, tu comprendras l'importance du mystère, tu verras la lumière, tu la subiras peut-être. Qu'il te suffise de savoir que le Messie se trouve déjà parmi les hommes. Le reste, après tout, est moins important. »

Gavriel se tut brusquement et la nuit s'écoula sans qu'il ait ajouté un mot. Son étrange récit laissa Grégor perplexe. Gavriel a vu le prophète Elie ? Comment ? Où ? Ils ont parlé du Messie ?

Est-il possible de l'emprisonner par la parole ? Le Talmud dit de lui qu'il sait chanter. Pour le père de Grégor, il était quelque chose plutôt que quelqu'un. « Le Messie, aimait-il dire, est ce qui rend l'être humain plus humain, ce qui ôte son orgueil à la générosité, ce qui tend les ressorts de l'âme vers autrui. » Grégor aurait désiré en parler à Gavriel, mais celui-ci s'entoura de silence, comme s'il écoutait quelqu'un au loin, le prophète Elie, peut-être.

Les jours se suivaient lents et monotones. Grégor ne les aimait pas, il préférait les nuits. Il eût voulu que le soleil ne se levât jamais, que la nuit ne libérât jamais la lumière. C'est que Gavriel ne parlait que dans l'obscurité. Le noir le stimulait. Il le peuplait d'images, de souvenirs. Grégor ne se lassait pas d'écouter. Plus les histoires étaient tristes, plus Gavriel en riait. Parfois, le conteur s'esclaffait sans mot dire et alors Grégor comprenait que l'événement était tellement lourd d'horreur vécue ou anticipée, que les mots, trop pauvres, ne pouvaient vraiment le contenir.

Leurs réserves s'épuisaient. Presque plus de biscuits, de confiture, de café. Deux boîtes d'allumettes, trois sacs de noisettes et d'amandes. Grégor commença à s'en inquiéter, Gavriel ne montrait aucun souci.

— T'en fais pas, Grégor. Nous nous en sortirons. L'avenir ne me fait pas peur.

Une nuit, il quitta la grotte pour prendre l'air. Il revint trois heures plus tard, essoufflé, les bras chargés de nourriture. Mécontent aussi bien qu'inquiet, Grégor le prit à partie :

— Où es-tu allé ? Où as-tu pris tout cela ?

— Dans la ville, en bas, répondit Grégor sur un ton espiègle.

Grégor allait l'admonester : « Tu es fou. » Mais, il se retint au dernier moment. D'ailleurs, Gavriel enchaîna aussitôt :

— Tu comprends ? J'ai frappé à plusieurs portes, les gens m'ont pris pour un revenant, pour un Juif fantôme. Je provoquais la panique. Je ne leur disais rien — et pour cause : je ne parle pas leur langue — mais mon silence fut suffisamment éloquent. Pour se débarrasser de moi, et que je disparaisse au plus vite, ils m'ont tout donné : du pain, du fromage, du beurre, des fruits, quelques œufs : j'ai même refusé deux poulets et une bouteille de vin. Alors, plus de souci ?

Grégor se demandait s'il devait se fâcher ou éclater de rire devant une telle imprudence. Il se maîtrisa et se contenta de remarquer :

— Tu n'avais pas peur ?

— Peur ?

— Oui. D'être dénoncé. Pris, mis en prison, déporté.

Gavriel fit la moue :

— Je parle en l'air, à ce qu'il me semble. Tu ne comprends donc pas ? La mort n'a pas de prise sur moi.

Et il se mit à rire. Grégor haussa les épaules et renonça à comprendre.

Il n'y avait rien à comprendre. Que Gavriel soit fou ou doué d'une intelligence rare, quelle différence? Si différence il y a, on le saurait un jour. Pour le moment, penser au lendemain semblait futile et parfois même indigne.

Grégor aimait leur existence retranchée. Il lui semblait vivre hors du temps, sur une île perdue, oubliée par l'histoire, échappant aux lois et à la boucherie des hommes. La guerre était loin et ses bruits n'y parvenaient pas.

— Dis, Gavriel, il se peut que la guerre soit terminée sans que nous le sachions, non ?

— Elle dure encore.

Gavriel ne fut pas d'humeur bavarde ce soir-là. Grégor s'acharnait à le tirer de son mutisme, il avait besoin de sa voix.

— Dis, Gavriel, si elle continuait jusqu'à la fin des temps ? C'est possible, non ? Parfois je me dis que nous ne verrons plus jamais les passants se promener dans la rue, sous le soleil du printemps, courant sous la pluie de l'automne, s'arrêtant devant les vitrines. Nous n'assisterons plus à des mariages, à des fêtes, ni même à des enterrements. Nous resterons ici, cloîtrés, et l'éternité prendra notre existence pour limite ; l'univers aura les dimensions de cette grotte. Nous serons devenus les nouveaux hommes des cavernes.

Le commentaire de Gavriel :

— La guerre finira, le sang cessera de couler, l'épée de sévir. Mais vainqueurs et vaincus resteront toujours des hommes des cavernes.

Gavriel avait raison, comme toujours. Le carnage durait. Les nuages au-dessus de la ville ne cessaient de grossir et, quand le soleil les perçait, au matin, il apparaissait dans un halo d'un rouge violent, comme émergeant d'un bain de sang.

Puis arriva le jour qui portait la marque du destin. Debout, à l'entrée de la grotte, Grégor aperçut un mouvement suspect au bas de la montagne. Il avança la tête et un cri d'effroi s'échappa de sa gorge :

— Non!

— Que se passe-t-il ? s'enquit Gavriel.

— Viens vite.

Gavriel se leva du lit et vint se poster derrière son ami. Ils se turent un long moment. Plus rien à se dire : c'était la fin. Le temps se remit à exister. Gavriel brisa le silence :

— Les salauds, ils nous ont dénoncés. C'est de ma faute. J'ai mal calculé les conséquences. Je n'aurais pas dû descendre en ville l'autre soir.

Grégor le rassura faiblement :

— N'y pense plus. D'ailleurs, on manquait de ravitaillement. On n'avait pas le choix.

Un vent léger soufflait dans les arbres dont les couronnes s'agitaient avec grâce sous un ciel fragile. Les deux amis évitaient de se regarder. La partie semblait perdue. Pour de bon.

— Plus d'espoir, murmura Grégor.

— Nous nous en passerons, répliqua Gavriel, rembruni.

Grégor s'efforça de distinguer les uniformes qui remuaient au loin, dans la lumière dorée du matin : le gris et le jaune se confondaient. Soldats hongrois ou allemands ? Au fond, quelle importance ? Les uns comme les autres travaillaient pour la mort. Tout de même : les premiers battaient leurs victimes avant de les exterminer, les autres non.

Alors ? Patience. En traqueurs méticuleux, les soldats progressaient lentement, trop lentement au gré de Grégor. Il avait les nerfs à fleur de peau : si la pierre doit tomber, qu'elle tombe tout de suite.

Au bout d'une heure peut-être, il perçut enfin le déclic des fusils et les commandements. Plus de doute : hongrois.

Aidé par Gavriel, il amena le roc devant l'ouverture. Protection double. Seule une fente restait ouverte. Une obscurité poussiéreuse envahit la grotte. Du coup, la chaleur augmenta. La nervosité aussi. Celle de Grégor surtout, car Gavriel montrait un calme flegmatique : les événements extérieurs ne le concernaient en rien. Il alla s'étendre dans son coin, parfaitement à l'aise, ne trahissant aucun souci : le malheur qui se nouait dehors, sous le soleil radieux, n'était qu'un jeu auquel il se refusait de participer.

Grégor en fut irrité, mais ne le montra pas. Il pensa : pourvu qu'il ne se mette pas à rire au moment critique, il en serait capable, fou qu'il est.

Heures interminables. Grégor ne bougea pas de son poste de vigile. L'immobilité engourdissait ses jambes. Il avait mal aux yeux. L'avenir venait à sa rencontre sans hâte, sans brûler les étapes.

Les soldats avaient vraisemblablement reçu l'ordre de fouiller l'endroit à fond. Consciencieux, ils secouaient les sapins, grimpaient sur les rochers saillants, creusaient la terre là où elle leur paraissait suspecte. De temps à autre, ils s'arrêtaient et leur commandant hurlait : « Hé là, sale Juif ! Sors de là ! Nous savons que tu es ici quelque part ! Sors de ta souricière ! Si tu attends qu'on aille te tirer par la barbe, tu le regretteras ! » Silence : pas de réaction. L'opération reprenait de plus belle.

— Que dit-il ? demanda Gavriel, indifférent.

— Rien. Il nous invite gentiment à nous rendre pour ne pas perdre son temps.

— C'est tout ?

— C'est tout.

Gavriel retourna à sa méditation. Soudain, il s'accouda :

— Est-ce qu'ils savent que nous sommes deux ?

— Je ne le crois pas. Il parlait à un sale Juif, à moi.

Gavriel émit un petit rire agaçant :

— Dans ce cas, tout va bien. Cesse de te torturer. Aie confiance. Je te garantis qu'ils ne franchiront jamais le seuil de cette grotte.

La certitude de son compagnon amusa Grégor ; elle aurait dû l'inquiéter.

Vers les trois heures de l'après-midi, les soldats évoluèrent à deux pas d'eux. Grégor voyait clairement leurs moustaches tombantes, leurs mentons larges, leurs fronts casqués. Si les chasseurs décidaient de contourner le gros arbre, les deux fugitifs étaient perdus. Impossible de ne pas découvrir le trou qui servait d'entrée. Il y avait bien le roc, mais un enfant aurait pu deviner qu'il y avait été mis de l'intérieur. Grégor retenait son souffle, sa poitrine éclatait.

Un soldat regarda par terre, déplaça quelques branches, cherchant des traces ; un autre plongea sa baïonnette dans le feuillage d'un pin, érigé comme un monument, pointant vers le ciel.

Le premier soldat redressa la tête, lança une plaisanterie douteuse ; son camarade ricana : « Oui, disait-il en se tapant les cuisses. Pour se cacher, les Juifs retourneraient volontiers dans le ventre de leurs mères. » Grégor rougit et se mordit les lèvres.

Mais, le danger passa. Les soldats s'approchèrent de l'arbre voisin. Soulagé, Grégor respira profondément plusieurs fois. Il se retourna et fit signe à Gavriel que tout allait bien. Gavriel étudiait le plafond d'un air dégagé, voulut ouvrir la bouche — sans doute pour dire qu'il l'avait prévu — mais Grégor l'arrêta d'un geste : tais-toi, ils sont encore tout près.

En fin d'après-midi les soldats quittèrent la montagne. Ils bavardaient entre eux :

— Où diable peut-il se terrer ?

— Avec ces Juifs, c'est toujours compliqué. Ils sont nulle part et partout. Visibles et à la fois invisibles. Tu ne tiens pas à les voir et ils sont là, dans toutes les rues, tous les bureaux, toutes les banques, tu ne vois qu'eux ; par contre, mets-toi à leur poursuite, essaie de leur mettre la main dessus : ils ne sont plus là, les voilà volatilisés dans l'air, disparus. Le diable les protège, je te le dis.

— Paroles que tout cela, le nôtre se cache quelque part ici, nous finirons par l'avoir, je te parie ma tête qu'il ne nous échappera pas.

Les soldats s'éloignèrent et bientôt Grégor les perdit de vue.

La nuit surgit de sa cachette et occupa la terre en ennemi victorieux. Les étoiles argentées se faufilaient dans les arbres et répandaient une lumière froide. Ciel sans nuages, Dieu merci.

— Ils ne reviendront plus, dit Grégor sans conviction.

Toujours perdu dans ses réflexions, Gavriel ne réagit pas.

— Ils se diront que nous avons réussi à franchir la montagne et à passer en Roumanie.

Gavriel se montra intéressé :

— Elle est si proche, la frontière ?

— Assez proche. En deux nuits, nous pourrions l'atteindre. A condition...

— A condition ?

— De ne pas nous faire prendre.

— Je vois.

Grégor se sentit déprimé. Il faut partir. Tout de suite. Sans attendre une minute de plus, chaque seconde est précieuse, elle peut marquer la différence entre la vie et la mort. Forcer la dose entraîne le danger. Aujourd'hui, la chance leur a souri ; demain, qui sait, elle s'en ira peut-être sourire ailleurs ; ou bien, elle se reposera.

— Gavriel, dit Grégor sur un ton suppliant.

— Oui ?

— Partons.

— Que dis-tu ?

— Partons. Sur-le-champ. Ne dis pas non. Pour une fois que je te demande une faveur, ne me la refuse pas. J'ai le pressentiment que nous devrions profiter du répit qui nous a été accordé et quitter cette souricière au plus vite. Un danger nous menace, je le sens. Les miracles ne se renouvellent pas souvent.

Gavriel ne se donna même pas la peine de peser le pour et le contre, il donna son avis :

— Non.

— Pourquoi non ? Tu veux notre perte ?

— Non.

— Alors, que veux-tu ? s'écria Grégor, sa patience à bout. A quoi joues-tu ? Pourquoi es-tu venu ? Que me voulais-tu ? Que cherches-tu à prouver, à réaliser ? Je ne te comprends plus, je le jure, je ne sais plus que penser.

Gavriel ne répondit pas tout de suite. Sa voix se fit douce, plus profonde et plus humaine que de coutume. Elle vibrait dans la nuit et c'était la nuit qui vibrait en elle :

— Je te croyais plus résistant. Ce n'est pas un reproche, simplement une constatation. Cela me fait de la peine. Car, je me rends compte que si nous restions ici encore quelques semaines — ou quelques mois, quelle différence ? — tu arriverais à me haïr. Pas vrai, Grégor ?

— Non, cria Grégor. Non, non, non.

— Ferme les yeux avant de répondre.

Grégor obéit :

— J'espère que non, dit-il.

— Tu vois ?

Gavriel mit sa main sur l'épaule de son compagnon :

— Bon, maintenant tâche de comprendre. Ce serait une erreur de partir maintenant. Ils ne sont pas bêtes à ce point, la montagne est sans doute cernée ; ils nous savent affolés et attendent que nous sortions du trou pour nous cueillir. Donc, patience. Aie confiance en mon jugement et en moi. Patience, te dis-je. Dès que les recherches seront abandonnées, nous viderons les lieux.

Gavriel ne fut pas facile à convaincre :

— Et... s'ils reviennent demain ?

— J'ai envisagé cette éventualité.

— Et alors ?

— J'ai un plan.

— Un plan ? Lequel ?

— Cela ne te regarde pas, pas encore. Je te dis simplement qu'il réussira. Tu verras. Je te l'expliquerai au moment opportun. Demain.

— Y aura-t-il un demain ?

— Bien sûr, Grégor, bien sûr. Regarde autour de toi : ton ombre ne t'a pas encore quitté. Tu vivras, je te le promets.

Après un moment, il souligna :

— Je te le promets.

Plus Grégor se laissait gagner par l'inquiétude, plus Gavriel se montrait confiant. Chacune de ses paroles indiquait l'espoir, la certitude.

— L'avenir est mon domaine, disait-il, laisse-moi faire, je saurai le dominer.

Cependant, Grégor défendait sa position, sa logique :

— Tu as tort de le prendre à la légère. Partons, Gavriel, je t'en supplie. J'ai de l'argent que père m'a laissé, nous achèterons des complicités sur la route vers la frontière. Il est encore temps, Gavriel. Ils reviendront demain, je le sais, toi aussi tu le sais. Ils reviendront et alors ce sera trop tard ; il n'y aura plus d'avenir.

Grégor se sentait pris dans un piège ; l'angoisse s'insinuait dans chaque cellule de son être. Il n'avait pas peur de mourir ; il avait peur qu'on le sépare de son compagnon. Si au moins il pouvait être assuré qu'ils mourraient ensemble. Il ne l'était pas. Cela faisait mal. Une conscience puissante avait guidé leurs pas afin qu'ils se rencontrent, la guerre n'avait éclaté que pour rendre cette rencontre possible, que pour rendre cette séparation possible. Il n'avait jamais ressenti une telle douleur.

C'était leur dernière nuit sous le même toit. Gavriel semblait excité, exubérant, en pleine possession de ses pouvoirs. Au petit matin, il s'endormit. Cette explosion de joie chez lui ne fit qu'inquiéter davantage son ami. Serait-il vraiment fou ? Si je reste en vie, pensa-t-il, je consacrerai mes années à éclaircir cette question. Ce sera le but de mon existence. Je deviendrai lui pour mieux le saisir, peut-être le comprendre et l'aimer ; l'aimer sans le comprendre.

Six heures. Grégor prépara du café et alla se poster à l'entrée de la grotte. Il regardait le soleil se lever sur la montagne, répandant une clarté cuivrée, majestueux, comme s'apprêtant à annoncer un événement premier. Le cœur serré, un tremblement aux lèvres, il attendait immobile la naissance de la lumière qui depuis toujours, depuis sa plus tendre enfance, l'inondait d'une intense émotion : il croyait chaque fois assister à la création du monde. La nuit recule, l'aube avance et c'est le moment de choisir la route à suivre. Le temps d'une hésitation et déjà c'est trop tard. La journée nouvelle, indécise, se pose sur le sommet. Une main immense la pousse avec force : va, descends, les hommes t'attendent. Bientôt, le soleil apparaît, messager des dieux prêchant l'orgueil, le blé s'ouvre, doré, les pins redressent leurs couronnes, l'homme se sent capable de se mesurer avec les éléments.

Pourvu que cela dure, pensa Grégor. Eternellement. Que le présent s'arrache à l'avenir, que la chaîne se rompe. Il aperçut le mouvement attendu au bas de la montagne. Le temps montait vers lui. Le cœur battant, Grégor secoua son compagnon :

— Réveille-toi, ils reviennent.

Gavriel le dévisagea, hagard, en étranger. Puis, il comprit. Il sauta à bas du lit, se débarbouilla, dit la prière du matin et avala quelques gorgées de café : il se préparait à un long voyage.

L'œil collé à la fente, Grégor ne quittait plus l'entrée. Le sang fouettait ses tempes avec frénésie, les yeux lui pesaient. Il savait bien qu'ils n'allaient pas abandonner si vite leur chasse à l'homme. L'armée hongroise, en déroute sur le front russe, avait le besoin impérieux d'une victoire — n'importe laquelle. Quoi de plus logique, quoi de plus facile que de faire prisonniers des hommes traqués, vivant comme des bêtes, loin de la communauté paisible et heureuse, des hommes dont personne ne voulait. Ils auront leur victoire, les braves soldats magyars ! Demain, on leur décernera une médaille, une permission de trois jours pour aller embrasser leurs femmes et raconter leurs exploits. Les voilà, les héros de la guerre contre les Juifs, contre deux Juifs dangereux, les voilà avec leurs fusils prêts à faire feu, avec leurs baïonnettes étincelantes pointées vers le haut, comme désignant l'ennemi. Quand il s'agit de tuer, de tuer les Juifs, les soldats hongrois, fidèles à leur patrie, à leur honneur militaire, n'ont peur de rien ni de personne, ne reculent devant rien ni devant personne ; leur ténacité exemplaire fera partie de la gloire nationale. Un jour, des enfants apprendront cet épisode à l'école : voilà comment ils ont accompli leur devoir : leur proie ne leur a point échappé.

Quelques instants passèrent, puis Grégor sursauta en étouffant un cri. Un chien se mit à aboyer, un autre le suivit, un troisième, toute une meute de chiens policiers. Il ne se tourna même pas vers Gavriel, il fixait les rangées de soldats et murmura :

— C'est fini.

Gavriel se contenta de sourire d'un air bienveillant, compréhensif :

— Pas encore.

— Tu parles comme l'homme qui brûle et qui dit : tant que mon cœur bat, rien n'est perdu. Mais ses minutes sont comptées.

Gavriel haussa les épaules :

— Ne t'énerve pas, Grégor. Tu n'as plus confiance en moi ?

— Moi si. Je me demande toutefois si les chiens se laisseraient convaincre de tes pouvoirs. Il faudrait qu'ils t'entendent rire peut-être.

— Ils m'entendront.

Grégor ne tint plus, il toisa son compagnon :

— Tu as encore de l'espoir ? Mais, c'est insensé !

— Je n'ai pas beaucoup d'espoir. Mais, je tiendrai mes promesses. Laisse les soldats jouer leur jeu, laisse les chiens y participer ; au moment opportun, je jouerai le mien.

Grégor se fâcha :

— Quel est ton jeu ? Vas-tu me le dire ? Combien de temps crois-tu qu'il nous reste ? Tu ne vois pas qu'ils sont là ? Qu'ils ne tarderont guère à nous repérer ? Nous sommes perdus, et pour toi c'est un jeu. Serais-tu vraiment fou ?

Le sourire se figea sur le visage de Gavriel. Son compagnon ne l'avait jamais vu succombant à une telle tristesse. Maintenant, Gavriel regretta ses paroles. Trop tard.

— Je te demande pardon, dit-il d'une voix étranglée. Je n'ai pas eu l'intention de te blesser.

Gavriel continuait à le regarder, puis se mit à arpenter la grotte, l'air absorbé. Pour briser le silence, Grégor disait n'importe quoi :

— Elle n'était pas stupide, notre chère Maria. Elle m'a toujours dit que les chiens sont les premiers à renifler la mort quand elle rôde aux alentours, leur aboiement signifie qu'un homme, quelque part, va être pris dans ses griffes. Elle avait raison, Maria. Les chiens aboient et nous ferons bien de nous préparer.

Gavriel vint le rejoindre pour inspecter le dehors. Un moment ils regardèrent ensemble. Brusquement, Grégor se tourna de son côté : il dut mettre la main sur sa bouche afin de retenir le cri d'effroi qui allait s'en échapper. Grégor n'aurait jamais cru qu'un visage humain puisse être marqué par une telle souffrance ; Gavriel n'avait plus de visage. C'est la fin, pensa Grégor ; lui aussi admet que les jeux sont faits, que toutes les portes sont verrouillées.

Le silence se fit lourd, chargé de durée. Il était partout, le silence, dans les arbres, dans la broussaille, dans les yeux des chiens policiers. Il avait même une odeur, le silence, celle du sang craché, de la torture, l'odeur du prisonnier battu, bafoué, condamné.

— Que faire ? demanda Grégor plein de remords, que faire ?

Gavriel soupira et son regard se durcit.

— Que faire ? répéta Grégor non pour recevoir une réponse — il n'y en avait point — mais pour retrouver un contact, n'importe lequel avec son ami. Devant ces bêtes nous sommes impuissants.

Devant ces bêtes, ils étaient impuissants. Plus de ruse possible. Plus de cachette infranchissable. Ils avaient des attributs divins, ces chiens policiers hongrois, ils voyaient tout et rien ne leur résistait. On retournait quatre mille ans en arrière. Le dieu qui gouvernait le monde, en fixait le destin, était un animal, un chien policier.

Gavriel sembla se réveiller ; il s'aperçut soudain de la présence de son compagnon. Il se remit à sourire.

— Es-tu toujours sûr de ne jamais arriver à me haïr ? demanda-t-il, en fixant Grégor avec une intensité telle que celui-ci ne put déplacer son regard.

— Oui, Gavriel. Maintenant, j'en suis sûr. Plus que jamais.

— Dans ce cas, notre rencontre avait un sens.

Il mit la main sur l'épaule de Grégor qu'un sentiment de solitude envahit. Tout à coup il devina que leurs chemins allaient se séparer ; ils ne mourraient pas ensemble.

— Nous avons encore une heure ou deux devant nous, dit Gavriel.

— Oui. Une heure ou deux.

— C'est assez. Assez pour te parler, te confier une clef secrète pour une porte qui ne l'est pas moins. Mais, promets-moi de ne pas te faire arrêter ; je veux te savoir vivant, et non pas égorgé, le jour où la guerre rendra son dernier souffle. Tu feras attention ?

Il y avait tant d'insistance dans sa voix que Grégor promit ; il aurait promis n'importe quoi. Il était jeune et n'avait pas encore appris le refus.

— Je ferai attention, je te le promets.

Gavriel serra son épaule avec force et reprit d'un ton calme :

— Alors, écoute-moi. Ne m'interromps pas, laisse-moi finir. Je ne sais quand ni où nous allons nous revoir ; il se peut que je disparaisse, ou que je perde la mémoire. Auparavant, je tiens à ce que tu saches qui était l'homme à qui l'on avait arraché la langue. C'est important que tu le saches.

— Non, fit Grégor, ne me le dis pas, je ne veux pas le savoir. C'était ton ami, cela me suffit ; garde ton secret, je n'en veux plus.

— Apprends à écouter, mon petit ; cela aussi est important, cela aussi est une clef. Tu sais déjà que l'homme était mon ami ; tu ignores qu'il était le tien aussi. Tu m'écoutes ?

— Je t'écoute, dit Grégor.

Il avait les larmes aux yeux.

Au bout de recherches et de poursuites qui avaient duré des semaines et des mois, Gavriel avait fini par découvrir celui que le monde attendait, comme la terre attend la pluie. C'était un personnage bizarre que les enfants pourchassaient ; ils se moquaient de lui avec gentillesse ou avec cruauté. On l'appelait Moshe-le-muet, car il parlait peu et se laissait faire ; les gamins étaient tout le temps à ses trousses, lui tiraient sa veste, lui arrachaient son chapeau. Il leur souriait et leur faisait des signes d'amitié. Il les aimait. Eux aussi l'aimaient, à leur façon.

Personne ne savait d'où il venait ni qui étaient ses parents ; on ignorait son origine, son âge, ses rêves d'enfance, ses misères d'enfance.

Un jour, il apparut simplement dans la synagogue et demanda si l'on n'avait pas besoin de bedeau. On lui répondit : « Quelle coïncidence — Avrom le bedeau était mort la veille — c'est comme si le ciel vous eût envoyé ! »

Ainsi Moshe prit racine dans la communauté. Le jour, il enseignait l'alphabet aux petits garçons, la nuit, à la lumière des bougies, se sachant seul avec leurs flammes tremblantes, il chantait à voix basse et ses chants sortaient d'un cœur brisé. Un soir, Gavriel se cacha derrière un pupitre. A minuit, il vit le bedeau couvrir son front de cendres et pleurer sur la destruction du temple, sur l'exil d'Israël et sur celui de la *Shekhina ;* jamais personne n'avait pleuré comme lui ; ses larmes n'étaient pas celles d'un seul homme, mais d'un peuple tout entier, provenant d'une source où se noyaient le commencement et la fin des temps.

Gavriel se glissa près de lui et lui demanda : « C'est toi ? » Pris de court, Moshe-le-muet avoua en bredouillant : « Oui, c'est moi. » Puis, il se ressaisit et se mit en colère : « Que veux-tu dire par là ? Bien sûr que c'est moi, qui veux-tu que ce soit ? Je suis le bedeau, mon devoir m'oblige à rester ici la nuit. Tandis que toi, tu n'as rien à y faire. Va-t-en, laisse-moi tranquille, tu me déranges ! »

C'était la seule fois où Gavriel le vit perdre contenance. « Je ne te quitterai plus, je resterai avec toi. » « Non, je ne te le permets pas. Je ne veux pas de toi. Je n'ai rien à faire de tes insinuations. Va-t-en, te dis-je. » « Inutile de protester. Je reste. Dorénavant, je serai toujours derrière toi. » « Mais, jusqu'à quand ? » s'écria le bedeau avec désespoir. « Jusqu'à la fin. »

Alors, le bedeau reprit son air normal, son expression s'adoucit. Il observa curieusement l'intrus et garda le silence comme pour voir venir. « Qu'attends-tu ? lui disait Gavriel, qui ne tenait plus en place d'impatience. Un signe ? Lequel? Quand arrivera-t-il ? Qui le donnera ? Quand briseras-tu les chaînes ? Par quel geste ouvriras-tu ton règne ? »

Pour toute réponse, le bedeau eut un haussement d'épaules. Le visage indéchiffrable, il se plongea dans la lecture d'un livre qu'il tenait en main.

Pour Gavriel, ce fut la confirmation des paroles du prophète Elie. Il devint ainsi un habitué de cette synagogue et y passait plus d'heures que chez lui. Souvent, il attendait le départ des fidèles, après la prière, pour approcher le bedeau. Chaque jour, il l'implorait d'agir, de précipiter les événements. Impénétrable, le bedeau l'écoutait sans répondre ; il avait l'air de dire : je ne comprends pas ce que tu me veux, ou bien : je comprends, mais je dois me taire.

Gavriel ne se décourageait pas, revenait à la charge : « Je sais bien, il ne faut pas bouleverser l'ordre de la création, c'est dangereux, on risque de commettre une erreur et la rédemption en serait retardée de mille siècles, tu crois que je l'ignore ? Mais le sang juif coule dans les ruisseaux de toutes les villes de l'Europe, bientôt le continent s'y noiera, ce sera le déluge. Tu peux tout changer. Pourquoi et comment attendre ? Où prends-tu ta patience ? »

Il faisait appel à sa bonté, à son sens de la justice, à celui du sacrifice. Il lui démontrait, en citant des passages du *Talmud* et du *Midrash*, qu'il était de son devoir de désobéir à Dieu, puisqu'il s'agissait de sauver de l'anéantissement le peuple-témoin, le peuple-martyr, le peuple de l'alliance. Aucune bonne action n'égale en importance, en signification, celle qui consiste à sauver une vie humaine — n'importe laquelle : on peut, on doit transgresser les sévères lois du Shabat, et se porter au secours de qui est en danger de mort. Or, ici, il s'agissait de la vie ou de la mort de tout un peuple : « Ta patience ne te sera jamais pardonnée. Sers-toi de ton poing et frappe, brandis-le contre le ciel, s'il le faut, puisqu'il le faut ! »

Le bedeau demeurait inébranlable.

Cependant, les ghettos se décimaient, les ruisseaux débordaient. Maintenant, Gavriel se querellait avec le bedeau, lui reprochant en termes de plus en plus irrespectueux sa passivité, son esprit de soumission ; il l'incitait à la colère, à la révolte. Efforts vains. Le bedeau restait bedeau.

Il ne le resta pas longtemps. La vie continuait. Yossel, le prêteur sur gages, avait une fille à marier. L'incroyable eut lieu : le bedeau épousa la vieille fille — qui d'ailleurs avait gardé sa beauté, sa douceur — et finit par se ranger. Il se fit faire de nouveaux habits, commença à s'intéresser aux affaires et peu à peu oublia sa mission. Riche, il cessa de fréquenter la synagogue des pauvres, ne pleurait plus la nuit, ne se perdait plus dans la prière ; les gosses dans la rue respectaient son allure, lui disaient bonjour-bonsoir, en échange de quoi il leur distribuait de la menue monnaie.

Celui qui devait changer les lois s'y était soumis ; le tremblement de terre n'aurait pas lieu.

A plusieurs reprises, Gavriel tenta de l'aborder, de lui demander des explications, mais l'ancien bedeau l'évitait. Une fois, il lui déclara sans ambages qu'il n'avait plus le temps pour ces enfantillages : la comédie n'avait que trop duré.

— Impensable, mais vrai, dit Gavriel. J'ai vu l'homme qui devait incarner le salut et lui donner des ailes ; je l'ai vu de mes propres yeux, je l'ai touché de ma main. Seulement, au lieu de sauver les hommes, il leur avait permis de le contaminer, de le corrompre. Parce qu'il a trop attendu, trop patienté, celui qui aurait dû apporter aux hommes la délivrance, a fini par leur ressembler ; il est devenu leur égal. S'étant détaché de son destin, il accepta le leur. Qui vit dans un asile trop longtemps finit par perdre sa raison ; qui se laisse éblouir par la fausse espérance finit par perdre sa raison d'espérer. Lui, en tombant, a entraîné dans sa chute toute sa génération et celles qui suivront. Je te dis donc, Grégor, que je ne crois plus en la venue du Messie : il est déjà venu et rien n'a changé ; il s'est égaré, il a déposé les armes, sans lutte, il s'est constitué prisonnier, il ne connaîtra plus la liberté. Je te dis donc, Grégor, que l'espoir n'est plus possible ni permis : le Messie est venu et le bourreau continue son travail. Le Messie est venu et le monde est resté ce qu'il était : un immense abattoir.

Pourtant, jusqu'à la dernière minute, Gavriel n'avait pas renoncé. Il se disait : Le bedeau a ses raisons, je suis trop faible pour les soulever, trop en retard sur lui ; j'ai tort de crier trop vite à la trahison ; je vis dans l'obscurité et suis incapable de supporter la lumière. Sans doute attend-il que la nuit se fasse entière pour accomplir le miracle, pour faire jaillir l'étincelle ; sans doute attend-il que la douleur soit intolérable et absurde pour la déraciner, que la bête ait concentré toutes ses forces pour l'abattre d'un coup de glaive.

Le gendre de Yossel le fuyait, l'humiliait, excitait les gamins contre lui, mais Gavriel, de loin, ne le perdait jamais de vue. Ses chemins sont tortueux, se disait-il, nous ignorons où ils mènent et quels déserts ils traversent ; attendons la fin avant de juger, avant de crier qu'il n'y a plus ni juge ni jugement.

Alors vint le jour désigné. L'ange de la Mort fit son apparition dans la ville. Les Juifs furent rassemblés et conduits dans la forêt. Il furent sacrifiés par familles entières ; et lui, l'ancien bedeau, regardait et attendait son tour, regardait et laissait faire.

— Tu m'entends ? s'écria Gavriel, se tordant de douleur. Tu m'entends ? Il regardait et laissait faire.

— Je t'entends, dit Grégor. Il regardait et laissait faire.

Le bedeau se tenait près de son épouse ; de ses mains il entourait ses épaules, avec tendresse, comme pour les empêcher de trembler. Gavriel se planta devant lui : « Cela suffit ! Fais quelque chose, qu'attends-tu d'autre ? N'en as-tu pas assez vu ? Ne vois-tu pas que c'est trahir les morts et les enfants qui ne naîtront plus, que c'est te condamner toi-même si tu n'arrêtes pas ce massacre ? Maudit, tu le seras et maudit sera celui qui prononcera ton nom et celui qui priera pour toi avec amour. Tu n'as pas peur ? Tu n'as pas honte ? »

La jeune femme jeta sur Gavriel un regard absent, ne comprenant pas ce qu'il pouvait bien vouloir à son mari en cette heure où la parole et la colère n'avaient plus de portée. « Tu n'as plus le droit de te taire, il est déjà trop tard, regarde autour de toi et tu admettras qu'il est déjà trop tard, cria Gavriel. Pour l'amour du ciel, fais ce que tu dois faire, dis ce que tu dois dire ! Un geste de toi, une parole, un cri, surtout un cri, peuvent tout changer. »

L'autre l'écouta en souriant humblement et ébaucha un geste d'impuissance, de lassitude, qui signifiait : Pardonne-moi, je n'y peux rien, c'est la volonté de Dieu qui a pris nos volontés et les a faites siennes. Face à lui nous sommes faibles, affolés et malades de terreur.

Indigné, Gavriel écumait de rage : « Si c'est la volonté de Dieu, nie-la ! Il est un temps où il est de ton devoir de lui imposer la tienne, de l'acculer au mur ! Soit, tu paieras, et après ? Soit, tu seras damné, et après ? »

L'autre hochait sa tête lourdement. Il y avait une peine immense dans ses yeux, les yeux qui diraient au bourreau : Je ne comprends plus, à quoi donc joues-tu ?

Le massacre continuait. Tous y passèrent. Femmes, vieillards, enfants. Le bedeau ne redevint bedeau que lorsqu'un tueur lui coupa la langue ; mais il était déjà trop tard. Il s'en alla emportant son silence, son secret, son ombre.

Gavriel s'interrompit pour retrouver son souffle ; il transpirait, la sueur ruisselait sur son visage. Il respirait avec difficulté. Un instant, il sembla près d'éclater en sanglots, mais se retint.

— Je pense à lui, reprit-il en riant curieusement comme la première nuit, je ne pense qu'à lui. Nous sommes faits ainsi : la présence nous aveugle, l'absence nous fascine. Je pense à lui et je ris. Demain, tu penseras à moi et tu riras.

— Je ne rirai pas, dit Grégor.

— Si, je le veux.

La main de Gavriel pesait, lourde, sur l'épaule de son compagnon qui l'eût préférée plus lourde encore.

— Tu m'as compris ? interrogea Gavriel.

— Non.

— Cela ne fait rien. Demain, après-demain, tu répéteras mon

histoire une fois, dix fois, plus s'il le faut : tu finiras par comprendre.

— Et si j'ai peur de comprendre ?

— Tu finiras par ne plus avoir peur ; et alors tu apprendras à rire.

Il faisait de plus en plus chaud, le soleil était au zénith. Belle journée, incitant les passagers de la planète à s'ouvrir à la chaleur, à la paresse, au repos. Tout ira bien, l'hiver est encore loin, tout ira bien, le soleil protège et dispense la vie, tout ira bien, Dieu veille à ce que l'harmonie ne soit pas détruite, tout ira bien, l'histoire avance et les hommes n'ont tout de même pas été créés dans le seul but de s'égorger les uns les autres.

Les soldats approchaient, les chiens hurlaient au soleil ; un bourdonnement sourd, un avertissement venant des entrailles de la terre, parcourait les arbres. Grégor pensa : encore un peu et ils seront là, et ton histoire, Gavriel, mourra avec nous ; ta légende, Gavriel, s'éteindra dans la gueule d'un chien.

Son compagnon, calmé, sembla deviner sa pensée :

— Encore une vingtaine de minutes, ils ne sont plus loin.

— Non, ils ne sont pas loin.

— Ils n'arriveront pas jusqu'ici.

— Et qui les en empêchera ?

— Moi.

Tout à coup Grégor vit clair, sa douleur éclata :

— Toi ?

— Oui, moi.

Et sans laisser à son ami le temps de se ressaisir, Gavriel lui exposa son plan : les soldats ignoraient qu'ils étaient deux ; si l'un se rendait, ils abandonneraient.

— Donc, c'est simple, ajouta-t-il sur un ton léger. Ce soir, tu pourras t'en aller tranquillement vers la frontière roumaine.

La terre vacillait sous les jambes de Grégor, il allait s'évanouir. Un poing de fer lui frappait sa poitrine.

— Noooon ! Non, non ! Gavriel, non, non !

Il ne pouvait articuler d'autres mots, l'épouvante les avait figés dans sa gorge. Le « non » les contenait tous. Le ton de Gavriel se fit sévère :

— Je n'aime pas tes protestations, elles prouvent ton manque de confiance. En toi, en moi. Si nous attendons ici sagement, nous serons pris tous les deux. Si tu sors seul, ils te tueront. Tandis que moi, je saurai leur tenir tête. Ils ne peuvent rien contre moi, combien de fois dois-je te le répéter ?

Grégor aurait voulu se jeter à ses genoux et pleurer, mais les larmes ne venaient pas. Il pensa : un jour je pleurerai. Gavriel se caressa le front, y effaça un air de sévérité, puis sourit à nouveau :

— Je ne sais pas si nous nous reverrons, Grégor. Je pourrais, au prix d'un effort, porter mon regard au loin, mais le temps nous manque. Je voudrais que tu saches ceci : il y a dans la séparation le même mystère que dans la rencontre. Dans les deux cas, une porte s'ouvre. Dans le premier, elle s'ouvre sur le passé ; dans le second, sur l'avenir. La porte reste la même.

Rien de plus ne fut dit. Gavriel mit ses mains dans ses poches, comme pour y chercher quelque chose. Il se les frotta l'une contre l'autre et se baissa pour déplacer le roc. Hypnotisé, Grégor le regarda faire un moment avant de se décider à l'aider. Ses yeux s'embuèrent. La pierre glissa juste assez pour permettre à un corps de sortir.

Gavriel se raidit, serra en souriant la main de son ami, promena son regard dans la grotte, comme pour y chercher ou y déposer quelque chose, ouvrit la bouche pour dire sa peine ou sa joie, se ravisa, se retourna et s'en fut.

Avec des gestes machinaux, Grégor remit le roc à sa place ; sa main droite saignait ; il se sentait faible, vidé, flottant dans l'air. A travers la fente, il suivait des yeux son ami qui dévalait le sentier d'un pas léger. Gavriel ne fit halte que lorsque des cris retentirent de tous les côtés ; en un clin d'œil, il fut encerclé par la meute de chiens qui le jetèrent à terre. Les soldats écartèrent les bêtes et ordonnèrent au prisonnier de se relever, les bras au-dessus de sa tête. Il ne comprenait pas leur langue. Un soldat crut bon de la lui apprendre en lui envoyant un coup de crosse dans le ventre. Gavriel, ayant compris, se mit sur ses jambes et dévisagea le soldat attentivement, puis il se mit à étudier les chiens rageurs qui reniflaient bruyamment. Gavriel fronça ses sourcils, un léger tremblement parcourut ses épaules. Devant les soldats et les chiens stupéfiés, il éclata soudain d'un rire puissant.

ÉTÉ

— Qui est-ce ? On dort ici, laissez dormir.

La voix endormie de la vieille Maria. La voix vieillie de Maria qui, jadis, n'avait jamais sommeil. Elle se levait avant tout le monde et ne regagnait son lit que lorsque la maison dormait déjà. Voix affaiblie, voix résignée :

— Qui est-ce ?

Grégor s'appuya contre la porte et ferma les yeux : je rêve, pensa-t-il, je rêve et rien ne doit et rien ne peut me surprendre, rien ne peut augmenter ma fatigue ; j'en ai assez de vos rêves et des miens ; faites taire les vôtres et les miens suivront ; faites taire les rêves, tous les rêves et ne me parlez plus de surprise, taisez-vous, c'est fatigant, les surprises. Tout mène à la fatigue, à la guerre, les rêves aussi, les vôtres plus encore que les miens. Et les surprises ? Elles en sont l'expression culminante.

Je rêve, pensa-t-il, maintenant j'ai le droit de rêver puisque j'entends enfin la voix familière de Maria. Je demande que l'on ne me réveille pas, que l'on ne me réveille plus. Tu m'entends, Maria ? Je veux dormir, dormir, dormir tard, jusqu'au soir, jusqu'à demain soir, jusqu'à l'année prochaine : et que la journée d'hier soit rayée de ma mémoire, celle d'avant-hier également. Tu m'entends, Maria ? Il la voit en chemise de nuit, les nattes défaites arrivant jusqu'au plancher, s'affairer dans la cuisine. Est-ce pour moi que tu prépares le petit déjeuner ? Non, je n'en veux pas. Ne te mets pas en colère, j'irai à l'école sans manger ; non, je n'irai pas à l'école. Je n'ai pas faim, Maria, je te le jure. Je suis fatigué, simplement fatigué. Trop fatigué pour ouvrir la bouche, trop fatigué pour rêver que je te parle et que je rêve. Je veux dormir. Je veux me jeter sur un lit, n'importe lequel, n'importe où, sur un nuage si tu me le permets, sur les ailes de la nuit si tu l'exiges, et dormir, dormir, dormir.

— Qui est-ce ? Allez au diable.

La voix de Maria. La voix faussement méchante de la vieille, divine Maria. Grégor s'apitoie sur son sort. Et sur celui de la servante aussi. Elle veut dormir, chère Maria. Tout ce qui subsiste du passé est dans ta voix, est ta voix. Elle s'ouvre à moi comme une demeure, la mienne, pour que j'y habite, pour que j'y retrouve un peu de repos. Tu ne le sais pas, mais ta voix est maintenant ma maison, mon enfance, ma mémoire : un ruisseau rougeâtre dont les vagues ondulantes m'emportent au loin, là où le soleil n'est rien d'autre qu'une tête d'enfant juif assassiné et jeté aux chiens. Savais-tu cela, Maria ? Savais-tu que les étoiles sont les yeux vivants des enfants juifs massacrés dans la lumière transparente de l'aube ? Non, tu l'ignores. Je voudrais l'ignorer aussi. Je voudrais vivre ma vie dans ta voix et dormir d'un sommeil lourd, sans échos, sans soleil, sans réveil. Mais, elle est épuisée, ta voix ; une maison qui s'écroule, une maison en ruines. Et moi je ne suis qu'un fantôme qui n'a même plus la force de marcher ni de hurler.

— C'est moi, dit Grégor. Maria, c'est moi.

Plein de brume et de nuit, il se sentait lourd, sans ressort, sans jambes. Il avait marché des heures à travers champs et à travers bois et à chaque pas son corps se défigurait monstrueusement, en prenant du poids, en grandissant démesurément, en s'étendant à l'infini. Plus grand que les sapins et plus large que la vallée, aussi sale que les eaux du marécage, son corps vivait sa propre aventure, en dehors de Grégor qui le piétinait, qui crachait sur lui, ne ressentant aucune douleur, aucun regret, mais de la fatigue. Il marchait et tout marchait avec lui, contre lui, tandis que son corps avide d'ombres ne cessait d'augmenter de volume, ne cessait de se dépasser continuellement. Sur terre et sur ciel, il n'y avait que lui, il était la terre, il était le ciel. Puis il devint Dieu.

De très loin, comme venant d'un autre rêve, depuis longtemps oublié, depuis longtemps renié, Grégor perçut un bruit étouffé de pieds nus traînant sur le plancher en bois. La bonne vieille Maria, elle m'attendait, elle m'a reconnu. Elle frotte une allumette, le feu ne prend pas. Elle essaie une seconde fois, ça y est ; elle allume une bougie ou une lampe. Qu'elle est lente ! Elle vient à la porte, enlève le verrou. Bruit douloureux. Ne sait-elle donc pas que cela fait mal aux oreilles, que cela fait éclater le cerveau ? Enfin, voici la porte qui s'entrouvre lentement, prudemment. Je dois me redresser, se dit Grégor, me tenir droit, tiens-toi droit, droit, droit.

— Tu vois Maria ? C'est moi. Rien que moi.

Maria ouvre la porte toute grande, il tombe dans ses bras, elle manque d'en perdre l'équilibre. De sa main gauche, elle s'appuie contre le battant, elle pose la lampe à terre ; elle se signe et murmure : « Doux Jésus, doux Seigneur, douce mère de Dieu, ayez tous pitié de moi. » Elle se ressaisit, entraîne le jeune homme à l'intérieur, le fait asseoir ; elle s'éloigne, revient aussitôt et lui fait boire de la *tzuika* qui lui brûle la langue, la gorge, le cerveau. Il respire avec difficulté, sa tête tourne, il y a mille têtes dans sa tête, et elles bougent sans cesse, elles brûlent sans jamais se consumer : je n'ai plus ni jambes, ni bras ni cœur, je ne suis que tête. L'envie lui prend de rire, de chanter, de pleurer, de crier, d'oublier, de danser, de dormir, oui de dormir, s'il pouvait dormir, si toutes ses têtes pouvaient se poser quelque part, s'immobiliser à l'intérieur du sommeil.

— C'est toi, dit Maria, la chère Maria, l'unique Maria, la plus belle femme au monde, la plus douce, la plus généreuse. C'est toi, je te croyais partie, je vous croyais tous partis.

Il soulève les paupières. Oui, c'est elle. Il ne rêve pas, ou elle rêve avec lui. Maria n'a pas changé, elle n'est pas juive, seuls les Juifs changent. Seuls les Juifs changent et se font nuages. Ce n'est que justice. Ils voulaient transformer le monde, maintenant c'est le monde qui les transforme. Mais Maria n'est pas juive. Heureusement. Elle se ressemble ; elle a gardé ses nattes, elles touchent le sol ; elle est en chemise de nuit, on ne voit guère ses jambes. Comme autrefois. As-tu gardé tes jambes, Maria ? Parle-moi.

— La semaine passée, je suis allée en ville. Je n'ai trouvé personne. Je vous croyais partis. Le ghetto : vide. J'ai demandé aux passants : Où sont les Juifs ? Où sont-ils ? On ne les voit plus ? Ils sont partis, qu'ils m'ont répondu. Partis où ? Pour combien de temps ? Impossible d'obtenir une réponse. J'ai insisté : Mais quand reviendront-ils ? Ils ne reviendront plus, qu'ils m'ont dit. Les gens de la ville croient toujours tout savoir, ils ne savent rien. La preuve : te voilà, tu es revenu.

— Je ne suis pas parti.

— Tant mieux, dit Maria. Je suis contente que tu ne sois pas parti. Tu es un garçon intelligent. je l'ai su depuis toujours. Je suis sûre que tes parents sont fiers de toi ; moi, je le suis.

— Père est parti. Mère est partie. Tous sont partis. Moi je suis resté. Es-tu toujours fière de moi ? Tous sont partis et sont revenus chevauchant les nuages, en maîtres de l'univers. Moi, je suis resté cloué à terre.

Grégor parlait et s'écoutait parler. Il délirait et en était conscient. Criait-il ? Murmurait-il ? La voix de Maria résonnait doucement, l'enveloppait de chaleur, de bien-être. Il parlait afin qu'elle lui réponde de sa voix rauque et merveilleusement chaude.

— Tu vois, Maria, je suis resté.

— Tant mieux, mon petit, tant mieux.

— Es-tu vraiment fière de moi ?

— Très fière, mon petit. Comme si tu étais mon propre fils.

— Tu es donc contente de me voir ? Même seul ?

— Contente jusqu'au bout de mes ongles, jusqu'à la racine de mes cheveux. Je t'ai vu naître, grandir, devenir homme. Je t'ai entendu pleurer, rire et chanter.

— Es-tu contente que père soit parti ? Que mère soit partie ?

— Tu dis des bêtises.

— Tu aurais voulu qu'ils soient ici, avec moi ? Avec toi ?

— Oui, mon petit.

— Alors, dis-le à voix haute.

— J'aurais voulu qu'ils soient ici, avec toi, avec moi.

— Qui : ils ?

— Ton père et ta mère.

— Et les autres ?

— Les autres aussi.

Grégor gardait les paupières baissées et aucune force au monde n'aurait pu les ouvrir. Il avait peur de regarder, peur de voir ce qui se déroulait de l'autre côté du rêve ; peur de se retrouver dans la cabane champêtre de Maria, et non dans sa chambre, dans son lit. Il préférait écouter la voix de la vieille servante, s'y blottir, s'y réfugier.

— Comment as-tu fait pour retrouver ma maison ? C'était compliqué ? Tu as demandé à quelqu'un ?

— Non, Maria. Je l'ai retrouvée du premier coup, dans le noir. Avant de me quitter, père m'a décrit ce village : je le connais comme si j'y avais toujours vécu. J'ai compté, père m'a dit de compter. La troisième cabane à droite à partir du puits.

— C'est donc pour cela, dit Maria. C'est donc pour cela que ton père est venu me rendre visite, il m'avait demandé de lui montrer le village.

— Quand est-il venu ?

— Oh ! je ne sais plus. Vous habitiez déjà le ghetto. Je ne sais pas comment il a fait pour sortir.

— La troisième porte à droite à partir du puits, dit Grégor.

La troisième porte à droite à partir du puits. C'est simple. J'ai compté, j'ai frappé, me voilà.

— Je ne t'ai pas entendu frapper.

Elle avait raison. Il n'avait pas frappé. Il n'avait plus la force de frapper. Le courage non plus. Il avait craint de se tromper de porte. Au premier moment seulement. Puis, la crainte s'était dissipée. Une folle envie s'était emparée de lui : frapper de toutes ses forces, réveiller le village et les villages voisins, et les autres aussi, tirer les hommes de leurs lits et les morts de leurs tombes et crier : Au feu, au feu ! Mais il n'avait pas frappé.

— Pourquoi as-tu ouvert la porte ?

— Je n'en sais rien, dit-elle en chuchotant.

— Pourquoi as-tu ouvert la porte ? Pourquoi as-tu demandé : Qui est-ce ? Pourquoi as-tu dit : on dort, laissez dormir ?

— Je te dis que je n'en sais rien.

— Cherche.

— Une autre fois. Je ne sais ni où chercher ni comment. D'ailleurs, cela n'a aucune importance. Ce qui importe c'est que tu sois là.

— Tu as tort, Maria. Cherche. Cela peut être important. Cela ne t'intéresse pas d'apprendre pourquoi tu t'es levée, tout d'un coup, au milieu de la nuit, pourquoi tu t'es mise à parler tout haut, pourquoi tu es venue ouvrir ?

— Non, ça ne m'intéresse pas.

— Cela m'intéresse, moi.

— Alors, à toi de chercher et laisse-moi tranquille.

Grégor voulait la faire parler. Pour dormir, il avait besoin du bourdonnement de sa voix enrouée, apaisante. Mais, Maria n'était pas d'humeur à parler. Têtue, elle ne changeait pas d'humeur si vite. Ce fut donc lui, le fugitif, qui dans l'ivresse de l'épuisement se mit à raconter n'importe quoi n'importe comment sur n'importe qui, luttant contre le silence comme le noyé lutte contre la force qui le maintient à l'état de connaissance. Le passé devint présent, le moi changea de personne, tout s'entremêlait. Les êtres perdirent leur identité, les objets leur poids. Son moi s'étendit à l'humanité entière qui fait n'importe quoi à n'importe qui au nom de n'importe quelle loi. Elle est ivre et épuisée, l'humanité. Elle tue et sa soif de sang ne connaît pas de mesure ; elle tue parce que l'existence pèse trop lourd ; elle n'en veut pas, elle se fabrique un mensonge pour pouvoir se haïr, elle creuse dans la mer pour la remplir de sang, pour s'y noyer — et par là se venger de Dieu, ce rêve de justice, ce sommet d'injustice.

— Doux Jésus, murmurait Maria en priant, doux Jésus.

— Laisse-le tranquille, dit Grégor, fiévreux. Laisse-le donc tranquille ; lui aussi, on l'a transformé en nuage ; lui aussi est épuisé ; il s'est laissé tuer un jour et depuis la tuerie ne fait que durer.

— Doux Seigneur, dit Maria, effrayée. Doux Seigneur.

— Sais-tu que le Christ était juif ? Qu'il se disait être le fils de Dieu ? Qu'il revendiquait le titre de Messie ? Sais-tu pourquoi il a été crucifié ? Je vais te le dire : Parce qu'il n'avait pas appris à rire. Oui, Maria, c'est la vérité, je te l'affirme. Si, sur sa croix, au lieu d'implorer son père qui l'avait abandonné, il s'était mis à rire, il aurait remporté sa victoire sur tous et sur lui-même.

— Tais-toi, mon petit, tais-toi ! Pour l'amour du ciel, tais-toi. Tu dis de ces choses à faire glacer le sang. Pourquoi parles-tu ainsi ? Qui veux-tu insulter ? Et pourquoi ? Tu as changé, mon petit. Je te reconnais à peine. On dirait un autre garçon : un autre homme. On dirait une voix étrangère, on dirait une âme étrangère. Quelqu'un que je ne connais pas t'habite : un démon que je ne tiens pas à connaître. Il veut me faire de la peine, il veut susciter ma colère. Ce n'est pas ta faute, va. Tu as trop souffert, mon petit. Tu as besoin de repos, de sommeil, de nourriture. Tu as besoin de soins. T'en fais pas, je suis là, je vais te remettre sur pied.

La tête de Grégor éclatait, bourrée de mots flottant dans l'air, tous mutilés, sans bras ni jambes, sans lumière. Il aurait voulu les noyer dans un sommeil qui ne venait pas ; il aurait désiré les étrangler, mais ils lui échappaient en s'unissant tantôt au ciel et tantôt à la mer. Et ces têtes qui peuplaient la sienne. Têtes de vieillards à la bouche ouverte, têtes de petits enfants égorgés, têtes sans yeux, têtes sans lèvres, sans rien d'autre qu'une grimace énigmatique comme visage. Où fuir ? Quelle porte ouvrir ?

— Tu vois, Maria, ce n'est pas moi qui ai frappé à ta porte. C'est lui, l'étranger qui m'habite, c'est lui qui a frappé, c'est lui qui t'a fait descendre du lit. Il est puissant, tu dois le reconnaître, non ?

— Suffit, mon petit. Tu as la fièvre. Tu parles en malade. Par ta bouche, c'est un autre qui parle. Je ne tiens pas à savoir qui c'est.

Elle se signa :

— Fais-le taire et dors.

— Oui, dormir, dormir.

— Dieu veillera sur ton sommeil.

— Dormir, dormir.

Maria l'aida à s'étendre sur quelque chose de très doux, une couverture épaisse, ou une peau de mouton ; agenouillée, penchée sur lui, elle se mit à caresser son front, en murmurant quelque chose, probablement une prière ; mots ouatés qu'il ne pouvait saisir. Il leur courut après et s'en alla loin, très loin, laissant derrière lui son corps dans un ruisseau plein de têtes d'enfants assassinés.

Lorsque les chiens policiers et leurs maîtres eurent quitté la montagne, joyeux et exubérants dans leur victoire, le calme qui leur succéda fut si brusque et si dépouillé que Grégor le subit, à genoux, avec humilité.

Fini l'entracte. La pièce recommençait. Les acteurs avaient regagné la scène et les officiers, aux uniformes éclatants, plantés devant les pelotons d'exécution, levaient le bras et commandaient : feu, feu, feu. Et les soldats, l'air ennuyé, déchargeaient les mitrailleuses, sans sourciller, ne pensant à rien, même pas à la mort. Tac-tac-tac-tac. Et des centaines de cœurs cessaient de battre, d'avancer vers l'avenir au bout duquel un Messie, n'importe lequel, était censé les accueillir. Feu, criaient les officiers et le Messie lui-même, multiplié par mille, par mille fois mille, bascula dans la fosse.

Le printemps continuait, la guerre aussi et ils s'entendaient à merveille, l'un accentuant l'autre, l'un prolongeant la vie de l'autre. Le froid, en vérité, ne convient pas au meurtre ; il le ralentit. En artisan consciencieux, le tueur préfère accomplir sa besogne au soleil, en homme courageux et libre, en homme qui n'a rien à craindre ni à redouter, en homme qui aime le travail et la santé, libre de ses mouvements et du jugement d'autrui : il se sait dans la voie bonne et juste. Nous le faisons pour le bien de l'humanité, proclamaient les philosophes de l'assassinat qui s'attendaient à ce que tout le monde les félicite.

Le printemps réchauffait la terre de Galicie et d'Ukraine. Elle était rouge, la seule couleur qui lui allait. Les ruisseaux étaient rouges, les champs aussi et le blé. Les peupliers et les pommiers étaient rouges et les jours aussi et les nuits. Elle était belle et resplendissante, la terre de Galicie et d'Ukraine sous le soleil rouge du printemps finissant.

Pendant un moment indéfinissable, l'œil collé à la fente, Grégor se sentit pénétré d'une étrange quiétude : il ne souffrait pas. Son ami venait de partir et le déchirement attendu n'avait pas eu lieu. Il ne comprenait ni pourquoi ni comment, mais il se devinait en accord avec les forces de la nature, visibles et invisibles, qui traversent chaque corps, chaque parcelle de corps. Il percevait le gazouillis des oiseaux dont il ignorait la présence alentour. Il lui semblait naturel que le même instant d'éternité renfermât et les cris du prisonnier torturé et les chants de la forêt. Les uns comme les autres faisaient partie du même dessein à l'origine lointaine et secrète, et témoignaient soit pour, soit contre, mais leur témoignage paraissait clair et à l'échelle de l'homme : accord parfait entre moi et ce dessein, entre moi et ce témoignage. Les événements de ces derniers jours, depuis l'arrivée de Gavriel jusqu'à son départ, aujourd'hui, avaient obéi à une logique dont le cheminement et la justice lui échappaient ; cependant Grégor trouva normal que Gavriel soit en prison — ou déjà mort — et lui vivant et encore libre. Il trouvait normal aussi que Gavriel eût emporté sa propre douleur avec la sienne. Ce qu'il lui avait laissé se situait au-dessus de la douleur, au-delà de la justice.

A l'heure du crépuscule, une lumière grise infiniment délicate se sépara lentement du ciel. Paix et douceur. Un vent frais soufflait. Les laboureurs rentraient des champs, les bureaux se vidaient. Les gens regagnaient leurs demeures pour s'aimer, pour se haïr. Les hommes taquinaient leurs femmes, leur rire sonnait faux. Les dévots remerciaient le ciel — encore une journée de guerre qui s'écoulait — mais leur prière sonnait vide.

La ville menait son dernier combat contre les ombres qui finiraient par l'envahir.

Décidé à abandonner la grotte, Grégor avait le choix : soit de revenir en ville où il espérait se faire arrêter et surprendre Gavriel, soit de se diriger vers la frontière roumaine où l'attendait la sécurité. Au tout dernier moment, alors qu'il glissait déjà d'un arbre à l'autre, il rejeta les deux solutions qu'il jugea dérisoires et prit le chemin du village perdu où habitait la vieille bonne à la voix couverte et douce.

— Promets-moi de m'obéir, lui dit-elle.

— Je te le promets.

— Si tu veux vivre — et je veux, moi, que tu vives — tu dois faire ce que je te demande.

— Je le ferai.

Un sourire pâle effleura ses lèvres :

— Comment pourrais-je te désobéir, Maria ? Tu sais bien que, déjà à la maison, c'était toi qui commandais.

Elle ne se déridait point :

— Ne parlons pas du passé. Pas envie. Pas aujourd'hui. Voilà plutôt ce que j'ai décidé pour toi.

— Je t'écoute, Maria.

— Premièrement, tu restes ici jusqu'à la fin de la guerre. Compris ?

— C'est quand, la fin de la guerre ?

— Cela ne te regarde pas, c'est l'affaire des militaires, ton affaire c'est de rester vivant. Compris ?

— A tes ordres, Maria.

L'ironie du jeune homme n'affecta pas Maria qui passa outre.

— Bon, voilà une chose réglée. Passons à la question suivante : comment empêcher les villageois de découvrir qui tu es.

— Oui, comment ?

— Te fourrer dans une cachette est hors de question, le bourg est trop petit, tout le monde connaît tout le monde, chacun sait ou tient à savoir ce que contient la marmite du voisin.

— Donc ?

— Donc, il faut trouver autre chose.

— C'est-à-dire ?

— C'est-à-dire te montrer.

— En public ?

— En public. Dans la rue, à l'église, partout. Les gens d'ici ne sont pas moins hospitaliers qu'ailleurs. Ils viendront te serrer la main et te parler. N'est-ce pas ? Comme partout. C'est normal. On s'intéresse aux étrangers.

— Oui ? Je t'écoute toujours.

— Ici le problème se complique. Dans ce village, on ne parle que le roumain. On n'a pas encore accepté la décision de nos politiciens qui ont cédé notre morceau de terre aux Hongrois, maudits soient-ils. Or, ton accent roumain — pour le peu que tu le parles — ne te fait guère honneur. Tu diras un mot, un seul et ils sauront, non pas qui tu es, mais qui tu n'es pas.

— Donc ?

— Donc, il ne faut pas que tu parles, c'est tout.

Interdit plutôt qu'amusé, Grégor la regarda sans comprendre.

Maria plissa ses lèvres. Elle prononça sa sentence finale, sans appel :

— C'est simple, désormais et jusqu'à la fin de la guerre, tu restes muet. Pour moi, pour toi, pour tout le monde. Tu oublies tous les mots. Compris ?

Dans ses yeux se lisait une fermeté, une détermination que rien ne ferait fléchir : la vieille servante avait décidé de lutter, à elle seule, contre la monstrueuse machine de la guerre.

— Tu m'as comprise ? Oui ou non ? C'est le seul moyen.

Grégor ne savait ce qu'il devait admirer en elle : son courage, son ingéniosité ou sa bonté. Il sourit.

— Je t'ai comprise, Maria. Je sais, c'est le seul moyen. Tu as raison. Tu as toujours eu raison.

Elle eut un mouvement comme voulant l'attirer et le serrer sur sa poitrine, réussit à se donner contenance et ses yeux se mouillèrent ; elle renifla et se moucha dans sa jupe :

— Bon, tout ira bien. Je suis fière de toi.

Ainsi, par la grâce et la volonté de Maria, il renonça à l'usage de la parole. Cela ne représentait aucun sacrifice pour lui. Dans la grotte, il s'était habitué au silence et l'aima. Gavriel lui avait dit : les hommes parlent parce qu'ils ont peur, ils cherchent à se convaincre qu'ils sont encore vivants. C'est dans le silence qui survient à la fin de l'orage que Dieu se révèle à l'homme. Dieu, c'est le silence.

Si, aujourd'hui encore, il arrive à Grégor de penser souvent avec nostalgie à ces quelques semaines paisibles, vécues comme en songe — où liberté signifiait non pas loi, mais absence de loi — sous la vigilante protection de Maria, c'est qu'elles lui ont fait entrevoir un univers qui n'a, avec la parole, rien de commun. Cet univers, il en a conservé les débris et depuis il ne vit que pour les réunir. Parfois, il lui semble y réussir et alors les bruits de la nuit lointaine deviennent voix ; il ferme les yeux pour écouter.

— Tu écouteras sans répondre et si possible sans comprendre, poursuivit Maria. Et tu verras, tout ira bien.

Son idée à elle allait plus loin. Il fallait donner à Grégor une identité, un passé, une appartenance, une histoire. Elle décida d'en faire son neveu qu'elle imagina muet et sourd, un peu lent d'esprit et de mouvement, inoffensif, au comportement bizarre. Ainsi les soupçons seraient écartés dès le départ.

— Donc, souviens-toi de ceci : désormais et jusqu'à la fin de la guerre, tu es le fils de ma sœur Iléana, tu es le malheureux fils de ma misérable sœur qui, par ses péchés, s'est attiré les foudres du ciel, sur elle-même et sur ses enfants. Est-ce clair ?

— Pas du tout, répondit Grégor. Je ne savais pas que tu avais une sœur.

— Tu es trop jeune pour tout savoir.

Elle eut un geste de dépit, regarda au loin et hésita avant de continuer :

— Iléana a quitté le village il y a vingt ans, ou plus, en tout cas, une année avant moi. Depuis, on n'en a plus entendu parler. Elle est putain quelque part, dans un port ou dans un palais, que sais-je ? Mariée à un riche négociant ou à un ministre, quelle importance ? Il se peut aussi qu'elle ne soit plus en vie : que Dieu ait alors pitié de son âme. Tu n'as pas de quoi te vanter de ta « mère ». C'était une garce, une vraie salope, l'alliée du Malin. Elle ne faisait que courir après les hommes matin et soir, surtout le soir, elle leur tournait la tête et eux se laissaient faire, les imbéciles. Père la battait, mais elle lui riait au nez, comme pour le provoquer et lui prouver que lui aussi la désirait ; c'était peut-être vrai après tout, qui sait ? Elle était belle et avait le diable dans le sang, la garce. Les hommes ne se ressemblaient plus rien qu'en la regardant. Et elle le savait. Et elle faisait exprès.

Maria faisait des efforts visibles pour contenir sa colère, ou sa souffrance.

— D'où tiens-tu qu'elle a un fils ? Et qu'il me ressemble ?

— De personne. J'espère qu'elle n'en a pas. Une femme comme elle n'a pas droit à la maternité. La honte se transmet comme une maladie, tu sais.

Elle se secoua et sa voix redevint normale :

— Mais tout cela n'a pas d'importance. Aux yeux du villageois, tu es son fils, légitime ou pas, je m'en moque, eux aussi. C'est comme ça et le reste ne regarde personne. Si quelqu'un se montre trop curieux, il aura affaire à moi.

Une lueur espiègle éclaira sa figure ridée ; la trouvaille lui plaisait.

— Pendant des années je faisais partie de ta famille, maintenant tu feras partie de la mienne. Cela te fait plaisir, j'espère ?

— Absolument, chère tante. J'en suis flatté. Je gagne à l'échange.

Et comme elle ne comprenait pas, Grégor expliqua :

— J'y gagne la vie.

Bien que muet et arriéré, il fallut tout de même qu'il apprît les bases élémentaires de la religion chrétienne : faire le signe de la croix, avoir l'air recueilli à l'église et faire les génuflexions en baissant le regard. Par contre, il fut dispensé d'apprendre le catéchisme par cœur et d'aller à confesse. Le mutisme a ses avantages.

Maria ne laissait rien au hasard. Le complet de son neveu ne lui plaisait pas : trop élégant.

— Pourquoi pas ? fit Grégor qui aurait voulu le garder ; un lien, le seul, avec le passé. Pourquoi pas ? Ta sœur est riche et il est naturel que son fils s'habille chez les meilleurs tailleurs de la ville.

— Si Iléana est riche, son argent pue. Je n'en veux pas.

Elle découpa donc un drap de laine et en fabriqua un habit comme celui que portent les jeunes montagnards roumains de Transylvanie.

Chemise longue sans col, pantalon difforme. Pas de chaussettes, pas de souliers. Le vrai paysan les trouve inutiles, il aime sentir le contact de la terre, surtout au printemps lorsqu'elle renaît à la vie.

Le seul que Maria introduisit dans le secret fut Yonel, personnage coléreux et sombre, une flamme sournoise dans le regard. Grégor ne réussit jamais à établir s'il était le mari de Maria ou simplement un ancien amant. Elle parlait de lui avec une haine proche de l'amour. « Il est coureur, joueur, rouspéteur, fainéant et menteur, disait-elle. Que le diable l'emporte, mais le diable lui-même ne veut pas l'avoir à ses côtés. » Grégor demandait : « Avoue que tu l'as aimé, que tu l'aimes encore ? » Elle devenait violente et levait le poing comme voulant le battre : « L'amour, l'amour ! On dirait que vous n'avez que ce mot à la bouche, vous les jeunes, vous ne parlez que de cela, vous ne pensez à rien d'autre ! Vous êtes tous fous, ma parole ! Comme si l'amour était la chose la plus importante de la vie ! » « Qu'est-ce qui est plus important, Maria ? » « Je n'en sais rien, moi. Je ne suis plus ce que vous appelez jeune. Et puis, c'est toi qui devrais le savoir, c'est toi qui vas à l'école, c'est toi qui es tout le temps fourré dans les livres où il n'y a que des mots, que des mensonges. Qu'est-ce qu'ils t'ont appris, les livres, dis ? »

Yonel avait construit sa cabane jaune, au toit fait de tiges de maïs, au bout du village, à l'écart, mais la nuit on le trouvait rarement chez lui. Parfois, il se présentait chez Maria ivre-mort, ne tenant pas sur ses jambes. Elle s'occupait de lui, comme d'un enfant, avec beaucoup de tendresse, tout en le maudissant : « Tu aurais dû mourir dans le ventre de ta mère. »

Grégor fit sa connaissance dès le premier matin. Il avait été tiré du sommeil par des éclats de voix. Maria se disputait avec un homme qu'elle menaçait et insultait avec force. Grégor tendit l'oreille.

— Il s'en ira, j'exige qu'il s'en aille, il va nous déranger.

— Il restera, Yonel. Et il ne nous dérangera pas. D'ailleurs, pour le temps que tu passes ici, avec moi...

— Si tu le gardes, je ne reviendrai plus.

— Je le garde.

Grégor se tenait coi. Il devait faire grand jour, la lumière lui brûlait les paupières.

— La guerre peut durer vingt ans. Vas-tu le garder vingt ans ?

— Cinquante ans s'il le faut.

— Et si je refuse ?

— Tant pis pour toi.

— Tu ne m'as jamais parlé sur ce ton-là.

— Dommage, j'aurais dû.

— Et si je le fous à la porte ?

— Je ne te le conseille pas.

— Et si j'en touchais un mot aux gendarmes ? Qu'est-ce qui arriverait ? Tu le sais, toi ? Moi, si, je recevrais une prime et ils viendraient gentiment l'arrêter, bon débarras.

Maria ne dit rien. Il se racla la gorge et reprit :

— C'est que je n'aime pas les Juifs, je n'ai jamais compris comment tu pouvais t'enticher d'eux. Ils ne savent ni boire ni gueuler. Ce ne sont pas des hommes, voilà. Mais toi, tu les adores. Quelque chose ne va pas chez toi, c'est moi qui te le dis. Tu aimes les Juifs et c'est signe que ton cerveau est dévissé, que ton cœur est gagné par la pourriture. Demande au curé, il te dira que c'est un péché que d'aimer les Juifs, que ce n'est pas normal. Moi, je suis normal, quoi. Les gendarmes aussi, ils sont normaux. Je crois bien que je devrais les avertir, qu'en penses-tu, hein ?

Un long silence lourd s'ensuivit. Grégor le sentait dans tous ses membres. Il aurait voulu lever la tête et voir les adversaires, surtout Maria, voir si elle était capable de violence, si elle allait pâlir ou pleurer au moment de la victoire ou du recul. Il mordait ses lèvres, crispait les poings et attendait. Finalement, Maria se décida à répondre. Sa voix avait la froideur et le tranchant de l'épée :

— Si tu fais cela, Yonel, je te tue, dit-elle en soulignant chaque mot. Je le ferai et tu le sais. C'est un avertissement et tu me connais, je ne parle pas en l'air. Si quelque chose arrive à ce garçon, je te tue ; je te coupe la tête avec la hache que tu vois là, dans le coin, près du four. Tu me connais, Yonel, j'en suis capable. J'attendrai la nuit où tu auras le sommeil profond, où tu auras trop bu. J'attendrai des années. Je n'aurai pas pitié.

De nouveau, le silence. Plus court que le précédent.

— Tu es folle, fit l'homme en riant nerveusement.

— Tu crois ?

— Tu es folle. Tu parles comme une folle, tiens, comme la veuve de Mihai qui voulait déterrer son mari pour l'assassiner une seconde fois. Si je ne te connaissais pas, j'aurais dit : Maria est devenue folle. Ce garçon, qu'est-il pour toi ? Un petit Juif vagabond, un fuyard, une bête traquée. Vas-tu ouvrir la porte à tous les petits youpins recherchés par les gendarmes ? Peut-être que tu as décidé d'ouvrir un asile pour orphelins, alors il faut le dire, hein ?

Maria siffla entre ses dents. Grégor souffrait de ne pas pouvoir voir l'expression de son visage.

— Tu es un salaud, Yonel. Le plus grand salaud qui se promène sur cette terre ; tu la rends impure. Tu es pire que le serpent, de ta tête jusqu'à tes orteils, tu n'es que poison. Ecoute-moi et écoute bien. Grégor n'est pas un petit youpin, comme tu dis. Il est mon neveu et c'est tout. Et si tu touches à un cheveu de sa tête, gare à toi. Les nuits sont longues pendant l'hiver, tu n'arriveras pas à fermer l'œil ; tu mourras de mille morts.

Yonel émit un grognement inintelligible, cracha et sortit en claquant la porte. Maria demeura immobile. Grégor attendit quelques minutes avant d'ouvrir les yeux. Il se souleva sur ses coudes et s'étira, feignant le réveil.

— Bien dormi ? demanda Maria d'une voix faible.

— Mieux qu'à la maison.

Il sortit dans la cour, se débarbouilla et, en rentrant, trouva sur la table du café chaud et deux tartines beurrées. Il mangea avec appétit, le café lui fit du bien. Assise en face de lui, Maria exposa son plan.

— J'en ai parlé à Yonel, dit-elle et un frémissement parcourut ses lèvres. Tu le rencontreras souvent dans ma maison, enfin, assez souvent. Il a l'air méchant, il ne l'est pas. Ne te laisse pas intimider par son apparence. Lui aussi trouve le plan parfait. Tout ira bien, mon petit. D'ailleurs, il nous aidera. Il te protégera, il me l'a promis.

Grégor, à ce moment, eût aimé l'embrasser. Lui qui n'avait jamais menti réalisa soudain que c'est dans le mensonge que se révèle la vraie nature — le vrai élan — de certains êtres.

Tout d'un coup, sans motif apparent, Maria écarquilla les yeux et les larmes se mirent à couler le long de ses joues creuses. Il ne l'avait jamais vue pleurer.

— Il ne faut pas, dit-il doucement.

Sans se lever, il tendit sa main et lui toucha le bras, posé sur la table.

— Non, Maria, il ne faut pas.

— Je pleure comme une idiote, s'excusa-t-elle en se mouchant avec le bas de sa robe. Tu ne peux pas comprendre, tu es trop jeune. Les femmes sont comme ça, elles ne savent que pleurer. Je suis heureuse, je pleure ; je suis malheureuse, je pleure aussi. Une femme qui ne pleure pas est une femme morte. Ma sœur Iléana, elle, ne pleurait pas. Mais, elle, c'est autre chose.

Elle se moucha bruyamment.

— Ne me regarde pas comme ça, je ne suis pas morte ni malade. Si je pleurniche, c'est que j'ai honte de t'accueillir dans l'étable qu'est ma maison, c'est tout.

— Je te promets de ne pas me plaindre, dit Grégor en souriant. En tout cas, pas avant la fin de la guerre. Je serai muet.

Deux jours après, elle l'emmena faire un tour du village qui comptait trois cents habitants, probablement moins, la plupart très jeunes ou très vieux, les autres étant sous les drapeaux.

Maria lui désigna l'église, l'école communale que fréquentaient aussi les enfants du village voisin, l'épicerie, la demeure du notaire et la gendarmerie. Les villageois, déjà au courant, le regardaient et hochaient la tête, à la fois curieux et débordant de pitié. Iléana avait été une célébrité et grâce à son fils, les légendes et les médisances à son sujet remontèrent à la surface. « C'est lui, voyez, il ressemble à sa mère. » « Ah oui, maudite soit-elle. » « Pauvre garçon, sa mère a péché et c'est lui que le Seigneur punit. » « Ah oui, c'est injuste, mais on n'y peut rien, les voies du ciel sont impénétrables. » Les femmes aux fenêtres, les vieillards devant leurs cabanes, les clients de l'épicier s'entassaient dans l'encadrement de la porte, tous le suivaient des yeux, il était un visiteur de marque, un prince.

Maria le présenta aux notables :

— Voici mon neveu. Grégor, incline-toi sagement, allons, plus bas, mon petit. C'est qu'il ne parle pas, le malheureux, il n'arrive même pas à dire bonjour. Et il n'entend pas ce qu'on lui dit. S'il entend, il ne comprend pas. Que voulez-vous, le ciel se venge, avec retard, mais il se venge.

Grégor faisait une courbette, remuait ses lèvres et faisait la grimace. Les interlocuteurs prenaient des airs de profonde compassion :

— Le pauvre, il a l'air si gentil.

— Comment ça se fait que sa mère te l'ait envoyé ?

— Elle habite la grande ville, elle craint les bombardements.

— Et elle-même ?

— Elle ne craint rien.

Les gens acquiesçaient.

— Tu trouves qu'il ressemble à Iléana ? Ses yeux...

— Non, pas du tout, regarde, lui est doux, tandis que sa mère, pouah, tu t'en souviens ? La garce, le mal l'habitait.

— Tu dis vrai, il semble avoir bon cœur, il ne ferait pas de mal à une mouche, tandis que...

— Je ne comprends plus rien. Comment cette salope d'Iléana s'est-elle débrouillée pour enfanter un garçon si gentil, je te le demande ?

— Qui est le père ?

Maria haussa les épaules :

— Qu'est-ce que j'en sais, moi ? Je ne sais même pas si elle-même le sait.

Elle cracha avec dégoût.

Ayant fait le tour du village, Maria rentra à la maison et Grégor continua à flâner. Les passants le saluaient avec amitié, il répondait par un signe de tête. Le printemps apportait au village ses odeurs, ses promesses. Les gens vaquaient à leurs occupations. Leurs mouvements étaient empreints de lenteur, mais non de paresse. Au loin, le carnage s'éternisait, mais ils n'en étaient pas conscients. La guerre, pour eux, c'était un fils au front, un mari porté disparu, un grand frère en uniforme. Ils disaient : mon fils est à la guerre, du ton qu'ils auraient pris pour dire : mon fils va prendre femme.

Les jours suivants, il fit plus ample connaissance avec les notables. Le curé, l'air suffisant d'un faux martyr, tenant ses mains velues sur son énorme ventre comme pour le protéger. Constantin Stefan, l'instituteur, petit bonhomme chétif et fluet que l'on ne remarquait que lorsqu'il ouvrait la bouche pour formuler, en s'agitant, ses opinions sentencieuses ; il parlait beaucoup et bougeait sans cesse. Mihai le menuisier, surnommé le repentant, assis par terre devant sa cabane faite de planches de bois noirâtre ; il jetait des coups d'œil inquiets à droite et à gauche, guettant l'arrivée d'on ne sait qui, d'on ne sait où. Près de l'entrée de l'église, Stan l'aveugle ; lorsqu'il chantait, on aurait dit que sa voix lui servait d'yeux.

Grégor passait beaucoup de temps avec eux, écoutant leurs joies et leurs malheurs, leurs rêves interdits, enfouis tout au fond des souvenirs, sous sept couches de silence. Un homme muet ne constitue pas de danger, ils s'ouvraient à lui et lui racontaient librement, en riant ou en pleurant, leurs secrets que même leurs proches, leurs proches surtout, ne connaissaient pas. Presque tous l'entretenaient aussi de sa « mère » : ah oui, dans le temps, elle avait tourné la tête à tous les hommes du village, vieillards inclus ; ah oui, heureusement qu'elle est partie ; ah oui, dommage qu'elle soit partie !

Le bourg donnait sur une vallée jaune et verte où quelques bergers, étendus sur l'herbe, gardaient leurs troupeaux et, de leurs longues flûtes, tiraient de tristes mélodies. De loin, ils lui faisaient signe et souvent Grégor venait se reposer à leur côté. Les yeux fixés sur un point du ciel immobile, ils jouaient des airs qui lui brisaient le cœur et il sentait qu'ils étaient heureux, en accord avec ce qui leur arrivait et avec ce qui arrivait à autrui. A l'heure du crépuscule, ils rassemblaient les troupeaux, toujours par l'appel de la flûte, sans pousser un seul cri — et l'air se remplissait de tintements de cloches et de nostalgie : adieu au soleil, qu'il parte en paix, qu'il n'oublie pas de revenir.

Le seul personnage que Grégor n'ait point réussi à voir — sauf une fois, le dernier jour, à l'école, lors de la représentation fatale — c'était le maire du village, le seigneur Petruskanu.

Les paysans parlaient de lui en baissant la voix, avec une crainte respectueuse, comme s'il était l'allié d'une puissance céleste ou diabolique. Il habitait la villa au bord du lac. On le disait fabuleusement riche. On ne parcourait son domaine qu'à cheval. Dans sa somptueuse demeure aux rideaux tirés, il vivait seul, en reclus. Une vieille nourrice s'occupait du ménage. Chaque matin, elle venait faire ses achats à l'épicerie et passait au bureau de poste prendre le journal. Elle était unanimement détestée par tous et personne ne savait au juste pourquoi. Peut-être parce qu'elle respirait la mort. Emmitouflée dans son châle noir, frissonnant de froid même en pleine canicule, elle faisait figure de moribonde. En croisant un villageois dans la rue, elle crachait avec dégoût sans se donner la peine de voir qui c'était. Petruskanu, lui, ne se montrait pratiquement jamais; il ne venait pas à l'église ; le dimanche, le curé se rendait à la villa et célébrait pour lui seul une messe dans la chapelle privée que feu le père de Petruskanu avait fait construire lors de la mort subite de sa jeune et belle épouse — la comtesse Marcella — survenue une année après leur mariage. Le fils restait célibataire. Le curé avait essayé, à maintes reprises, de lui parler raison, ou simplement de lui parler, mais le châtelain n'appréciait guère la conversation. Aussitôt la messe terminée, il congédiait le curé, sans façon, en demandant à la vieille nourrice de l'accompagner à la porte.

Peu à peu, la vie du village commença à fasciner le jeune réfugié. Il comprit soudain que les vrais problèmes humains se situent non pas au sommet des montagnes sacrées, mais dans chaque demeure où un homme et une femme, face au destin, pétrissent le lendemain de leurs propres mains, dans l'amour, dans l'acceptation.

Si Grégor avait pu parler, il n'aurait cessé d'interroger les habitants. Sur leur passé et aussi sur celui de sa « mère » qui obsédait encore ceux qui l'avaient connue. Telle que les villageois la dépeignaient, par bribes recueillies ici et là, elle avait dû posséder une vitalité sans bornes, une force de caractère et d'âme apte à renverser les obstacles pour les reconstruire aussitôt après. Elle obtenait ce qu'elle désirait des autres et ce qu'elle exigeait d'elle-même. Elle ne se rassasiait jamais de ses victoires qu'elle tournait souvent en dérision, comme pour accentuer l'humiliation de ses victimes ; au fond, elle luttait non pour gagner, mais pour perdre ; par malheur, elle ne perdait jamais. Grégor se promettait : après la guerre, je me mettrai à sa recherche, je la retrouverai, oui, après la guerre, tout sera possible.

Mais il ne parlait pas, ce qui, en fin de compte, joua en sa faveur. Parce que sa curiosité ne remontait jamais à la surface, les hommes et les femmes venaient à lui sans inhibitions, sans méfiance, apportant leurs angoisses aux origines ténébreuses, leurs joies coupables. Il devenait non pas leur miroir, mais leur réceptacle. Une semaine ne s'était pas écoulée qu'il était déjà la personne la mieux informée de la région. Il savait écouter. Il ne savait que cela.

« Hé, mon pauvre Grégor, tu ne sais pas à quel point tu es heureux, je t'envie. Tu es libre. Tu n'as pas de famille, toi. Pas de femme, pas d'enfants. Tu n'as pas de fille, toi. Ma fille, tu la connais, ma fille ? La putain. La voilà qui s'amène à la maison, la semaine dernière, avec un ventre plus gros qu'elle. Je la bats, je lui arrache les cheveux de sa tête, je la cogne contre le mur, je lui dis : Qui est le père ? Qui est le salaud qui t'a déshonorée ? Que j'aille lui casser la figure ! Mais elle refuse de le nommer ; elle crache le sang, mais pas un mot ne sort de sa bouche. Je serai donc grand-père d'un petit bâtard, ah, la salope ! Que vont dire les gens ? Je serai la risée du village ? Que faire, mon pauvre Grégor ? que penses-tu que je devrais faire ?

Un autre : « Viens ici, Grégor, parlons. J'ai envie de parler, cela ne t'arrive pas de vouloir te vider de tous les mots qui dansent dans ta tête que tu aimerais fourrer quelque part sans savoir où ? Non, cela ne t'arrive sûrement pas. Tu as de la chance, toi. Pas comme moi. Tu connais la Mariutza ? Mais oui, ne me regarde pas comme ça d'un air idiot, tu la connais, tout le monde la connaît, il n'y a qu'une Mariutza dans le village, son père est un bûcheron qui vit en sauvage. Tu vois la Mariutza le soir, en rentrant du champ, roulant les hanches. Elle ne les roule plus. Elle porte une jupe large, trop large ; elle essaie de cacher quelque chose, pas pour longtemps. Elle attend un enfant, la Mariutza, c'est le mien, ma femme l'ignore. Si elle l'apprend, elle me tue. Elle en est capable, je la connais. Tu ne le croirais pas, mais elle n'attend qu'une occasion pareille pour m'assassiner. Elle me hait. Elle me fait peur, c'est par peur que je l'ai épousée ; elle le sait, et c'est pour cela qu'elle me hait. Que faire maintenant, vas-y, toi qui ne sais rien, toi qui es innocent de tout péché, vas-y, donne-moi conseil. »

Un troisième : « Tu vois tous ces gens-là, à l'église et aux champs, ils poursuivent chacun son moment de plaisir, tu les crois heureux, pas vrai ? Tu les crois fidèles, pas vrai ? Tu les crois bons chrétiens, pas vrai ? Eh bien, ils mentent tous, jusqu'au dernier d'entre eux. D'où je le tiens ? De moi-même. Car, moi aussi, je mens. Je passe ma vie à mentir. Je mens au curé, je mens à ma femme, je mens à mes amis. A toi je ne mens pas. Aux autres oui. Je ne leur dis pas que ma vie me dégoûte, mon épouse encore plus : que faire ? Que faire, mon pauvre Grégor, comment vivre sans mentir ?

Impassible, Grégor écoutait et souriait intérieurement. Son masque le protégeait et lui donnait conscience de sa supériorité. Dépositaire de ces secrets, il aurait pu jouer au destin et provoquer un tremblement de terre dans le village et un incendie dans les cœurs ouverts à la haine, aux rancœurs, à la vengeance. Les gens, ne se doutant de rien, lui donnaient des tapes amicales dans le dos, et lui disaient avec reconnaissance : « C'est bien de t'avoir parmi nous. Toi, au moins, tu es heureux, tu ne sais rien, tu ne comprends rien à la vie, c'est cela le bonheur, pauvre Grégor, c'est cela le bonheur. »

Visiblement contents que le fils de cette garce d'Iléana soit rentré au foyer, ils le lui faisaient sentir, chacun à sa manière, l'un en lui offrant un verre de vin, l'autre en l'invitant à l'accompagner un bout de chemin, et, tout en marchant, cueillir des fraises des bois.

C'est qu'ils manquaient d'un simple d'esprit, sans lequel aucun village civilisé ne se considère complet. Il était « leur » muet, au même titre que le gros ecclésiastique était « leur » curé et l'inquiétant châtelain « leur » seigneur. A leurs yeux, Grégor représentait les zones reculées de la conscience où verbes et images vagabondent en toute liberté, sans liens, sans attaches avec le rivage. Le côté indéchiffrable de l'existence, c'était lui : une île lointaine et proche menacée de s'engloutir.

En se confiant à lui, les gens se livraient aux puissances des ténèbres auxquelles était liée une part de son être ; ils avaient l'impression de se trouver au cimetière où l'on vient implorer les morts de conjurer le malheur. Ce qu'ils n'osaient avouer au curé, car il l'aurait colporté par tous les cieux, ils le lui disaient sur un ton mi-badin, mi-sérieux. Avec lui, ils avaient moins à craindre qu'avec le prêtre ; il ne les réprimandait pas. Lui présent, leur culpabilité s'amortissait tout en échappant aux pénitences que le plus bienveillant des confesseurs leur aurait imposées.

Même quelqu'un d'aussi renfermé et taciturne que Mihai le menuisier, la première résistance brisée, l'encourageait à lui rendre visite. Grégor n'en était pas peu fier. Mihai évitait la compagnie de ses semblables. A l'approche de tout visiteur, il se renfrognait et devenait cinglant : « Que me veux-tu encore ? On ne peut donc plus vivre tranquille ici, non ? »

Assis par terre devant sa cabane, le torse nu, il invitait Grégor à prendre place près de lui. Le jeune homme s'exécutait. Du coin de l'œil, il observait le menuisier solitaire qui regardait fixement devant lui dans le vide. Il fut surpris de lui trouver une figure émouvante d'enfant abandonné.

— Ainsi, c'est toi, dit Mihai avec un soupçon de colère dans sa voix, le fils de cette déesse d'Iléana. Femme comme les autres, mère comme les autres. Elle a un fils et c'est toi, c'est ça ?

Il se tourna vers le jeune réfugié et le dévisagea intensément, comme voulant percer un mystère non pas en Grégor, mais en lui-même. Sous son armure d'indifférence, Grégor brûlait de curiosité. Le menuisier l'intriguait. Drôle de bonhomme. Tout en lui dépassait les normes. Mains trop longues, visage aux angles trop saillants, des yeux sortant des orbites. Son corps robuste était empreint de nervosité, il bougeait sans arrêt, quelque chose le gênait. Mihai le repentant. Personne ne savait au juste de quoi il avait à se repentir, quels crimes il avait bien pu commettre et contre qui.

Cela l'avait pris comme ça, d'un coup, à l'âge de vingt-trois ans. Un soir, il avait frappé à la porte de sa fiancée et, l'air humilié, lui avait annoncé en criant qu'il ne l'épouserait pas : tout était fini entre eux. Inutile de pleurer, de se jeter par terre, de s'évanouir : le mariage n'aurait pas lieu. « Mais pourquoi, Mihai, pourquoi ? » « Je ne te mérite pas. Tu es pure, tu ne connais pas le péché ni la tentation, tu n'es qu'innocence, tandis que moi, mes péchés sont plus lourds que la montagne ; ils m'ont égaré pour toujours. Va, je te libère de ta parole, trouve-toi un mari digne de toi, un mari dont le passé ne brûle pas dans sa chair comme une malédiction. Oublie-moi et ne me pardonne jamais le mal que je t'ai fait. »

En dépit de ses conseils, la fiancée, après un moment d'ahurissement, se jeta par terre, éclata en sanglots et s'évanouit. Rien n'y fit. Mihai poussa un hurlement et s'en fut en courant.

Consternation dans le village : on n'en revenait pas. La jeune fille tomba malade et le ressentiment contre son fiancé allait croissant. Les notables essayèrent d'intervenir auprès des parents du menuisier qui refusèrent de s'y mêler : « Il ne nous obéirait pas ; c'est un vaurien, qu'il épouse la mort, cela nous est égal ! »

Le curé — homme chaleureux, sincère, mort depuis — alla voir Mihai lui-même et lui expliqua quel péché il commettait en humiliant publiquement celle qui allait devenir sa femme devant Dieu et les hommes : répudier un amour pareil est chose grave, impardonnable.

Mihai ne voulut rien entendre. Il resterait célibataire. « J'ai mes raisons. » Et la jeune fille ? « Elle se débrouillera, elle ne sera pas seule longtemps. »

Au début, les villageois le taquinaient d'abord avec méchanceté, puis avec douceur : « Tu te vantes, Mihai. On te connaît bien, nous ; on t'a vu naître, grandir, on était là, à quelques pas, quand tu t'es rasé pour la première fois ; tu avais exactement douze poils au menton. Allons, Mihai, on sait qui tu es, sacré nom de Dieu, on sait tout ; tes soi-disant péchés, c'est de la blague, hein ? Allons, avoue que tu nous fais marcher ? » Leur manque de foi le mettait hors de lui, il saisissait la bûche la plus proche et écumait de rage : « Qu'en savez-vous ? Déguerpissez, sinon le sang coulera ! » « Hé, Mihai, la colère aussi est un péché. » « Fichez-moi la paix, que je ne vous voie pas. Je vous vois et je me dis que je vous ressemble, alors j'ai envie de cracher sur moi-même. » « Calme-toi, Mihai, on sait pourquoi tu ne te maries pas. Tu as peur des femmes. On te comprend, nous. Eh oui, on te comprend ! Avoue que les femmes te fichent la frousse. Nous, on l'avoue ouvertement. » « Allez-vous en, vos yeux me salissent. Sinon... » Une lueur meurtrière s'allumait dans son regard. Il levait la bûche bien haut et son corps tremblait de colère.

Avec le temps, la raillerie cessa, il fut accepté dans la communauté. Sa fiancée avait vite fait de lui trouver un successeur qui, par ailleurs, depuis deux ans ne donnait plus de nouvelles : sa dernière lettre venait du front de l'Est, de Kiev.

En raison de son état mental, Mihai fut déclaré inapte au service militaire. Celle qui avait été autrefois sa fiancée, aujourd'hui mère de trois bambins, tournoyait de nouveau autour de sa cabane, mais il agissait comme s'il ne la connaissait pas.

— Ainsi, le fils d'Iléana c'est toi, dit Mihai en regardant Grégor de travers. C'est drôle, je ne parviens pas à me l'imaginer mère.

Il se déplaça pour s'asseoir en face de Grégor. Il l'étudiait attentivement. Grégor se rendit compte que ce géant de bonhomme n'était guère méchant et qu'il souffrait. Au fond, il avait bon cœur. Les villageois avaient fini par l'aimer. Son travail ne coûtait pas cher et il ne se voulait ennemi de personne. S'il fuyait les femmes, c'était son affaire ; s'il tenait tant à ses péchés, qu'il les garde.

— J'ai connu ta mère, dit Mihai d'une voix tremblante.

Belle et orgueilleuse comme une déesse. Sais-tu qu'elle était capable de débaucher notre Seigneur Jésus-Christ lui-même ? Je me demande parfois si elle n'a pas essayé. Une femme qui se donne à plus d'un seul homme, c'est que la conquête unique ne lui suffit pas ; son orgueil vise plus haut. L'orgueil de ta mère, mieux vaut ne pas en parler ; on ne peut pas en parler. Les mots ne sont que des mots et l'orgueil de ta mère se moquait des mots — et pas seulement des mots.

Grégor regarda le menuisier droit dans les yeux et dut faire un effort pour ne pas trahir la tension qui s'accumulait en lui, face à cet homme cultivant ses obsessions, qu'il aimait et qu'il haïssait, comme si elles seules le maintenaient en vie. Allons, Mihai, continue, je t'en prie. Ne t'arrête pas.

— Elle était belle, Iléana, reprit le menuisier. Une vraie ensorcelleuse. Elle pouvait avoir tous les hommes à ses pieds. Si elle leur avait dit : Allez, égorgez-vous les uns les autres, ils l'auraient fait. Tous rampaient devant elle, mais elle ne s'en contentait point. Elle exigeait davantage, toujours davantage. Elle s'amusait à ridiculiser la soumission des uns et à briser la résistance des autres — pour pouvoir les mépriser à leur tour. Tu riais et elle te disait : « Non, je veux te voir pleurer. » Tu pleurais et elle te disait : « Non, je veux te voir rire. » Tu lui donnais ton corps et elle disait : « Non, c'est ton âme que je veux. » Alors, tu lui offrais ton âme et elle, éclatant de rire, répondait : « Que veux-tu que je fasse de ton âme, dis ? » Un jour d'hiver, elle se tourna vers moi et me déclara : « Je me donne à toi, si... » « Si... quoi ? » lui demandai-je dans un souffle. « Si tu m'apportes un peu de soleil. » J'eus envie de l'étrangler, mais elle me regardait et je fondais comme du beurre. Je voulus crier : « Tu me répugnes, tu es malhonnête, je te hais ! » Mais, les paroles qui sortaient de ma bouche lui disaient : « Je t'aime, tu me poursuis jusque dans mon sommeil ! » « Et tu ne m'en veux plus ? » « Non, Iléana. » « Et tu m'aimes malgré mon méchant caractère ? » « Oui, je t'aime comme tu es. » « Alors, tu es vraiment idiot et tu ne mérites pas que je t'aime ! » Par dépit, je me mis à aimer une autre jeune fille, nous décidâmes de nous marier. Iléana ne pouvait me pardonner cela. Elle continuait de plus belle à m'attirer dans son guêpier, mais moi, avec beaucoup d'efforts, je me détournais, je ne la regardais pas. Parfois elle me guettait dans la forêt où je me rendais pour m'approvisionner en bois. Elle m'appelait, je ne répondais pas. Elle venait se poser devant moi, en riant d'un rire qui me faisait frémir, mais je ne la voyais pas, je me répétais : elle n'existe pas, elle ne brûle pas dans mon corps au point de m'étouffer. Longtemps je lui ai résisté. L'après-midi où elle eut enfin sa victoire, c'est dans une explosion de rage que nous fîmes l'amour. Oui, elle me donna son corps, mais il y avait dans ses mouvements une telle violence, et sur sa figure une telle froideur, que, un moment, je me dis : elle veut me tuer. Puis elle me rejeta brusquement. Etendu sous l'arbre, j'attendais la suite, le cœur serré, comme si je venais d'échapper à un danger. Iléana se releva, arrangea sa jupe, me toisa avec dédain et me dit sans desserrer les dents : « Tu me déçois, mon gars, tu n'es qu'un pauvre type, vous êtes tous des pauvres types, tous des faibles. Je n'éprouve aucune joie, aucune fierté à vous posséder. Plutôt de la honte, plutôt du dégoût. » Et elle s'en fut d'un pas lent, je n'osais pas respirer, tant j'étais effrayé. Je pensais : j'aurais dû la tuer. Si je l'avais assassinée, au dernier instant, juste avant de rendre son dernier soupir, elle m'aurait aimé, je le crois de tout mon cœur. Car c'était une déesse se mesurant contre la mort, c'est la seule explication.

Mihai parlait tout en observant Grégor, cherchant un signe qui lui aurait révélé s'il comprenait le récit. Le jeune homme demeurait impassible, le souffle égal, l'expression figée. Une sourde colère se mit soudain à brûler dans le regard du menuisier. Il étudiait Grégor en ennemi, prêt à le punir pour le moindre geste transmis par une Iléana immortelle, geste qui l'aurait convaincu de la survivance de certaines cruautés, gratuites ou non.

— Tu es le fils d'une déesse, reprit-il, et il se pencha sur ses coudes pour approcher son visage de celui de Grégor. Tu es la preuve qu'elle a bel et bien existé et qu'elle était femme et que les femmes comme elle enfantent la vie et que leurs enfants ne savent que côtoyer la vie et les êtres sans les comprendre, sans s'associer à leurs péchés, à leur salut. Est-ce qu'elle t'a aimé, toi ? Et toi, tu l'aimes ? Et ton père ? Qui est ton père ? Est-il heureux, lui ?

Grégor sentait l'haleine du menuisier sur sa figure. Il dut faire un effort pour ne pas sourciller.

— Tu es le fils muet d'Iléana, enchaîna Mihai sur un ton exaspéré. Donc, tu ne pourras pas m'éclairer. Je ne saurai donc jamais si ta mère a réussi, si elle a gagné sa guerre ; si elle a enfin réussi à le débaucher, Lui. Qu'en penses-tu ? Oui ou non ? Es-tu seulement capable de penser ? Moi, je parie que oui.

Tu es le fruit de cette union, le résultat de cette victoire. Hé, Grégor, sais-tu que tu es peut-être le fils du Seigneur ? Et pour que tu ne puisses le révéler à personne, ton illustre père t'a rendu muet. C'est cela ? Dis, c'est cela ? A moi tu peux le dire, je suis dans le secret. J'ai connu ta mère, j'ai été possédé par elle, elle m'a tout dit, elle m'a ouvert ses portes.

Son regard brûlait Grégor. Si celui-ci avait ouvert la bouche, ou réagi de quelque autre manière, Mihai se serait enfui, terrifié. Il le prenait vraiment pour le fils d'Iléana, pour le fils du Seigneur né dans la débauche. Grégor renouvela sa décision : après la guerre il lui faudrait retrouver cette femme qui, sa vie durant, n'avait fait que chasser l'ennui et allumer le feu. Il se voyait devant elle, en un point quelconque du globe, sous la pluie ou à la lisière du bois ensoleillé, il s'entendait lui dire : Madame, ma mère est morte, vous êtes ma mère ; c'est parce que vous êtes ma mère que j'ai eu la vie sauve ; c'est parce que vous êtes ma mère que je suis muet.

Par la suite, il venait souvent s'asseoir auprès du menuisier, devant sa cabane. Il se sentait lié à lui par un secret qui les dépassait. Maria l'interrogeait : « Tu es tout le temps fourré chez le repentant, que lui veux-tu ? » Grégor ne répondait pas, il jouait son rôle. Même chez Maria, il se retranchait derrière le fils de cette garce d'Iléana, à qui Dieu, dans sa grâce infinie, avait ôté le pouvoir et l'usage de la parole.

Un autre chercha avidement sa compagnie : Constantin Stefan. Les villageois évitaient le vieil instituteur comme la peste, ne pouvant supporter son bavardage forcené. Tous connaissaient par cœur ses histoires, ses mots d'esprit, ses lamentations sur le manque de respect que la jeune génération lui témoignait, ses souvenirs des temps meilleurs où les enfants savaient encore remercier leurs maîtres pour l'éducation reçue. « Oui, oui, disaient les paysans en ricanant, tu as raison, mais on l'a déjà entendue, ton histoire. » Pour l'instituteur, Grégor était donc la proie idéale.

Dès les premiers jours, Constantin Stefan rendit visite à Maria et s'offrit à donner à Grégor des leçons particulières.

— Tu es tombé sur la tête, ma parole, s'exclama Maria, les mains sur les hanches. Le garçon est bouché, tu ne vois pas ? Bouché comme ce morceau de bois. Son cerveau, s'il en a un, ne contient rien, n'absorbe rien. Du bois, te dis-je. Juste châtiment du ciel !

— Laisse-moi essayer, pleurnicha le vieil éducateur. Qui sait ? Le garçon n'est pas idiot, en tout cas, pas plus idiot que tant d'autres parmi mes anciens élèves qui, eux, ne font que bavarder à tort et à travers, du matin au soir et jusque tard dans la nuit. Tiens, hier j'ai vu Petru devant la gendarmerie qui...

Décidée à épargner à son neveu ce supplice inutile, Maria interrompit le flot de paroles du visiteur :

— Ne te fatigue pas, c'est non.

— Pourquoi non ? Explique-moi, pourquoi non ? Serais-tu contre l'éducation ? Contre le progrès ? Contre la culture ?

— Je ne suis contre rien du tout. Simplement, je n'ai pas d'argent à jeter par la fenêtre. L'argent ne court pas les rues de nos jours.

— Mais qui parle d'argent ? s'écria l'instituteur, illuminé. Je ne t'en demande pas. Je n'en ai pas besoin. Pour qui me prends-tu ? Pour un profiteur de guerre, pour un matérialiste sans âme ? Comme je le disais la semaine dernière à... Mais, passons. Revenons à notre sujet. J'aimerais avoir ton neveu pour élève. Gratuitement. Ce sera ma contribution à l'effort de guerre de notre patrie bien-aimée. Je le ferais avec plaisir, avec...

— Non, dit Maria, infléchissable. Tu te fatigues en vain. La réponse est non.

— Mais pourquoi ? Pourquoi, Maria ? s'exclama Constantin Stefan.

Il ne pensait plus à Grégor, pour le moment il était heureux d'avoir une interlocutrice. Il ne s'arrêta plus. Prisonnier de sa propre grandiloquence, il évoqua pêle-mêle des histoires de sa jeunesse, récita des poèmes, rapporta les prédictions de ses professeurs qui...

Maria, la brave Maria, finit par s'impatienter :

— Ça suffit comme ça. Tu m'agaces. Et tu finiras par me fatiguer. Et j'ai du travail qui m'attend. Laisse tranquille mon neveu, il est malade, il a besoin de repos. Regarde comme il est pâle. Ses joues sont creuses. Le moindre effort pourrait lui nuire. Tu n'as donc pas d'yeux ? Pas de cœur ? Le tuer, c'est cela que tu veux ?

Maria parvint à le décourager. Néanmoins, il se débrouillait, en cachette, pour attirer le garçon, tard dans l'après-midi, et l'avoir tout à lui. Grégor l'écoutait, impavide, car le vieux bavard avait eu, lui aussi, son roman d'amour avec cette garce d'Iléana qui, décidément, n'avait laissé dans ce bourg perdu, aucun cœur entier.

— Oui, mon cher enfant, j'ai connu ta mère, raconta le vieil homme en crachant. A toi je peux le dire : elle s'était offerte à moi, je lui ai plu, que veux-tu ? La vie et les femmes ne s'expliquent pas. Seulement, rien n'est arrivé. J'étais timide, je le suis encore. Ah ! oui, j'ai eu le beau fruit défendu dans la main, mûr et appétissant ; je n'osais point mordre dedans. Je passe des nuits et des nuits à le regretter ; ah ! que j'étais idiot ! La timidité me paralysait chaque fois que je m'adressais à ta mère. Elle était mon élève, bien entendu. Dans ce village tu ne trouveras personne qui n'ait été à mon école. Sauf monsieur le maire. Et Nikolai peut-être, mais lui c'est une autre histoire : à huit ans, on l'avait arrêté pour meurtre. Ta mère, âgée de douze ans, un peu moins, se comportait déjà en femme. Belle, éblouissante, capricieuse. Les garçons, elle les rendait fous. Ils auraient tué père et mère pour lui plaire : des esclaves, quoi ! Moi aussi, elle s'arrangea pour provoquer en moi le désœuvrement, le désarroi. En sa présence, je me sentais tout petit, tout stupide. Pourtant, elle a été toujours et en toutes les matières le cancre de la classe. Elle refusait d'apprendre. Je réussirai dans la vie sans vos livres, voilà ce qu'elle prétendait. Elle ne faisait pas ses devoirs, les mathématiques ne l'attiraient pas, la grammaire lui inspirait de l'horreur, oui, parfaitement, de l'horreur, autant que la géographie et l'histoire : je n'en ai que faire, disait-elle avec coquetterie, je trouverai mon chemin toute seule. Plusieurs fois je pris la décision inexorable de la punir, mais elle levait sur moi ses yeux sombres, innocents, je sentais que la terre s'ouvrait et que j'allais disparaître. J'étais prêt à me jeter à ses pieds, en présence des élèves, et implorer son pardon, sa grâce. Elle a deviné son pouvoir sur moi, car un jour elle est restée en classe sous prétexte d'avoir à me consulter sur une question de géographie. Elle paraissait triste. « Je sais que je vous cause des soucis, me dit-elle en baissant la tête. Je ne veux plus vous faire de la peine, car je vous aime bien. » « Alors, tu devrais t'appliquer à tes études, lui répondis-je en dissimulant mon émotion. L'éducation compte de nos jours, Iléana. Plus tard, quand tu seras femme, tu regretteras de ne pas avoir profité de mon enseignement. » « Je serai obéissante, je vous le promets. » « Très bien, ma fille. » A titre de récompense, je lui annonçai mon intention de lui donner des leçons particulières afin qu'elle rattrape le retard sur ses camarades. En effet, les jours suivants, elle resta avec moi, après que tous les élèves furent partis. Mais, ce n'était pas les études qui l'intéressaient, tu penses. C'était moi. Elle me regardait, alors que je lui expliquais la leçon ; elle ne m'écoutait pas. Elle me regardait et ses lèvres frémissaient d'impatience. Et les mots s'embrouillaient dans ma bouche ; je bredouillais et devenais incohérent, je baignais dans la sueur. Une fois, par inadvertance, je te jure, ma main frôla ses cheveux ; elle ne bougea pas. Je n'osais refaire le même mouvement, pourtant j'en avais envie. Alors, ta mère, plus courageuse que moi, fit le premier pas ; elle prit ma main et me montra comment lui caresser les cheveux. Cette nuit-là, je n'ai pu fermer l'œil. En classe, je faisais figure de somnambule. Enfin, je restai seul, avec elle. Ta mère semblait calme, composée. « Aujourd'hui, annonça-t-elle, je vous apprendrai comment l'on embrasse une femme. » Et elle me l'apprit. Je brûlais de passion, de rage, de honte ; je me répétais sans cesse que je m'étais engagé sur une pente périlleuse : « Qu'es-tu en train de faire, Constantin Stefan ? Plus de pudeur ? Plus de principes ? Aurais-tu oublié que c'est une mineure et que cela risque de te coûter cher ? » Je fis appel à la raison, mais elle ne me fut d'aucun secours. Ta mère s'avérait plus forte qu'elle, plus forte que moi et mes principes. Un après-midi, elle prétendit avoir chaud ; bien entendu, je lui offris un verre d'eau froide ou un bol de lait ; elle haussa les épaules et me lança un coup d'œil narquois : « Ah ! cher monsieur l'instituteur, que de choses vous avez encore à apprendre ! » Là-dessus, me dévisageant avec dédain, elle se mit à se dévêtir. Comme ça, devant moi, comme si... comme si nous étions mari et femme. S'apercevant de mon embarras, elle remarqua : « Vous avez de la chance, heureusement que je suis là pour vous les enseigner. » Je répète : elle avait douze ans à peine. La tigresse, la divine tigresse ! Capable de vaincre une armée de surhommes. Je la regardais qui ôtait ses vêtements avec des gestes lents et précis et une bête hurlait dans mes poumons, une bête qui allait me terrasser. Ta mère s'approcha de la fenêtre et tira les rideaux. Avec mon dernier sursaut d'énergie, je m'élançai vers la porte et m'enfuis, comme ayant le diable à mes trousses. Me voyant courir en aveugle, trébuchant sur les cailloux, les gens du village crurent que j'étais saisi de folie. Pourtant, moi seul savais que je venais de sauver ma raison. Maintenant, je le regrette. Au diable la raison ! Au diable la timidité ! La vie ne vaudrait pas la peine d'être vécue, si elle ne comportait pas une part de folie et d'égarement. C'est qu'elle était belle, la petite Iléana, nue et palpitante, les bras croisés sur son ventre. Elle était belle, ta mère, elle m'avait aimé, mais j'étais lâche, imbécile !

Ce que l'instituteur ignorait : Iléana avait alerté ses camarades de classe qui, postés à la fenêtre, avaient assisté au déroulement de la scène jusqu'à sa phase finale. Par pur miracle, il ne les avait pas aperçus et n'avait pas entendu leurs rires.

— Nos leçons furent interrompues, ajouta Constantin Stefan d'une voix haletante. Elle redevint le cancre de la classe. Par ma faute. Cependant, je continuais à l'aimer. Je ne sais pas ce que j'aimais en elle : l'enfant ou la femme. Les deux, sans doute. Mais, elle avait ruiné en moi quelque chose. Auparavant, j'étais heureux parmi les enfants. Et libre. Je leur enseignais comment lire, chanter, écrire. Je leur révélais les beautés de la nature, l'enchantement de ce qui vit, les profondeurs insoupçonnées de certaines notions transmises d'une génération à l'autre. Parfois, je prenais mes élèves et les conduisais au bois, là je leur faisais découvrir les arbres, les plantes, les animaux et il me semblait que le bon Dieu lui-même était là à nous écouter, que le bon Dieu lui-même n'était qu'un enfant qui allait à l'école. Ta mère présente, je n'étais plus libre. Je n'étais plus moi-même. Les études en souffraient. Je faisais du tort aux autres élèves qui n'y étaient pour rien.

Il décrivait maintenant ses élèves envers qui il se sentait coupable. Grandis depuis, ils avaient sans doute oublié ces années d'épreuve ; pas lui. Lui n'oublierait jamais.

Grégor pensait aux enfants qui vont à l'école et à ceux qui n'iront plus à l'école. Le vieux bavard pleurait, le visage de Grégor restait figé. Les enfants, la guerre les dévore les premiers. Laissez venir à moi les petits enfants, surtout les enfants juifs. Et ne leur dites rien. Ne pleurez pas. Ne les faites pas pleurer. Ne leur dites pas le sort qui les attend. Ne leur dites pas que les nuages invisibles obscurcissent le ciel. Ni que je les fais venir, ces enfants juifs, pour que mes fils aimés, soldats de l'amour et de la croix, les égorgent et jettent leurs corps déchiquetés dans le fleuve qui les portera vers la mer.

Sans s'en rendre compte, Grégor s'était métamorphosé. La voix de Gavriel vibrait en lui. C'est elle qui réglait son souffle et donnait au silence sa densité. Sans Gavriel, il se serait trahi plus d'une fois. Il se cachait sous les traits de Gavriel, sous l'étoile de Gavriel et parvenait ainsi presque sans efforts à garder le silence.

Peu à peu Grégor sut tout ce qui intéressait le village. Il voyait à travers les murs et les grimaces. Son regard portait loin. Il savait pourquoi l'un paraissait morose et l'autre gai. Rien ne le surprenait. Il aurait pu prédire le comportement de qui venait à lui à n'importe quelle heure de la journée : « Hé ! Grégor, tu as une minute ? » Les villageois ne pouvaient plus se passer de lui. En lui confiant leurs clefs, il détenait leur liberté.

Au lieu de s'en offusquer, le curé suivait le mouvement général.

C'était un samedi après-midi. Grégor se tenait devant l'église, la tête inclinée, et écoutait le chant de l'aveugle. Soudain, le prêtre surgit dans son dos et le poussa à l'intérieur. Instinctivement, le garçon tomba à genoux comme pour prier.

— Non, lui ordonna le curé. Tu prieras une autre fois. Lève-toi, mon enfant.

En bon sourd qui connaît son métier, Grégor ne bougea pas. Le curé le fit se lever de force :

— Viens, mon enfant. N'aie pas peur, viens avec moi.

L'œil illuminé, le prêtre avait un sourire bizarre flottant sur son visage grassouillet. Il poussa son invité vers le confessionnal et murmura : « Heureux les faibles d'esprit, le royaume du ciel leur appartient ; tu ne connais pas la tentation, tu ne sais pas ton bonheur. »

Il le fit entrer dans la cellule réservée au prêtre et par signe lui intima l'ordre d'y rester tranquille. Dérouté, Grégor ne comprit qu'un instant après. Le curé alla s'agenouiller dans la cellule adjacente, joignit ses mains, courba la tête et se mit à débiter son récit en chuchotant :

— *Ave Maria purissima*... J'ai péché, mon enfant... Au nom du Seigneur, je t'implore de m'accorder l'absolution...

Grégor fut sur le point de se démasquer. Il dut se mordre les lèvres pour contenir son rire. La scène ne manquait point de ridicule. Il pensa à Gavriel et se domina.

— Mon péché est grave et pèse lourd sur ma conscience. Mais c'est pour toi, Seigneur, que je l'ai fait, pour toi seul.

La curiosité du jeune Juif s'éveilla : Eh bien ! lui aussi a son histoire, lui aussi va me conter son aventure avec Iléana. Pourquoi pas ? En vertu de quoi Iléana l'aurait-elle laissé en paix ?

Non. Le récit du curé n'avait rien à voir avec Iléana qui avait quitté le village avant son arrivée ; le prêtre n'avait de sa vie commis le péché de chair. Il était contre les péchés. Non contre les crimes.

Quelques semaines plus tôt, semblait-il, un Juif — ayant sauté d'un train de la mort — était venu se réfugier chez lui. Faisant fi du danger, le prêtre l'avait recueilli en lui offrant gîte et nourriture.

— Je me disais : voilà l'occasion de sauver son âme, de la ramener à la lumière. La bonté est une arme et je résolus de m'en servir. Un soir, alors que je l'imaginais déjà mûr pour une première conversation, je lui fis observer que l'épreuve approchait du dénouement : Dieu prendra son peuple en pitié, dès qu'Israël se sera repenti. Lui m'écouta poliment : « Oui, mon père, merci mon père. » « Ce n'est pas moi qu'il faut remercier, mais Dieu, c'est Lui qui m'ordonne de faire le bien, c'est Lui l'origine de ma volonté et l'aboutissement de mon acte. » Il vint se planter devant moi : « Non. » « Non ? » fis-je, frappé d'étonnement, je dirais même de douleur. « Non, mon père, répondit-il, dur et impitoyable. Je ne marche pas. Vous voulez un alibi, je ne vous le fournirai pas. »

Le pénitent tenta de discuter, de protester de ses intentions qui, naturellement, étaient empreintes d'amour et de compassion chrétiennes.

— Seulement, dans le feu de la discussion, je perdis patience, je m'emportai, la colère me gagnait : je tombai dans le piège. Je l'accusai d'ingratitude, de bassesse, de ne penser qu'à sa vie terrestre. Alors, il, hocha la tête : « Non, mon père. Je ne vous dois rien, vous nous devez tout. Cela fait deux mille ans que vous vous acharnez à nous crucifier dans l'espoir de retrouver en vous ou en face de vous l'homme que vous avez travesti en Dieu : nous ne marchons pas. Cessez donc de penser tant à notre salut éternel et il y aura moins de cadavres juifs dans les cimetières. » « Mais, vous êtes en vie, mon fils, m'écriai-je. C'est grâce à moi que vous êtes encore en vie, grâce au Christ qui meurt chaque jour pour que vous viviez. » « Non, mon père. Nous mourons chaque jour, pas lui. » « Soit, ne parlons pas du Christ. Parlons de Dieu. Rendez-lui grâce, c'est Lui qui vous protège. » « Non, mon père. Remercier Dieu en temps de guerre ? Non. Je sais, il aime qu'on lui dise merci, il n'aime que cela. Il exige de ses mendiants de se montrer reconnaissants à son égard ; il en éprouve un besoin presque humain : cela lui permet de croire en sa propre bonté. Que voulez-vous, mon père ?

Pareil aux femmes, il est jaloux et adore les compliments, les cadeaux et les sacrifices. Comme les femmes, il croit que tout lui est dû ; comme elles, il a besoin d'hommes. Il est femme, vous dis-je. »

Le prêtre, en prononçant ces dernières paroles, s'étrangla et dut s'interrompre pour se donner contenance :

— Je sais, il a voulu me blesser et je manquai d'humilité. Devant son blasphème, je me mis à pleurer de rage : non de pitié, mais de rage. J'eus envie de le gifler, de l'humilier. De le tuer. Oui, je voulais sa mort. Le Malin parlait par sa bouche : le devoir de tout chrétien n'est-il donc pas de le chasser ? C'est ce que je fis. Je lui montrai la porte et lui dis de ne jamais plus remettre les pieds dans ma demeure, qui est celle de Dieu. Il mit sa veste avec un calme impressionnant et se dirigea vers la porte. Là, il s'arrêta et me regarda sans haine, plutôt avec compassion. « Voyez, mon père, j'ai eu raison. Et vous ne savez même pas qui je suis. » J'allais m'élancer vers lui pour le ramener, pour lui demander pardon, mais déjà la nuit l'avait englouti. Quelques heures après, il fut pris et remis aux autorités allemandes. Sous la torture, il ne m'a pas dénoncé. Je ne l'ai plus revu. Je ne sais ce qu'il est advenu de lui. Mais, ses paroles d'adieu ne me quittent plus. Elles me dévorent la raison. En pleine messe, j'entends sa voix qui me dit : « Non, je ne marche pas ; savez-vous qui je suis ? » Parfois, je me surprends à répondre : « Oui, je sais, vous êtes le Fils de l'Homme et vous avez raison. » J'ai peur. J'ai peur d'avoir perdu mon salut, mon âme. Je deviens fou...

Il cacha son visage dans ses mains et pendant un long moment Grégor n'entendit que sa respiration haletante.

Pour la seconde fois, Grégor fut sur le point de se démasquer. Il ressentit le besoin impérieux de se tourner vers le prêtre et de lui crier en pleine figure : Vous ne savez pas qui vous avez chassé, je vais vous le dire : c'était moi, c'était Gavriel. Je vous maudis et que ma malédiction vous précède et vous suive jusque dans la tombe.

Par bonheur, le curé se leva subitement et accompagna Grégor dehors, l'air troublé bien que soulagé. Sa main pesait sur l'épaule du garçon et de nouveau il murmurait : « Tu as de la chance, mon enfant, le diable ne s'en prend qu'à l'intelligence. »

Devant l'église, Stan chantait tristement. Il semblait se méfier de Grégor. Lui seul ne s'épanchait pas, ne recherchait pas sa compagnie. Il lui permettait de s'asseoir auprès de lui, il chantait comme s'il n'était pas là. Grégor se souviendra toujours de son chant favori : « Oublie, passant, que grâce à toi j'aurai mangé à ma faim ; oublie-le, passant, car moi je m'en souviens. » Sous un énorme chapeau de paille, la canne entre les jambes, Stan chantait des heures durant jusqu'à épuisement. Puis il tombait dans une torpeur qui faisait peur aux gens : ils détournaient le regard.

Des bonnes âmes lui apportaient de la soupe chaude, du pain de maïs qu'il avalait avec des gestes hésitants. La domestique du curé s'occupait de l'aveugle ; elle lui parlait tendrement ; il répondait rarement, n'achevait pas ses phrases, mais se laissait faire. Grégor aimait sa manière de chanter, sa voix rauque cravachait l'esprit au lieu de le bercer. Seuls les aveugles saisissent le chant et le transmettent sans le mutiler.

Les journées s'écoulaient lentes et paisibles. L'été ramenait la vie, la gaieté. Un semblant de bonheur stable flottait sur les visages. Les vieillards, se prélassant devant leurs cabanes, évoquaient le passé ; les enfants découvraient l'avenir.

Avec un sentiment de honte, Grégor en vint à la conclusion que la guerre contient des éléments d'enrichissement. Les uns ramassent de l'argent, les autres des titres de gloire, des décorations, et les autres encore des fragments de vision, d'angoisse, donnant du poids à l'existence tout en l'élevant au niveau de la conscience. On devient autre, on mûrit plus vite, on apprend en un fugitif instant ce qui normalement nous aurait pris des années. Il pensait : Je suis profiteur de guerre, je devrais avoir honte. Seulement, cette honte même faisait partie de l'enrichissement.

Grâce à la guerre, il comprit que les hommes — tous les hommes, exceptés les saints et ceux par lesquels ils se font assassiner — mènent une double existence, l'une nourrissant l'autre, l'une étant la sève de l'autre, séparées pourtant par la même distance qui sépare la naissance de la mort, l'être de l'image qu'il projette soit sur le passé soit sur l'avenir. Constantin Stefan était plus qu'un instituteur, le curé plus et autre chose qu'une machine à prières et Mihai s'avérait plus apte à se disputer avec son Créateur qu'à fabriquer des tables et des tabourets.

Si aujourd'hui, dans la rue, à Calcutta ou à Tel-Aviv, il arrive à Grégor d'arrêter son regard sur un passant à l'air hagard ou résolu, c'est qu'il capte en lui cette angoisse secrète qui est aussi la sienne : il donnerait beaucoup pour être en mesure de la déchiffrer, de la désarmer et par-là affirmer la solidarité des destins ligués pour et contre l'homme. Chaque mort laisse derrière elle une écorchure et chaque fois qu'un enfant rit dans la joie, elle se cicatrise. Bonjour, bonsoir, es-tu heureux ? Silhouettes spectrales, azurées, ridicules dans leurs ambitions démesurées. Le rythme qui règle leur marche vers la mort — pourtant aussi la sienne — lui demeure étranger. Dans la poussière si nous sommes forts et dans la boue si nous ne le sommes pas, nous faisons un pas, quelques pas ensemble, puis nos routes se séparent. Ne reste que la poussière, que la boue. Qu'est-ce donc que l'homme ? L'espoir devenu poussière. Mais, il suffit que dans son esprit Grégor évoque son séjour dans le petit bourg perdu, quelque part en Transylvanie, pour penser que la réciproque aussi est vraie. Qu'est-ce que l'homme ? La poussière devenue espoir.

Par ailleurs, il admettra volontiers que s'il n'y avait eu auparavant la rencontre avec Gavriel, cette dimension dans laquelle vit l'homme le plus simple, l'homme à l'apparence si simple, ne lui aurait pas été révélée : l'enchaînement contient et diffuse son propre mystère.

Il admettra également que s'il n'y avait eu auparavant la rencontre avec Gavriel — et il insistera sur *auparavant* — il n'aurait pu tenir. C'est parce qu'il n'était plus Grégor mais Gavriel, qu'il a réussi à traverser ces quelques semaines, hors de son passé, hors de sa mémoire, sans trop se soucier du sort de ses proches, sans rompre les liens pour toujours avec ses semblables. Grégor aurait éclaté de douleur ou de colère plus d'une fois et plus d'une fois il se serait noyé dans ses propres larmes. La force de Gavriel le sauva.

Elle faillit le perdre aussi.

Douces et dociles, les nuits s'abrégeaient, se soumettaient à l'été qui incendiait avec fureur la vallée et la montagne.

Pendant la journée, le village semblait désert. Ici et là, chapeau de paille tiré bas sur les yeux, un vieillard somnolait, appuyé contre le mur de sa cabane jaune dans la lumière jaune, ou à l'ombre d'un pommier dont les branches offraient au vent un refuge temporaire. Les femmes, chignons rouges et noirs sur la tête, labouraient les champs et imploraient le ciel de leur envoyer un peu de pluie. Les enfants, brûlant d'impatience, priaient que le temps passe plus vite et que les vacances arrivent plus tôt. Constantin Stefan, comme chaque année à la même époque, n'avait plus de voix à force de crier, essayant en vain d'imposer un semblant de discipline.

Suivant la tradition, l'instituteur préparait avec ses élèves récalcitrants la représentation théâtrale qui devait marquer la fin de l'année scolaire. Les enfants, n'ayant plus la tête qu'aux jeux, ne collaboraient que par crainte de représailles. Pourquoi apprendre — par cœur, par-dessus le marché — un tas de textes ne figurant même pas dans le programme ? Cela leur échappait et les irritait. Le calcul, l'histoire, la géographie, c'est autre chose. Mais, le théâtre, à quoi bon ? A quoi est-ce utile ? Ils rechignaient, faisaient la moue, mais l'instituteur y tenait et chaque année, contre vents et marées, son spectacle avait lieu, devant les notables et les habitants des cinq villages avoisinants.

Les acteurs ne pouvaient qu'être involontairement comiques. Constantin Stefan aurait dû, en conséquence, monter des comédies. Par malheur, il avait un goût prononcé pour le drame et plus encore pour la tragédie. Ne supportant pas le rire — dont il craignait d'être l'objet — il voulait à tout prix bouleverser. Les petits paysans roumains qui massacraient la langue hongroise ne l'y aidaient nullement. Seul le metteur en scène était généralement bouleversé, et cela pour des raisons qui n'avaient rien à voir avec le contenu ou le sens de la pièce.

Cette année-là, la troupe distinguée comptait un membre inattendu : Grégor.

Conformément aux ordonnances du ministère de l'Education, l'instituteur avait choisi un sujet d'actualité : les Juifs. Plus précisément : la haine contre les Juifs. La pièce devait la justifier. Constantin Stefan, débordant d'imagination et d'enthousiasme, eut une idée géniale : il ferait monter sur scène celui qui, depuis la naissance de la religion dite de l'amour, symbolise la traîtrise, l'ennemi de l'esprit : Judas. Le curé, consulté bien entendu, se déclara enchanté de la trouvaille mais posa une condition : la pièce parlerait du Christ, mais ne le montrerait pas. Et pour cause : le curé connaissait son public et tenait à éviter que le fils du Seigneur soit transformé en objet de moquerie.

Le metteur en scène recueillit moins d'enthousiasme chez les acteurs qui, boudeurs, ne pensaient qu'à lui mettre des bâtons dans les roues. Par surcroît, aucun n'acceptait d'incarner le rôle du traître. Ponce Pilate ? D'accord. Saint Pierre ? Avec plaisir. Un soldat romain ? Pourquoi pas ? Mais pas Judas. Le personnage leur répugnait. Constantin Stefan eut beau leur expliquer qu'il ne s'agissait que d'un jeu, d'un trompe-l'œil : tu seras Judas pour deux heures, c'est tout ; après tu redeviens toi. Rien n'y fit. L'instituteur fit appel au curé : son éloquence n'agissait pas sur les élèves. Le compagnon bien-aimé de Jésus, ils s'en méfiaient. C'était normal. A l'église chaque dimanche, à la messe de Noël, et plus encore à l'office de Pâques, le prêtre leur bourrait le crâne avec ses histoires terrifiantes sur le trésorier galiléen aux crimes irréparables : c'était lui qui, pour trente deniers, avait vendu aux Romains le Sauveur de l'humanité. Judas, c'était donc le lâche, le menteur, le mouchard. Tout ce qui est détestable, c'était lui. Son contact rendrait impur, il ne fallait même pas prononcer son nom sans l'accompagner d'un jet nourri de salive, sans brandir le poing dans la direction d'un Juif présent ou imaginaire. Jouer le traître ? Non, pour rien au monde ; trop dangereux. Constantin Stefan était désespéré. Il maudissait les Juifs : c'était leur faute.

Puis, il eut sa seconde idée de génie : la présence de Grégor lui apparut comme un signe du ciel. Le rôle boycotté conviendrait parfaitement au fils d'Iléana, cette garce qui avait semé la discorde dans les unions et les âmes, pas vrai ?

D'un pas précipité, tout essoufflé, il vint voir Maria et lui fit part de sa solution :

— C'est magnifique comme solution, dit-il en battant des mains comme s'applaudissant lui-même. Il n'aura pas besoin de parler ni de faire quoi que ce soit. Il paraîtra sur scène, aux endroits appropriés, au dernier acte, ce sera tout. Pas de paroles, pas de gestes, de la présence seulement : il regardera, il subira. Un Judas silencieux, je trouve cela magnifique, original. Un Judas muet, puni par Dieu. Moralité : qui pêche par la parole la perdra. Chère Maria, plus j'y pense, plus je suis convaincu : ton neveu ferait un Judas idéal, Dieu nous l'a envoyé. Je le prends dans ma troupe, Maria. Considère cela comme un privilège, comme un honneur. Tu es d'accord, n'est-ce pas ? Tu ne peux pas t'y opposer, tu n'en as pas le droit, le sort de la représentation en dépend, après tout.

— Pas d'accord, répondit Maria sombrement.

— Comment ? Tu n'es pas d'accord ? Tu refuses ? Mais, c'est impossible, Maria ! J'ai besoin de ton neveu, le village en a besoin, le Christ en a besoin ! Il s'agit d'une chose importante, personne n'a le droit de se dérober, c'est comme à l'armée. Tu veux donc faire de ton neveu un déserteur ? C'est cela que tu veux, Maria ? Tu oublies que nous sommes en guerre ?

— Pas d'accord, répéta Maria, mue par un mauvais pressentiment.

Elle eut un geste comme s'essuyant les mains dans sa jupe, pourtant elles n'étaient pas mouillées :

— Laisse-nous tranquilles, Constantin Stefan. Grégor n'est pas ton élève. Je ne permets pas que tu en fasses la risée du village. Il est malade, le pauvre, cela peut le tuer. Les malades comme lui ne vont pas à l'armée et ne savent même pas qu'il y a la guerre. Laisse-le tranquille, te dis-je. Cherche quelqu'un d'autre pour faire rire.

— Mais tu ne comprends pas, s'exclama l'instituteur, la figure congestionnée. Judas n'est pas un personnage comique, il personnifie le tragique, tout comme ton neveu. Comment te faire entrer dans la tête qu'au fond ils se ressemblent ?

Maria l'interrompit :

— Tu l'insultes, maintenant ? s'écria-t-elle profitant de l'occasion d'éclater en colère. Comment oses-tu ?

— Mais non, Maria, mais non, tu m'as mal compris...

Elle ne le laissa pas finir :

— Ça suffit comme ça, tu es allé trop loin. Mon pauvre neveu est l'innocence même. Il est bon, il est pur, il n'a jamais fait de mal à personne. Et tu voudrais en faire un criminel. Eh bien, c'est non. Je refuse. Grégor n'est pas amuseur publique, il n'est pas fait pour égayer nos voisins. Va-t'en et pas un mot de plus, tu m'entends ?

A ce moment-là, la porte s'ouvrit et Yonel apparut, encore sobre. Il demanda aussitôt :

— Qu'est-ce qui se passe ? Pourquoi vous disputez-vous ?

Constantin Stefan, en quête d'alliés, lui expliqua le problème avec force gestes. Maria observait les deux hommes, farouche, l'œil noir.

— Monsieur l'instituteur est dans son droit, déclara Yonel, sentencieux. Je suis d'accord avec lui. Nous avons besoin de Grégor qui, pour une fois, peut nous rendre service. Il nous le doit bien, hein ?

— Grégor est mon neveu, fit Maria sur un ton coupant. A moi seule de décider ce qu'il doit et ne doit pas faire.

— Tu as raison, répondit Yonel, mielleux. Bien sûr que tu

as raison. Mais, pourquoi t'obstines-tu à ne pas le laisser jouer ? C'est ce que je ne comprends pas.

— Mêle-toi de ce qui te regarde.

— Ne te mets pas en colère, ma douce Maria. C'est mauvais pour ta santé. Je ne sais pas pourquoi tu fais toute une histoire. D'après ce que nous dit monsieur l'instituteur, il s'agit d'un rien. Est-ce qu'on demande à notre cher Grégor de travailler dur, de labourer la terre, de se sacrifier pour le village qui le traite, avoue-le, comme s'il était un de ses enfants ? Non. On lui demande simplement de nous aider, de nous donner deux heures de son temps. Si je comprends bien, il montera sur les planches, se fera applaudir et s'en ira. En quoi cela lui pourrait-il nuire ? Tiens, si tu veux mon avis, cela lui ferait beaucoup de bien. Il ne s'amuse pas assez, le pauvre. Il vadrouille du matin au soir, se sait inutile, il doit broyer du noir. Grâce à monsieur l'instituteur qui pense à tout, le malheureux connaîtra enfin un peu de joie. Il le mérite, non ?

— Ta générosité, ta compassion, je les connais. Elles me touchent.

— C'est que j'ai bon cœur. Que veux-tu, ton neveu me fait pitié. Pauvre gosse. Toujours seul, avec son silence comme seul compagnon. Souvent je me demande ce qu'il pense de nous. S'il ne pense pas que nous sommes tous muets. Comme lui.

— Dommage que tu ne le sois pas, dit Maria en se rembrunissant.

L'instituteur réalisa que la situation tournait en sa faveur :

— Alors, Maria ? Tu nous le donnes ? Oui ? Tu vois bien que Yonel est pour ? Tu as confiance en lui, non ?

— Rien à faire, dit Maria les dents serrées.

Yonel la fixa un moment avant d'asséner son coup :

— Ma parole, on dirait que tu as peur ! Que tu cherches à le protéger !

— Je n'ai pas peur.

— Alors, pourquoi cet entêtement ? Sais-tu ce que diront les gens ? Que tu n'osais pas. Ils vont se demander pourquoi. Ils vont trouver ton attitude suspecte.

— Tant pis. Vous n'aurez pas Grégor.

Finalement, elle dut céder. Ignorer le piège que Yonel lui avait tendu comportait un danger. Constantin Stefan aurait vite fait de répandre le bruit que c'était la peur qui motivait sa résistance à outrance.

— Bon. Prenez-le. Et allez au diable !

Saisi d'une joie exubérante, le petit instituteur se mit à danser :

— Merci, Maria ! Merci, Yonel ! Je suis sauvé ! Je suis heureux ! Merci, merci.

Maria se tourna vers Yonel :

— Si un cheveu tombe de sa tête, je te le ferai payer cher. Mon avertissement tient toujours.

— Que veux-tu qu'il lui arrive, à ton petit Juif ? Rien ne lui arrivera. Il fera rire, c'est tout. Tu en fais toute une histoire.

— On verra, répondit Maria en haussant les épaules.

— Rien ne lui arrivera, répéta Yonel trahissant une soudaine inquiétude.

Il n'était plus sûr. Il commença à regretter son intervention. Et si les choses se gâtaient ? Maria tiendrait parole, c'est sûr.

— Tu verras, tout finira bien.

Il eut un mouvement dans sa direction, elle l'ignora et alla faire sa lessive. Peu rassuré, Yonel la suivit des yeux un moment, puis sortit en jurant : c'est la faute des Juifs.

Le grand jour fut fixé pour le jeudi de la semaine suivante. Constantin Stefan emmena Grégor en classe et le présenta à ses collègues :

— Voici notre Judas. Voyez : Dieu n'abandonne pas ceux qui croient en lui. Je vous prie instamment de vous montrer gentils avec ce pauvre garçon qui souffre pour les péchés commis par sa mère.

Impassible, Grégor se laissait faire.

Le lendemain, l'instituteur fit irruption dans la classe, agité au point de perdre contenance. Il venait d'apprendre la nouvelle la plus importante de sa carrière : le maire, le seigneur Petruskanu en personne assisterait à la représentation.

— Mes chers enfants et... collaborateurs, dit-il d'une voix solennelle, après qu'il se fut remis de son émotion. J'espère que vous réalisez l'importance de ce que je vous ai annoncé. Je demande à chacun de vous de faire de son mieux, je dis bien : de son mieux, pour que l'événement soit digne de l'intérêt que le vénérable seigneur Petruskanu nous porte. Sachez que l'expérience que vous allez vivre comptera dans votre vie ;

vous la raconterez à vos enfants qui en tireront orgueil, faites qu'il soit justifié.

Impressionnés, les élèves lui promirent en chœur. Jamais avant et jamais après, Constantin Stefan n'eut affaire à des élèves plus obéissants : ils prévenaient tous ses désirs.

Seule Maria paraissait soucieuse ; elle pressentait le danger sans pouvoir s'en faire une image concrète.

— Ce salaud de Yonel, murmurait-elle à longueur des journées. Il me le paiera, il ne perd rien pour attendre, il me le paiera.

Trop tard pour reculer.

Grégor, lui, gardait son calme. Le remue-ménage autour du spectacle l'amusait. On voulait qu'il joue ? Soit, il jouerait. Et puis, la perspective d'entrevoir enfin ce personnage mystérieux, ce Petruskanu qui, tel un dieu, ne permettait pas à ses sujets de le cerner dans leurs regards, ne manquait pas de l'exciter également. Petruskanu l'avait intrigué dès le début de son séjour au village.

— Calme-toi, Maria. Tout se passera bien. Je suis meilleur comédien qu'eux. Tu en sais quelque chose, non ?

— Je voudrais que cette stupide affaire soit déjà derrière nous. Cet imbécile de Constantin Stefan ! Toujours là aux moments les moins opportuns !

Grégor la taquinait affectueusement :

— Toi et tes pressentiments... Toi et tes démons... J'ai grandi, Maria. Tu sembles ne point t'en apercevoir. Je ne suis plus un enfant.

— C'est précisément ce qui me fait peur !

L'inquiétude la rendait encore moins bavarde. Elle comptait les jours, les heures, comme pour conjurer un mal en voie de naître. Elle s'affairait, s'occupait, allait à l'église trois fois par jour, s'acharnait par tous les moyens à tromper l'attente et à l'utiliser à des fins salutaires.

Jusque-là, Grégor évitait de parler même seul avec Maria. Maintenant, sa discipline déclinait en rigueur. Sans se faire réprimander.

— Peux-tu m'expliquer pourquoi Petruskanu, contrairement à ses habitudes, a décidé d'assister à la représentation ?

— Comment veux-tu que je le sache ? Je ne me trouve pas dans son cerveau, Dieu merci.

— Mais, tu as ton idée là-dessus : laquelle est-ce ?

— Tu m'agaces. Je ne suis pas sa confidente.

La moindre remarque l'énervait. Elle en voulait au monde entier. D'un côté elle, de l'autre le reste du genre humain, féroce dans son hostilité. Elle semblait montée même contre son neveu.

Brusquement, une lueur déchira l'esprit du jeune homme. Il demanda :

— Dis, Maria. Est-ce que Petruskanu a connu Iléana ?

Maria, se tenant près du fourneau, ne répondit pas. Grégor dut répéter sa question. Maria redressa sa tête, la laissa retomber et lança :

— Je n'en sais rien.

Il essaya de la faire parler, en la distrayant. Elle éclata :

— Tu m'embêtes à la fin avec tes questions ! Comme muet, tu es réussi, ma parole !

Le comportement de Maria renforça en Grégor l'intuition qu'il était pour quelque chose dans la surprenante décision du châtelain. Ne pouvant rien tirer de Maria, il décida d'attendre la fin du spectacle : plus libre, Maria se montrerait plus rassurée, donc plus loquace.

En bon comédien, il s'efforçait de s'assimiler au personnage de Judas. Qui était-il ? Le meilleur disciple du Christ, son ami le plus proche. Du jour au lendemain, sans raison plausible, sa fidélité avait chaviré et Judas était devenu traître. Pourquoi ? Quel sens attribuer à ce coup de théâtre ? Il y avait, d'après les Évangiles, une obscure histoire d'argent. Trente deniers. Raison absurde et inconcevable. L'argent ajoute au mystère au lieu de l'expliquer. Les compagnons du Christ se moquaient des réalités terrestres, elles n'exerçaient aucun attrait sur leurs aspirations. Il devait donc y en avoir d'autres raisons, cachées celles-là. Si le disciple s'était détourné du Maître uniquement à cause de misérables trente deniers, cela prouverait que les deux étaient plus vulnérables qu'ils ne le pensaient.

Gavriel avait prétendu que la différence entre Chrétiens et Juifs consiste en ce que pour les premiers, tout ce qui est bien vient de Dieu et tout ce qui est mal porte la marque de l'homme ; tandis que les Juifs poussent leur quête plus loin et leur puissance blasphématoire aussi : ils admettent la responsabilité divine jusque dans le mal, dans l'expiation. Le premier geste du premier Juif accusait la divinité et l'injustice qui la caractérise : celui d'Abraham s'apprêtant à sacrifier son fils. Puis, vint Moïse qui brisa les Tables de la Loi : colère contre son peuple, oui, mais aussi colère contre le Dieu de ce peuple. Le Midrash raconte une légende troublante : Caïn interrogea Dieu : Pourquoi m'as-tu fait commettre ce crime ? Pourquoi, moi ? Tu aurais pu l'empêcher, tu ne l'as pas fait : pourquoi pas ? La réponse ? évasive, bien entendu. Ce qui subsiste de Caïn, c'est sa malédiction. Longtemps Grégor s'était demandé : pourquoi Caïn ne s'est-il pas suicidé ? Voici la raison : il tenait à rendre la vie dure au Créateur des êtres et de leurs créations. Si les Chrétiens appuyaient le suicide de Judas, c'était aussi pour absoudre le Christ.

Sans savoir pourquoi, Grégor ressentait une joie inconnue en pensant qu'il allait jouer Judas.

Devant l'église, Stan l'aveugle chantait : « Oublie, passant, que grâce à toi je souris, que grâce à toi je rêve, que grâce à toi je vois ce que tu ne vois pas. »

Quelque part, au loin, la guerre continuait.

La fièvre gagnait les villageois qui se préparaient à la fête avec plus d'élan que les années précédentes.

Constantin Stefan, au sommet de sa gloire, n'eut plus aucun mal à faire valoir son importance. Grands et petits se soumirent à ses ordres. On ne se moquait plus de sa petite taille ni de son bavardage. Plus renfermé, sa démarche se fit plus pesante, plus digne. Il semblait avoir grandi de dix centimètres. Les gens s'effaçaient à son passage.

La représentation devait se dérouler dans un long bâtiment en bois ressemblant à une baraque militaire. Mihai fut chargé d'y construire la scène, la gendarmerie y installa l'éclairage : trois lampes à pétrole. Le public occuperait les bancs transférés de l'école ; les notables auraient les chaises, au premier rang.

L'instituteur travaillait sans relâche. Infatigable, il prenait soin des moindres détails. Il semblait partout à la fois. Il répétait avec la troupe, s'impatientait avec les jeunes filles trop lentes dans la décoration de la salle, supervisait les travaux du menuisier. Il ne fallait rien laisser au hasard. « Il a l'air d'un fiancé à la veille de son mariage », commentait Mihai. « D'un général avant la bataille », disait un autre. Pour Constantin Stefan ce devait être le plus grand jour de la guerre.

— Je donnerais une année de ma vie pour avoir déjà cette stupide journée derrière moi, bougonnait Maria dont la nervosité augmentait d'heure en heure.

Yonel, craignant sa fureur, ne se montrait plus. Le curé, dans la rue, témoignait à l'égard de Grégor d'une plus grande amitié. Les élèves se mettaient en quatre pour lui plaire. Il portait la fête sur ses épaules. Ils le ménageaient. Ils le traitaient avec les égards et les honneurs dus au volontaire ayant accepté une mission dangereuse, celle-la même devant laquelle tous s'étaient récusés. Il était le héros qu'on craint, qu'on respecte et qu'on prend en pitié.

Demain, jeudi.

Grégor s'avoua inquiet. Ce ne sera pas un jour comme les autres. Un nouveau carrefour.

L'activité du village devint frénétique, bouillonnante. L'instituteur, on ne le reconnaissait plus. Il se parlait à soi-même et ne répondait pas quand on s'adressait à lui. Parfois, il hurlait sans raison, d'autres fois il souriait béatement. Il gifla saint Pierre, l'embrassa en pleurant et une minute après le même incident lui arriva avec Ponce Pilate. La tension le rendait fou.

Le lendemain jeudi, la représentation était prévue pour trois heures. Le metteur en scène et ses collaborateurs passèrent une nuit blanche. Maria aussi. Grégor se réveillait en sursaut. Dans ses rêves, quelqu'un lui tendait un bâton en disant : Prends-le, tu en auras besoin. Grégor criait : Je n'en veux pas.

Au matin, l'instituteur s'aperçut qu'il restait fort à faire, à préparer, à organiser. Déplacer les lampes, recoudre les couvertures de laine qui servaient de rideau, refaire les écritures sur les murs.

— Il me faut encore quelques jours, se lamentait l'instituteur. Nous allons au devant d'un échec, vous allez voir, c'est moi qui vous le dis.

Les villageois scrutèrent le ciel : il ferait beau.

A deux heures le village se mit en marche. Les champs se vidèrent, les demeures aussi. Les hommes portaient leurs habits du dimanche. Les jeunes filles, aux cheveux lavés et peignés, sentaient le pétrole. « Hé, tu viens ? Dépêche-toi ! » « Oui, voisin, j'arrive, attends-moi. » Une véritable procession, comme pendant la semaine de Pâques, mais sans porteurs d'icônes.

Le seul habitant qu'on dut amener de force fut Codreanu, le voleur. Encadré par deux robustes paysans, il se dirigea vers la grange enguirlandée, maudissant qui le croisait sur le chemin, grinçant des dents. « Une minute plus tard, vous ne m'auriez plus trouvé », se plaignait-il. Les villageois avaient pensé à tout ; même à rendre inoffensif celui qui remplissait les fonctions de voleur. Pour des raisons de sécurité préventive, il valait mieux l'avoir comme spectateur : « Ça te fera du bien, Codreanu, lui disait-on. Tu vas t'instruire un peu. »

A deux heures et demie la grange ressemblait à la foire, un jour de marché, en bas, dans la ville. On criait, on riait, on crachait, on se tapait dans le dos, on se tirait les moustaches. Les vieillards fumaient des pipes mesurant un mètre de long, les femmes suçaient des bonbons qu'elles croquaient à grand bruit. « Alors, voisin, votre fils joue quoi ? » « Un saint, voisin, mon fils joue un saint. Et le vôtre ? » « Un soldat romain. Mon fiston, avec ses muscles, serait mal choisi pour faire le saint. »

Cachée dans un coin, Maria se mordillait les lèvres et se tordait les mains. Elle priait ou jurait, elle n'aurait pu le dire. Les gens lui parlaient, de Grégor, d'elle-même, de sa sœur ; elle répondait distraitement, ne dissimulant nullement sa mauvaise humeur. « Heureusement que ton neveu est ici, Maria. Sans lui, on n'aurait pas pu jouer. C'est le Seigneur qui nous l'a envoyé. » « Ou le Diable », répondait Maria.

Quelques visiteurs des villages avoisinants apparurent : « Il paraît qu'il y a fête chez vous, alors on a pensé... » « Soyez les bienvenus. La fête est une grande maison où il y a place pour tout le monde. » On échangeait des nouvelles, du tabac à priser, on parlait affaires, mariages, les femmes potinaient. « Vous êtes la mère de Carolina ? » C'était la mère de Carolina. « Alors, tu viens voir la jument ? Il viendra voir la jument ? » Il viendra voir la jument. « Hé, jette un coup d'œil sur Vassili, il dort déjà. Il n'attend même pas que ça commence. Ecoute comme il ronfle. » Vassili ronflait.

— Il arrive ! s'écria le guetteur. Domnul Petruskanu arrive, je le vois !

Trois heures précises. Habillé pour son rôle, en loques et la figure noircie au charbon, Grégor observait ses camarades qui, derrière les coulisses, essayaient de se rassurer les uns les autres. Dans la salle, il se fit un silence nourri de murmures. Puis ce fut le bruit des chaises qu'on déplaçait, des jambes qui reculaient pour livrer passage à l'illustre visiteur.

Brusquement, l'angoisse envahit Grégor. Sous son masque, il pâlit.

Pétruskanu dédaigna l'intérêt respectueux du public. Il s'assit. Tous l'imitèrent. L'instituteur essuya la sueur de son front et chuchota ses dernières instructions : « Restez calmes tandis que je fais mon discours. Ne bougez pas. Surtout toi — dit-il en pointant vers Grégor — fais attention. » Un élève se chargea de garder Judas à l'œil au cas où il n'aurait pas compris.

Shshshtt.

Constantin Stefan ajusta ses lunettes d'écailles — qu'il ne mettait que dans les grandes circonstances — et sortit sur l'avant-scène. Il s'inclina profondément et sembla ne pouvoir se relever. Le toussotement d'un spectateur l'aida à retrouver ses esprits et son équilibre. Il déplia sa feuille de papier et se mit à lire. Discours patriotique : l'Amour, l'Honneur, le Devoir, le Sacrifice et les Buts sacrés de la guerre — tout y était. Les pauvres paysans ne comprenaient pas un traître mot, mais lui ne s'adressait qu'au premier rang et plus particulièrement à la seule personne qui aurait dû comprendre et savourer ce langage choisi. Le fait que Vassili dormît et que Codreanu éternuât ne le gênait point. Vassili ronflait bruyamment et son voisin dut lui mettre la main sur la bouche. On entendait des shshshshtt du côté gauche ; en guise de réponse, l'aile droite répliquait par des shshshshtt plus prolongés. Le public s'impatientait. Même à l'église, même au cimetière, le curé n'aurait jamais fait un discours aussi ennuyeux.

Grégor fit un pas vers le rideau, éprouvant un violent besoin de voir Petruskanu. Son gardien le retint par le bras : « Toi-ne-pas-bouger. » Heureusement Grégor avait le visage noirci ; ses joues étaient en flammes.

— Vive la victoire, vive la patrie, vive le régent !

A contrecœur, Constantin Stefan termina son discours. Soulagés, les paysans applaudirent. Vassili, le vieux berger, se croyant en plein orage, se réveilla et sauta sur ses jambes. Son voisin le fit asseoir, en riant.

L'orateur se retira, laissant derrière lui un vacarme étourdissant. Puis, les deux élèves chargés de manipuler le rideau, tirèrent les couvertures chacun de son côté. Le spectacle débuta. Plus de retour possible. Ce qui doit arriver arrivera. Inévitablement, inexorablement. Et maintenant — silence.

Pièce en trois actes. Elle était censée montrer les disciples de Jésus qui, le jour de sa crucifixion, avaient décidé de le venger en châtiant le traître. Premier acte : ils pleurent la mort du Maître. Deuxième acte : ils prennent la décision de juger le coupable. Troisième acte : la confrontation avec Judas. Grégor ne devait apparaître sur scène qu'au troisième acte, peu avant le dénouement.

A plusieurs reprises, il renouvela ses efforts pour avancer, derrière le rideau et voir, non pas le jeu des comédiens, mais le terrible seigneur Petruskanu qui était venu — il le savait — uniquement à cause de lui. Son ange gardien l'en empêchait. Le cœur de Grégor battait à se rompre.

Les yeux injectés de sang, les cheveux hirsutes, Constantin Stefan s'agitait, hystérique, comme pris dans une danse démentielle. Il soufflait le texte aux acteurs et se trompait plus souvent qu'eux, il pleurait de rage, se frappait le front de ses poings : « C'est raté, c'est raté, je suis perdu, je suis perdu ! » Il courait d'un endroit à l'autre et murmurait : « A la première répétition, c'était mieux : ils me trahissent, ils me tuent, je suis fini, fini, fini. » Il exagérait. Le public trouvait le spectacle grandiose. Les applaudissements fusaient à chaque réplique, à chaque invocation ; les visages brillaient de fierté et l'émotion se lisait dans les regards. Seul Petruskanu demeurait impassible, rigide, presque sans sourciller.

Le second acte terminé et à peine venait-on de lever le rideau, que l'instituteur fit signe à Grégor : « Attention, petit, ce sera à toi. »

Grégor ne savait pas où il était, mais il était loin. Son esprit explorait les confins du temps, là où passé et avenir se rejoignent, échappant aux prises de la pensée. Aussi, cette fois-ci, ne feignit-il guère de ne pas comprendre : il ne comprenait vraiment pas. Ni la langue, ni la situation, ni l'angoisse qui se nouait dans sa gorge. Qui était ce clown ? Que lui voulait-il ? Que lui disait-il ?

— Attention, répéta l'instituteur dont les lunettes s'embuèrent. Tu es prêt ?

Comme le jeune homme ne réagissait toujours pas, il leva les bras au ciel, en signe de désespoir et chuchota un ordre. Du coup, Grégor se sentit empoigné par quatre bras solides et une seconde après, en scène il affrontait déjà le public. Il perçut un petit cri. Maria l'étouffa, mais ses yeux sortaient de leurs orbites.

— Judas ! Traître !

— Judas ! Vendu !

— Tu as trahi le fils de Dieu !

— Tu as tué le Sauveur !

Ils étaient une vingtaine à l'entourer, l'air menaçant, à l'insulter.

— Tu croyais pouvoir fuir ? On ne fuit pas la colère de Dieu.

— Tu croyais pouvoir te cacher ? L'œil de Dieu te poursuit partout.

Quelques-uns faisaient semblant de le battre. D'autres, pris au jeu, lui lançaient des injures grossières. Le ton montait.

— Et dire que tu étais le préféré de nous tous !

— Et dire que tu étais Son disciple favori !

A cette scène finale devait participer la troupe entière, Romains inclus. Constantin Stefan espérait en faire une apothéose de passion : la justice triomphe ! Le public eut vite fait de se joindre aux acteurs. Vive l'action ! Jusqu'à maintenant la pièce traînait en longueur, on ne faisait que palabrer, que se lamenter. Les paysans s'ennuyaient ferme et avaient fini par laisser Vassili dormir et ronfler en paix ; il ne perdait rien. Ils en auraient volontiers fait autant, mais ils tenaient à admirer le talent de leurs fils. Ici et là, un vieillard, la tête penchée sur la poitrine, voguait dans la béatitude. Mais voici que tout devenait vivant, clair. D'un côté, le vilain ; de l'autre, les bons, les justes. Voici qu'on parlait un langage qu'ils comprenaient. Tout devenait simple.

Du coup, un paysan se mit à crier : « Hé, fiston ! Qu'attends-tu ? Crache-lui dessus ! » Un autre : « On dirait que tu as peur de le toucher ! Tu as des poings, nom de Dieu, qu'attends-tu pour t'en servir ? » Un troisième : « Si tu ne lui fais pas cracher du sang et regretter le jour de sa naissance, tu n'es pas mon fils ! » Grégor vit Maria quitter sa place et s'approcher de Yonel. Elle lui parlait, le suppliait, le menaçait ; lui haussait les épaules, en signe d'impuissance. Alors, elle sortit de la baraque ; sans doute pour alerter Constantin Stefan derrière les coulisses ; le temps passait et le jeu continuait. Grégor revenait de loin. Quelqu'un lui tendait un bâton : prends-le. Il refusa : non, je n'en veux pas. Il rêvait et une voix en lui disait : je ne veux pas de ce rêve.

— Pourquoi l'as-tu trahi. Crapule, parle, on t'écoute ! Pourquoi l'as-tu vendu ?

— Si tu es un homme, défends-toi !

— Tu n'as rien à nous dire ?

— Tu as commis un crime ignominieux, tu n'es même pas capable de l'expliquer ?

Debout, excités, les narines frémissantes, les paysans criaient à pleins poumons ; leurs femmes vociféraient. La meute voulait voir le sang couler. S'ils avaient eu des pierres sous la main, ils l'auraient lapidé, comme un chien galeux. Saisis de démence collective, ils ne se contrôlaient plus. Grégor entendait un étrange bourdonnement dans ses oreilles : il se noyait dans le bruit. Au secours ? Non, il ne criera pas. Il se raidit intérieurement et son corps aussi se raidit.

La première gifle l'aveugla. Cela n'avait duré qu'une seconde. Il rouvrit les yeux et pensa : je ne les refermerai plus. Il les garda ouverts même lorsque d'autres coups l'atteignirent. La douleur se répandait dans son sang, mais il ne faisait rien pour la chasser, pour l'amoindrir. Il se disait : j'ai toujours craint la douleur physique, me voici la subissant, les dents serrées. Il en fut surpris : mon corps est donc capable de me surprendre.

Tandis que de tous côtés les coups pleuvaient, accompagnés et encouragés des jurons du public, il se mit à dévisager froidement ses tortionnaires, ses persécuteurs ; il les regardait droit dans les yeux, l'un après l'autre, systématiquement, ne quittant l'un que pour porter son regard sur son voisin. Il cessa de jouer. Eux aussi. Le combat était engagé. Son comportement ne fit qu'augmenter la fureur générale, les coups devinrent plus sauvages.

— Faites-le parler ! criait la foule frénétique.

— Faites-le pleurer !

— Qu'il avoue !

— Qu'il se repente !

Vassili se réveilla et donna libre cours à sa fureur : on l'empêchait de dormir. Il posa une question à son voisin qui n'y prêta guère attention.

— Il refuse de demander pardon ? Le salaud, montrez-lui, les braves, qu'on ne trahit pas le Christ impunément !

— A genoux ! Qu'il se jette à genoux !

— Pas de pitié, battez-le :

— Pas de pitié, tuez-le !

Codreanu le voleur profita de l'inattention de ses gardiens et s'esquiva hors de la baraque, ne ressentant envers Judas que de la gratitude.

— Alors, il est encore debout ? De qui se moque-t-il ? Du Seigneur !

— Allons, les gamins, frappez-le ! Au nom du Ciel, frappez-le ! Voulez-vous qu'on monte vous donner un coup de main ?

Grégor promena lentement son regard dans la salle qui, pour une raison obscure, voulait sa mort. Il ne sentait pas les coups ; il les entendait seulement : petits bruits sourds tombant sur le corps. Il était blessé, mais ne le savait pas ; sa peau éclatait, mais il l'ignorait. La douleur n'avait pas encore pénétré dans sa conscience.

Convulsée par la haine, haine antique soudainement réveillée, la foule délirait et sur un ordre quelconque elle aurait entrepris une marche à travers le temps pour ajouter une croix à celles qui peuplent le mont des Crucifiés.

Au premier rang, le curé, les bras sur le ventre, méditait béatement, probablement fier de ses paroissiens qui manifestaient une fidélité si fanatique à l'enseignement et à l'héritage chrétiens. Mihai le repentant observait la scène d'un air désabusé, mais ne participait pas au vacarme. Stan l'aveugle souriait, énigmatique.

— A genoux, traître ! criait la meute d'une seule voix.

— Crache ton crime, crache-le dans le sang, avec ton sang ! Il faut le faire parler, il le faut !

Hier encore tous ces visages étaient des visages amis. Hier encore, ces gens lui parlaient, lui prenaient le bras avec amitié, lui offraient qui une pomme, qui une grappe de raisin, qui une parole chaleureuse. Tous semblaient lui dire : « Dieu t'a battu, nous sommes meilleurs que lui ; nous t'aimons, nous voudrions te consoler. » Ils lui donnaient leur compassion en aumône ; ils étaient riches en compassion ; grâce à lui ils pouvaient s'en vanter. Et les voilà maintenant qui exigeaient sa mort. Ils n'ont pas changé, songea Grégor sans amertume, je n'ai pas changé, eux comme moi nous sommes restés ce que nous étions, ni plus ni moins, et cependant, dans la zone la plus repliée de leur être, du mien aussi, quelque chose s'est transfiguré. Les données ne sont plus les mêmes. Savent-ils que je ne suis pas Judas ? Que je ne suis pas le fils d'Iléana ? Quelle est donc cette force qui a détruit en eux la bonté, la pitié ? Qu'est-ce qui s'est passé au juste ? Obstiné et orgueilleux, drapé de sang, il les toisait du regard, du haut de son piédestal.

Soudain, il le vit et pendant un moment interminable, la foule cessa d'exister. Les jambes croisées, une cigarette à la main, Petruskanu l'étudiait, la tête légèrement inclinée à droite, son visage fin et anguleux trahissant une intense inquiétude. Leurs regards se croisèrent et, en cet instant, un lien profond, immuable, s'établit entre leurs destins. Ils n'étaient plus seuls. Grégor eut envie de sourire pour le rassurer : Non, je n'ai pas mal ; non, je n'ai pas honte, pas vraiment ; non, je ne suis pas coupable : pas envers eux. Il fronça les sourcils, Petruskanu fit de même. Une sensation indéfinissable de bonheur inonda Grégor. En silence Petruskanu demanda : *Tu veux mon aide ? Il suffit que je me lève et toute cette horde courbera la tête, apeurée. Tu veux ? — Non, ami. Pas maintenant. Pas encore. Je peux encore tenir. — Soit. Attendons. Toutefois, sache que je suis là, que je veille. — Je sais, ami, je sais.*

L'assaut continuait de plus belle et la meute y mettait son cœur, ses passions : elle accomplissait un rite. Grégor ne sentait toujours pas le sang qui coulait sur son visage. Le sang n'était pas le sien, le visage non plus. Ils appartenaient à quelqu'un d'autre, mort depuis deux mille années, mais que l'on maintient vivant pour cruellement lui faire expier des crimes commis par d'autres.

Ce fut Mihai le menuisier, Mihai le repentant qui, le premier, se décida à venir au secours de Grégor. Sans qu'il bougeât de sa place, près de la porte, il éleva sa voix et pour une seconde elle domina les éclats de sa rage :

— Arrêtez ! Arrêtez ! Vous finirez par le tuer, bande d'imbéciles ! Vous ne voyez pas que ce n'est qu'un jeu ? Que ce n'est pas Judas ? Que c'est Grégor, notre Grégor, le fils de notre Iléana ?

— Et après ? répliqua une voix courroucée. Sa mère n'était pas une sainte, que je sache? Elle méritait le châtiment, non? Elle nous a causé assez d'ennuis, non ? Elle nous a bafoués, non ? Ne prends pas sa défense, Mihai. Pas de pitié pour Iléana, Mihai. Pas de pitié pour le fils d'Iléana !

Mihai essaya d'argumenter, ils refusaient d'écouter. Ils criaient en le huant :

— Tu nous casses les pieds, Mihai. Tais-toi et que justice soit faite. Allez, les braves, vengez-nous ! Qui a envoyé le Christ à la mort mérite la mort. Qui n'a pas d'égards pour nous, ne mérite pas d'égards. Telle mère, tel fils. Souvenez-vous de votre devoir, les braves : Vengez vos parents. Iléana était notre Judas à nous, elle nous avait vendus pour moins de trente deniers. Allez, les gars, frappez et que Dieu vous bénisse !

Le menuisier haussa les épaules et se tut. Et la mise à mort continua. Tous savaient que Grégor n'était pas Judas et cependant leur soif de sang ne s'était point atténuée. Au contraire, elle gagnait. Ils jubilaient presque. Ils vivaient l'heure la plus glorieuse de leur existence. Ils s'étaient rattachés à l'histoire. Judas attisait leurs souvenirs blessés et les chargeait de haine concrète en rouvrant les blessures. Leur ennemi véritable, c'était Iléana. Du coup, ils réalisaient que le danger persistait, la terre manquait toujours de stabilité pour eux. La présence du fils d'Iléana bouleversait leur vie. Aussi, l'écume aux lèvres, jetaient-t-ils à Grégor leurs imprécations.

A nouveau, Grégor se tourna vers Petruskanu, qui, insondable les paupières mi-closes, l'étudiait en tirant sur sa cigarette. Lui aussi savait déjà que Grégor n'était pas Judas, mais le fils d'Iléana. Aussi tenait-il à voir comment Iléana se serait comportée face à cette meute ivre de jalousie refoulée, inassouvie. *Désires-tu mon aide ? — Non, pas encore. Tu vois bien, ami, je me tiens sur mes jambes : je suis leur passé, je suis plus fort qu'eux. — Plus fier qu'eux.* Grégor eût voulu sourire : il devait bien à Iléana de rester debout, roc solide ; il lui devait bien de ne pas crier, de ne pas succomber à la douleur, de ne pas participer au jeu. Il pensait : après la guerre, j'irai trouver cette femme et je lui dirai : je ne t'ai pas fait honte et Petruskanu te le confirmera. Celui-ci le fixait et semblait sourire, comme ayant deviné sa résolution.

Mihai tenta une seconde fois de raisonner ses concitoyens ; il se fit huer à nouveau. Les paysans et leurs épouses vertueuses n'allaient pas le laisser briser leur élan, troubler leur fête. Comme il insistait, avec une véhémence croissante, on le jeta dehors. Et le monde de Grégor compta un pilier de moins. Le curé ne bougeait toujours pas, sans doute méditait-il sur l'hérédité dans le mal et sur les voies obscures mais justes de la volonté divine. Maria n'était pas encore revenue.

Plus l'assaut gagnait en violence, plus Grégor se découvrait fort, plus fort que ses assaillants : ils souffraient, lui pas. La scène avait l'aspect irréel, opprimant, du cauchemar. La douleur, étant là, en lui, sur lui, en présence étrangère, était celle du cauchemar. Il la ressentait, mais était conscient du fait qu'au moment de son choix, il pouvait l'arrêter.

Baignant dans le sang, son visage ressemblait à un masque africain, porté par les sorciers qui conjurent les morts de se montrer aux vivants et de manifester leur désir de redevenir humains. Le rouge s'y mêlait au noir, le sang à la suie. Le regard de Petruskanu se fit plus insistant : *Il est temps que j'intervienne, ils vont t'assassiner. — Non, ami. Attends encore un peu. D'ailleurs ils ne me tueront pas, par crainte de ma mort.* Un tremblement imperceptible parcourut les lèvres exsangues du maire.

Alors, telle une brûlure, l'idée d'intervenir dans le spectacle et d'en assumer la direction s'empara de Grégor. Il se disait : je n'ai plus beaucoup de temps, je dois agir debout et non à genoux. Si j'attends, mon corps me trahira, il ne sera plus.

Et il se disait : Tu n'as pas le droit de mentir à Petruskanu, ni de lui dissimuler une partie de la vérité. Pas à lui. Aux autres, oui : ils ne demandent que cela, ils nourrissent ce mensonge et se nourrissent de sa chair. Lui est différent. Lui mérite que tu lui parles, le visage découvert, d'être à être, à un niveau d'où serait exclu le besoin d'isoler le secret, de le travestir. Les autres, la vérité — la tienne, la leur — les effraie et ils l'étranglent. Mais lui mérite mieux. Tu n'as survécu que pour retrouver cet homme dur et fermé qui, à un certain carrefour, t'attendait comme un allié, comme un guide. Lui mentir serait prendre un détour, contourner le lieu désigné, ce serait trahir le sens de cette rencontre : mourir dans le mensonge n'est pas moins grave que d'y vivre.

Grégor écarta les jambes, comme pour trouver un point d'appui sur les planches et lentement, très lentement, leva son bras droit. Les acteurs, croyant qu'il avait enfin décidé de se défendre, s'apprêtaient à le jeter bas et à le fouler aux pieds. Quelqu'un du public saisit une chaise et allait s'en servir. Il fallait faire vite, le devancer. Maintenant chaque seconde comptait, chaque geste, chaque souffle. Le temps se concentra. Mille voiles se déchirèrent : les Patriarches surgirent du passé, le Messie de l'avenir. Vite, vite, Quelque événement devait se produire. Grégor respira profondément et sa voix sonna ferme en s'adressant au public :

— Hommes et femmes de ce village, écoutez-moi !

Sous l'effet de la stupeur, tous se figèrent, incrédules, comme si la mort les eût surpris en plein mouvement, au milieu d'une bataille. Projetés hors du temps, ils ressemblèrent à des personnages de cire grotesques, idiots, sans destin, sans âme : des êtres d'argile maudits, damnés au service du diable. Les bras restaient suspendus en l'air, les bouches entrouvertes, les langues tirées, les traits congestionnés : le moindre souffle les eût renversés et renvoyés à leur poussière. Toute respiration avait cessé. Ils avaient peur de se découvrir vivants, responsables. Penché en avant, on eût dit que le curé allait s'écrouler sur son ventre. Il semblait avoir perdu ses paupières. Puis les visages se vidèrent de leur haine et une frayeur animale lui succéda. Le silence se fit lourd de sang, d'orage, lourd de malheur. Soudain, un vieillard se ressaisit et se jetant face à terre, s'écria d'une voix apeurée :

— Dieu miséricordieux, aie pitié de nous !

Et il éclata en sanglots.

Un autre l'imita :

— Dieu miséricordieux, pardonne-nous nos péchés !

Un troisième :

— Un miracle ! Un miracle, mes frères ! Regardez et priez

Notre Seigneur d'avoir pitié des misérables que nous sommes.

A présent, d'autres voix se firent entendre :

— Oui, oui, oui. Un miracle, un miracle sous nos yeux ! Il parle, le cher Grégor n'est plus muet ! Notre bien-aimé Grégor ! Dieu lui a rendu la parole! Oui, regardez et jugez : Dieu a accompli un miracle devant nos yeux !

Comme un seul homme, ils tombèrent face à terre et poussèrent des plaintes et des gémissements : les uns croyaient mourir, les autres se voyaient déjà morts. Les acteurs couvrirent les planches de leurs corps. Grégor était resté seul debout. Dans la baraque, le vacarme reprenait de plus belle. Les uns se frappaient la tête contre le sol, les autres se battaient la poitrine. Les femmes, de leurs voix aiguës, vociféraient comme à un enterrement. Les gendarmes, à plat ventre, n'osaient pas se regarder entre eux. Seul, Petruskanu ne bougeait pas. Il avait gardé sa position rigide et son air implacable. La cigarette dans sa main s'était éteinte, mais il ne s'en apercevait pas. Sa lèvre supérieure tremblait légèrement. Il dévisageait Grégor et son regard se durcit.

— Hommes et femmes de ce village, écoutez-moi, répéta Grégor. Ecoutez-moi, car j'ai à vous parler.

Les femmes se signaient, les enfants sanglotaient, les acteurs, craignant la foudre, avaient le visage blanc comme de la chaux. Les bruits mouraient, les lèvres continuaient à remuer.

— J'ai à vous parler, dit Grégor. D'abord, sachez que je ne suis pas celui que vous croyez.

— Nous le savons, répondit un vieillard, celui qui le premier avait crié au miracle. Tu n'es pas...

— Je ne suis pas Judas, dit Grégor qui se sentait prophète, debout sur la montagne, traversé par la parole de Dieu, par les éclairs de cette parole.

— Non, tu n'es pas Judas, lui fit écho le premier vieillard. Nous le savons, cher enfant. Nul besoin de nous le dire. Tu es Grégor, notre Grégor. Un enfant de chez nous que Dieu a choisi pour poser sur lui son regard. Ce que nous ne savions pas, c'est que tu es un saint. Pardonne-nous, mon enfant. Au nom de nos femmes et de nos disparus, nous t'implorons de ne pas en vouloir. Ce n'est pas toi que nous voulions tuer ; toi, nous t'aimons bien, tu le sais ; c'est Judas qui méritait la mort, c'est lui, le traître. Aie pitié de nous, pauvres pécheurs ignorants que nous sommes. Fais en sorte que Dieu ne nous châtie pas. Tu es un saint et maintenant, nous le savons. Tu es un saint puisque

Dieu notre Seigneur t'a choisi pour accomplir, à travers toi, un miracle ! Au nom de ce miracle, nous t'offrons notre humilité, nos remords. Ne nous rejette pas.

Petruskanu pinçait ses lèvres.

— Je ne suis pas celui que vous croyez, dit Grégor, surpris de la portée et de la puissance de sa propre voix.

— Nous le savons, criaient les vieillards, se tordant de douleur. Nous le savons.

— Non, fit Grégor. Vous l'ignorez.

De nouveau, ils voulurent protester, mais Grégor les arrêta d'un geste et son ton se fit épée tranchante :

— Vous avez changé d'ignorance, c'est tout. Vous m'avez pris pour Judas, je ne l'étais pas ; à présent, vous me prenez pour un saint, je ne le suis pas. Judas est un saint, pas moi. Vous avez frappé Judas, vous avez blessé un saint. Lui seul peut vous pardonner, pas moi.

Le curé se prit la tête entre les mains comme pour l'empêcher d'éclater ; il haletait ; la voix de Grégor pénétrait en lui et l'étranglait. La porte s'ouvrit et Mihai y apparut. Le menuisier saisit la situation et poussa un cri de victoire :

— Repentez-vous ! Cela fait des années que je vous supplie de renier le mal, de vous défaire de vos péchés, vous avez refusé de m'écouter!

Grégor avala sa salive ; ses yeux enflés lui faisaient mal.

— Judas seul peut vous pardonner. Implorez-le ! Lui vous pardonnera peut-être, moi je ne puis le faire en son nom. Je ne suis pas Judas.

— Nous le savons, sanglotaient les vieillards. Tu n'es pas Judas, tu es Grégor, notre petit Grégor, le fils de notre chère Iléana, une fille de chez nous, la plus belle fille de chez nous, au cœur plus généreux et plus ouvert que les autres. Si Dieu a choisi son fils pour en faire un témoin de sa gloire, c'est que sa mère aussi a accompli des miracles, mais nous étions trop bornés pour le comprendre, c'est que Iléana aussi est devenue sainte, sans que nous nous en rendions compte. Tu es le fils d'une sainte, tu dois nous pardonner. Si tu nous rejettes, nous sommes damnés!

— C'est encore l'ignorance qui parle de votre bouche.

— Eclaire-nous ! Montre-nous la voie !

— D'abord, répondez : vous reconnaissez-vous coupables, oui ou non, d'avoir été injustes envers Judas ?

— Oui, répondit le premier vieillard après une hésitation.

— Je désire vous entendre tous.

— Oui, crièrent les hommes et les femmes. Nous sommes coupables. Nous avons été injustes envers Judas.

— C'est lui, la victime : pas Jésus ; c'est lui, le crucifié : pas le Christ. Avez-vous compris cela ?

— Oui, oui, nous te savons gré de nous avoir ouvert les yeux.

— Je n'ai pas entendu le curé : il n'est pas d'accord ?

Le curé leva son visage et le tourna vers Grégor : il semblait ne plus avoir de paupières. Ses lèvres remuèrent, mais aucun son n'en sortait. Ses voisins le poussaient du coude, l'incitant à l'obéissance : parlez, parlez, monsieur le curé, sinon vous nous perdrez, vous ne voyez pas, c'est Dieu qui exige que vous vous soumettiez.

— Oui, oui, bredouilla le curé au prix d'un immense effort.

— Oui : quoi ?

— Je suis coupable. Nous sommes tous coupables.

Il tremblait de la tête aux pieds, il se savait perdu : il avait vécu dans l'ignorance, dans le mensonge, n'ayant recherché que les explications faciles. Maintenant, à l'heure du supplice, tout était renversé, trop tard pour recommencer.

— Répétez après moi, dit Grégor : Judas est innocent et nous implorons humblement son pardon.

L'assemblée s'exécuta. Seul Petruskanu ne participa pas à la confession. Il ne quittait pas Grégor du regard. Celui-ci se raidit, redressa la tête : le moment était venu. Il laissa le silence s'appesantir avant de reprendre un peu plus bas :

— Je vais vous révéler une chose que vous ignorez.

Il s'interrompit pour donner plus de poids à ce qui allait suivre. Les paysans se penchèrent en avant, s'attendant au pire.

— Je ne suis pas le fils d'Iléana, déclara Grégor en détachant chaque syllabe.

Pour la seconde fois cet après-midi, la foudre s'abattit sur le village. Blêmes, comme baignant dans la lumière meurtrière de la fin du monde, les paysans se regardèrent, n'en croyant pas leurs oreilles : avaient-ils bien entendu ? Et tous la même chose ? Ne rêvaient-ils pas ? Chacun chercha la confirmation dans les yeux du voisin. Petruskanu ne contrôlait plus le tremblement de sa lèvre supérieure. Grégor capta son regard ébranlé et n'eut aucune difficulté à sourire en enchaînant :

— Iléana est une sainte, mais je ne suis pas son fils.

Le bras levé, le buste rigide, le visage en feu — feu noir, feu rougeâtre — il avait l'air terrible d'un prophète sauvage, en loques, qui sur la montagne, loin des hommes et encore plus loin de lui-même, attend indécis, se demandant si Dieu exige de lui le pardon ou la malédiction, s'il est là pour fouetter la foule ou lui apporter enfin le baume de la grâce, l'espérance consolatrice qu'elle mérite et dont elle a besoin, pour se reconstruire une vie, une foi, une route.

Durant un bref instant, il pesa les deux possibilités. Des mots se pressèrent sur ses lèvres, des mots chargés de vengeance, de malheur, placés sous le signe de la justice finale. Il pouvait exploiter la situation et leur jeter les secrets qui lui étaient confiés. Laisser ainsi l'enfer derrière lui. Ils se haïraient ouvertement les uns les autres au lieu de haïr les Juifs, ils n'oseraient plus se montrer dans la rue, les femmes ne supporteraient plus la présence de leurs époux. Toi, oui toi, avec la cicatrice sur ta joue droite : Si la parole me fut rendue, c'est pour que je m'en serve. Je te dis donc ceci : cesse de convoiter la sœur de ta femme, plus belle et plus jeune qu'elle : laisse-la tranquille, ne sème pas le poison et le feu dans son corps. Et toi, oui toi, avec la moustache tombante : c'est toi le mouchard qui as donné ton voisin, ton meilleur ami, aux gendarmes, c'est toi qui l'as envoyé en prison. Et toi, à côté, avec tes grandes oreilles d'âne : tu n'es qu'un sale voleur, c'est toi qui as volé le sac de farine chez la veuve. C'est à cause de toi qu'elle meurt de faim. Grégor pensait : je pourrais, je devrais aller jusqu'au bout et ouvrir les écluses. Je m'arrêterais après chaque cas, un moment, le temps de choisir la victime suivante ; ainsi la peur, l'angoisse les écraseraient, et ce serait justice.

Mais il vit Petruskanu et refoula son désir de vengeance. Qu'importe les autres, c'était pour lui seul qu'il se trouvait là, à lui seul qu'il parlait, qu'il parlerait.

— Hommes et femmes de ce village, reprit-il en haussant le ton, relevez-vous. Remettez-vous. Vous n'avez plus rien à craindre. J'ai un dernier aveu à vous faire. D'abord, relevez-vous.

Il y eut encore un remue-ménage. Les uns obéirent, les autres, toujours sous le coup de la peur, restèrent à genoux. Tous braquèrent le regard sur lui, suspendus à ses lèvres. Soudain, ils réalisèrent le danger : cet étranger, qui n'est pas le fils d'Iléana, qui n'est plus muet, en savait trop sur leur compte. Il pourrait les détruire tous.

— Oui, fit Grégor en s'adressant à Petruskanu et à travers lui à ses sujets. Cet aveu sera le dernier. Que je ne suis pas

Judas, cela, vous le savez déjà. Je ne suis pas le fils d'Iléana, cela aussi vous le savez, je viens de vous le dire. Il ne me reste qu'à vous faire part de ceci : je ne m'appelle pas Grégor. Je suis juif, j'ai un nom juif : Gavriel.

Il se tut et un sourire non de victoire mais de pitié, éclaira ses traits. Les paysans, déconcertés, ouvrirent la bouche, ils s'attendaient à tout, sauf à cela. C'était trop pour eux. Le curé s'affaissa sur sa chaise. Les villageois fixaient la scène sans comprendre. La même pensée fit irruption dans leurs cerveaux : nous voilà les victimes d'un Juif qui nous tient dans sa main. S'il continue à faire ses aveux, la terre nous engloutira.

Le vieillard, qui peu avant l'avait proclamé saint, était maintenant le premier à retrouver ses esprits. La figure menaçante, il brandit les poings et s'écria :

— Menteur ! Sale menteur ! Tu nous as trompés, tu as trahi notre confiance, tu t'es moqué de gens innocents, tu vas nous le payer !

Son intervention provoqua l'explosion générale. Redevenus eux-mêmes, les paysans eurent vite fait de réintégrer le présent ; leur haine remonta à la surface, agissante, attisée par la peur, par la rancœur.

— Menteur ! Menteur ! Traître !

Les élèves sur la scène, en demi-cercle autour de Grégor, n'osaient encore approcher, mais le danger à présent venait de la baraque, où les parents, en rangs serrés, glissaient de l'avant, l'œil noir, résolus, le couteau à la main. Restées en arrière, les femmes les encourageaient :

— Allez, réglez-lui son compte ! Qu'il redevienne muet ! Coupez-lui la langue, allez !

Saisi d'une lucidité aiguë, douloureuse, Grégor retenait son souffle et attendait. Il vivait encore dans son temps à lui, des siècles le séparaient de ces hommes qui s'approchaient en grinçant des dents. Il attendait la mort, il savait qu'elle viendrait, qu'elle s'était déjà mise en marche : elle était là quelque part dans la salle, précédant les autres, c'était elle qui les dirigeait sur lui, c'était elle la lueur noire qui brillait dans les regards. Immobile, il la voyait venir. Une petite voix lui chuchota : Tu vas mourir, mais ta mort a un sens ; Gavriel et Petruskanu, ne sont pas deux êtres, mais un seul. Grégor s'interrogea : est-ce que j'ai peur ? Il n'avait pas peur. Il pensa : Je vais mourir et je n'ai pas peur. Je vais faire de ma mort une porte.

Cependant, les paysans avançaient comme des soldats se préparant à l'assaut de barricades invisibles. Leurs pieds nus glissant sur le plancher produisaient un étrange froissement, doux à l'oreille, semblable à un murmure humain. Imperturbable, Grégor observait la mort qui, dans un instant, allait accaparer sa proie. Il pensait : La mort n'a pas un visage mais mille, pas une main mais mille. C'est donc cela la mort, cette force qui soudait hommes et femmes et les liait à tout jamais, qui les rendait obstinés, opaques, hostiles. Je n'ai rien appris. Où est ce bon Constantin Stefan ? A moitié mort, derrière les coulisses, fou de désespoir. Le troisième acte ne t'appartient pas, cher monsieur l'instituteur. A moi non plus. C'est la mort qui l'écrit, c'est elle qui fait tomber le rideau, c'est elle le rideau, c'est elle encore qui recueillera les applaudissements : bravo, bravo, crieront les vivants, bien joué !

Les bourreaux évoluent tout près de la scène, ils vont l'envahir et leur honneur sera vengé dans le sang. Grégor ne bronche pas : en ce moment même, dans les champs rouges de Galicie, des officiers élégants et à l'allure distinguée lancent des ordres : feu, feu, feu ! Et cent Juifs, dix mille Juifs basculent dans la fosse : on ne meurt donc pas seul.

Imperceptiblement, il se tourna du côté de Petruskanu pour lui dire adieu ; leurs regards se croisèrent à nouveau. Alors, les choses se passèrent si vite qu'ils furent hors du village avant que les paysans, sur leurs carrosses, et les gendarmes sur leurs chevaux, aient pensé à déclencher, pour les poursuivre, une opération d'envergure.

D'un bond, Petruskanu avait sauté sur la scène et sans dire un mot avait entraîné Grégor vers les coulisses et de là vers la sortie de derrière.

Ils coururent jusqu'au cabriolet. Petruskanu fit monter le jeune homme, congédia le cocher et s'empara des rênes. Les deux chevaux s'élancèrent vers l'ouest en hennissant. Le crépuscule baigna de sang l'horizon.

— Je connais un endroit où tu seras en sécurité, dit Petruskanu.

Il avait la voix grave et claire des hommes habitués au silence, à la solitude.

— Nous y attendrons la nuit, puis je t'emmènerai chez les partisans.

Grégor ne répondit pas. Le ton du maire n'invitait pas de réponse. La terre s'apaisait, le ciel se mettait à vivre. Le vent frissonnait légèrement dans les arbres qu'il quittait pour caresser doucement les tiges de l'herbe qui bordait la route.

Une heure plus tard, le cabriolet s'arrêta devant un chalet isolé au fond d'un bois. Petruskanu sauta à terre, Grégor le suivit à l'intérieur. Le maire n'eut nul besoin d'allumer pour s'orienter. Il ouvrit les fenêtres et la nuit glissa dans la demeure. Petruskanu ôta sa veste, alla vers l'armoire d'où il sortit une chemise blanche à manches courtes et un costume léger gris clair.

— Dehors, à gauche, il y a un puits, va te laver. Tu te ferais peur si tu te voyais.

Petruskanu sortit s'occuper des chevaux, Grégor alla se laver. L'eau froide le revigora, il redevenait lui-même, sa mémoire se remit à fonctionner, à répandre de la douleur. Une lassitude inconnue, qui n'avait rien à voir avec son corps, le gagnait. Il rentra dans le chalet, Petruskanu lui tendit du café chaud qu'il avala d'un trait en se brûlant le gosier. Il mit la chemise, le costume, trop grands pour sa taille.

— Chez les partisans tu trouveras bien quelqu'un pour les ajuster, dit Petruskanu.

Ils sortirent et s'assirent sur l'herbe. La nuit alluma quelques étoiles dans le ciel d'un bleu intense.

— Fatigué ? demanda Petruskanu.

— Terriblement.

Il réfléchit une seconde et ajouta :

— Sensation étrange. C'est une fatigue qui n'est ni physique ni mentale, elle ne touche ni le corps ni le cerveau : uniquement la mémoire.

— Tu es fatigué de vivre ?

— Peut-être.

Grégor aurait aimé lui parler de Gavriel. Une autre fois. Il rencontrera encore Petruskanu. Lui-même ou quelqu'un qui aurait sa voix, son visage, sa générosité.

— J'ai connu Iléana, dit Petruskanu.

— Je sais.

Ils se turent.

— Tu sais ?

— Oui. Je t'ai vu et cela m'a suffi pour savoir.

Le maire soupira. Son regard allait d'une étoile à l'autre, comme pour mesurer leur distance.

— C'est pour elle que tu as fait tout cela, n'est-ce pas ? 'interrogea Grégor.

Petruskanu réfléchit :

— Oui et non. Pour elle et pour toi aussi. J'aime que tu oses affronter la foule, affronter la douleur et l'injustice tout en demeurant impassible, méprisant les forces qui dans un instant vont t'écraser. Iléana en était capable. Tu es peut-être son fils, après tout.

— Peut-être, dit Grégor.

Ils n'échangèrent plus une parole avant de quitter le chalet, deux heures plus tard, aux environs de minuit. Tout était dit.

— Veille à ce que rien n'arrive à Maria, dit Grégor, installé dans le cabriolet.

— J'y veillerai.

Vers les trois heures du matin, ils atteignirent un petit bourg. D'après Petruskanu, les partisans se cachaient dans la forêt avoisinante. Il le déposa à l'orée du bois et, sans descendre, lui tendit la main :

— Au revoir, Gavriel. Et bonne chance.

— Au revoir, répondit Grégor la gorge serrée, et bonne chance. Sache que je ne t'oublierai pas.

— Je sais.

Dans le noir, Petruskanu sembla sourire. Grégor ajouta :

— Après la guerre, j'irai trouver Iléana. Je lui dirai ma gratitude.

— Après la guerre, dit Petruskanu sur un ton rêveur, après la guerre...

D'un mouvement brusque, il tira sur les rênes et disparut.

AUTOMNE

Quel silence ! La forêt écoute, pensa Grégor alors qu'ils marchaient côte à côte dans le noir, la tête basse, pesante. On parle de l'âme de la forêt, elle a aussi une mémoire. Elle entend et se souvient.

Que le ciel est lointain, étranger ! Le regard d'un fou s'y promène. Il fait pleine lune mais sa lumière froide, spectrale, la rend irréelle. Nous sommes prisonniers de cette forêt qui, tel un être vivant, retient son souffle et, curieuse, avance et s'incline en tendant l'oreille pour ne pas perdre le moindre froissement, le moindre chuchotement : rien ne doit lui échapper, rien ne peut se produire en dehors de son étreinte. Nous sommes prisonniers de cette folie.

Un homme tourmenté ou un enfant rêveur — ce sera peut-être le même — viendra ici un jour, en quête de repos, d'interrogation ou de visions lancinantes et soudain, de très près et de très loin — tout dépend du poids de sa sincérité — il percevra le bruit de nos pas, de notre respiration opprimée. Et nous vivrons en lui.

Le miracle de la forêt : rien de ce qui s'y dit ne se perd. Le saint et le solitaire — c'est peut-être le même — y viennent non seulement pour se purifier le corps et la passion, surtout la passion, mais aussi pour écouter en tremblant, pour trembler en écoutant cette voix mugissante qui, avant la création première, avant la libération du verbe, contenait déjà la forme et la matière, la joie et sa défaite — et ce qui les sépare et ce qui les concilie — à partir desquelles furent pétris l'univers, le temps et leur vie secrète.

Dehors cette voix est couverte par les bavardages et les lamentations de ceux qui font commerce de leur avenir et aussi de l'angoisse — la leur et celle d'autrui. Ici, elle retient sa qualité immaculée, sa beauté qui finit par devenir force. Parfois, par-delà le temps déraciné, nous parvient également un cri d'étonnement et même de terreur : celui de l'ancêtre qui, en ouvrant les yeux pour la première fois sur un monde déjà en mouvement, s'aperçut que l'on s'était moqué de lui.

— C'est de la folie, murmura Leib le Lion. C'est de la pure folie.

Il se refusait à admettre ce qui était l'évidence même : que la terre et le ciel d'Europe étaient devenus d'immenses cimetières hantés. Il s'écria avec rage :

— Si ce que tu dis est vrai, c'est que tu es fou, c'est que je suis fou moi-même.

Ils marchaient sans but, simplement pour être seuls. Les autres étaient restés dans le bunker servant de poste de commandement. Par moments, loin des sentinelles, ils s'arrêtaient, le nez en l'air, reniflant dans toutes les directions, redoutant l'arrivée subite d'une patrouille. Les mille voix de la nuit, ponctuant le silence, leur parvenaient étouffées, brisées, à travers les branches des arbres où la lune se frayait passage. Où est Gavriel ? songeait Grégor. Dans le vent, dans le feuillage, dans le silence ? Partout. Il est le vent, il est l'arbre, il est la nuit. Il est le regard qui scrute les hauteurs et attend un signe, l'apparition de l'ange. Où est Gavriel ? Qui est Gavriel ?

— Nous vivons le temps de la folie, dit Grégor. Elle s'est abattue sur nous, non pas comme la foudre, mais comme la peste. On la respire et elle nous transforme en foyers de démence. Nous voilà de nouveau au Moyen Age, Leib. Seulement, maintenant, ni les prêtres de l'Inquisition, ni leurs victimes ne comprennent ce qui les fait agir ni au nom de quels dieux les bûchers sont allumés. C'est l'éclipse à l'échelle de l'univers. Tout se désagrège. Passé, avenir, présent ; espoir, humanité, progrès : des mots que tout cela. Es-tu sûr que demain existe ? Non, il a déjà vécu. Il s'est déjà éteint. Le temps n'existe que dans la mesure où l'homme est là pour le subir ou le bénir ou encore pour le nier. Mais il n'y a plus d'hommes. C'est la fin du monde, Leib. Tout est fini, te dis-je. Gavriel avait raison : le Messie ne viendra plus, il s'est égaré en chemin et les nuages vont désormais lui obscurcir la vue. Il n'y a plus d'hommes, te dis-je, Leib. Ici et là, il y en a encore quelques-uns, mais ils se terrent dans les cavernes, comme des bêtes apeurées. Les autres se prennent pour des dieux parce qu'ils sont assoiffés de sang. Si cela continue, nous assisterons à un nouveau déluge : une mer de sang engloutira la terre et l'arche sombrera.

Incrédule, Leib hocha la tête et se passa la main sur le front, comme pour y chasser une douleur.

— Il faudrait retrouver Gavriel, dit-il.

— Le retrouver : où ? comment ? par quels moyens ?

— Je n'en sais rien.

— Qui te dit qu'il soit encore en vie ? Qu'il se trouve encore dans la même prison ? Cela fait des semaines qu'ils l'ont emmené. Qui te dit qu'il ne soit pas parti en déportation ?

— Je n'en sais rien. Mais il faudrait se renseigner.

Grégor allait dire : inutile de courir ce risque, Gavriel est mort. Mais il fut incapable de prononcer ces mots si simples : Gavriel est mort.

— On pourrait trouver des complicités dans la prison, un gardien peut-être.

— Oui, peut-être.

Leib s'arrêta soudain. Grégor aussi. Jadis, Leib lui semblait invulnérable ; auprès de lui, Grégor se sentait protégé, en sécurité, ne craignant ni Pishta ni sa bande.

— Tout de même, dit Leib, avoue que c'est étrange. Il a fallu une guerre pour que nos chemins se croisent à nouveau.

Dans le noir, ses yeux brûlaient et Grégor redevint l'écolier de jadis.

— C'est le but de la guerre, répondit Grégor en dissimulant son émotion. Elle souligne et fait ressortir ce qui est étrange. C'est pour que nos chemins se croisent à nouveau qu'elle a éclaté. Elle s'amuse, la guerre. Elle bouscule les lois, secoue les arbres et dit aux hommes : maintenant, débrouillez-vous. Les enfants, du coup, sont plus vieux que leurs parents et elle dit aux uns et aux autres : allez-y, regardez-vous bien en face et nous verrons ce qui arrivera. Rien n'arrive, car pères et fils se contentent de se dévisager et meurent sans comprendre le jeu auquel ils ont participé. Alors, elle rit, la guerre. Pourquoi pas ? Elle en a le droit. Elle te plante devant un étranger et te dit : aime-le, tue-le, humilie-le et tu obéis sans te demander si ce que tu fais est bien ; une heure après, tu seras à ton tour tué, aimé ou humilié. Et au fond de nous-mêmes nous savons tout cela, mais nous jouons le jeu, comme si c'était pour rire. Voilà ce qui est étrange.

Leib lui toucha le bras :

— Tu as grandi.

— Vieilli.

Leib rejeta la tête en arrière :

— Notre guerre à nous, contre la bande, tu t'en souviens ?

— Nettement.

— C'était quand ? Il y a dix ans ? Plus ? Moins ?

— Je ne sais plus. Dix jours peut-être. Parfois, je me demande si c'était bien moi qui t'attendais chaque matin pour que nous marchions ensemble, dans la neige, du côté de la porte cochère, notre champ de bataille. Parfois, je vais jusqu'à me demander si c'est bien moi qui m'interroge sur mon passé : si je ne suis pas cloîtré dans un rêve qui n'est même pas le mien.

Leib étudiait le ciel un long moment et finit par dire d'une voix contenue :

— Tu as grandi. C'est terrible comme nous avons tous grandi!

Ils reprirent leur marche dans la forêt qui les écoutait.

Quelques heures auparavant, Grégor était loin de se douter qu'il allait retrouver son ami d'enfance. Petruskanu parti, il s'était enfoncé dans la forêt qu'il avait sentie se resserrer autour de lui. Deux ombres armées avaient surgi soudain à ses côtés.

— Qui es-tu ? demanda une voix en hongrois.

— Je suis juif.

— Tu parles le yiddish ?

— Oui.

Il allait ajouter : naturellement. Il se retint : certains Juifs des provinces intérieures de la Hongrie ne parlaient pas cette langue. Leur patriotisme leur défendait de s'exprimer autrement qu'en hongrois.

— Dis quelques mots en yiddish.

Grégor obéit : je cherche les partisans ; êtes-vous partisans ? Sa question fut laissée sans réponse. L'interrogatoire continuait.

— Quelle est la prière qu'on dit au réveil ?

— *Mode ani lefanecha:* Je te rends grâce, Seigneur, de m'avoir rendu l'âme.

— Et celle d'avant le coucher ?

— *Hamapil chevlei sheina:* Sois loué, Seigneur, car tu ôtes les affres du sommeil de mes paupières.

La conversation, maintenant, se faisait en yiddish.

— D'où viens-tu ?

— De là-bas.

— De loin ?

— Assez.

— Tu es seul ?

— Oui. Seul.

— Qui t'a amené ici ?

— Un ami.

— Juif ?

— Non.

— Pourquoi l'a-t-il fait ?
— C'est un ami.
— Savait-il que nous habitons cette forêt ?
— Probablement.
— Il te l'a dit ?
— Oui.
— Quel est son nom ?
— Je ne peux pas vous le dire.
— Pourquoi pas ?
— Je parle rarement de mes amis.
— Es-tu sûr qu'il n'est pas de la police ? Qu'il ne nous tend pas un piège ? Qu'il n'est pas allé alerter l'ennemi ?
— Absolument sûr.

Les deux ombres reculèrent d'un pas, le fusil toujours prêt à tirer, et tinrent un bref conciliabule.

— Bon, on t'emmène.

Ils lui bandèrent les yeux. Précaution inutile car l'obscurité était totale. L'un des hommes resta au poste de guet ; l'autre prit Grégor par le bras et lui ordonna de le suivre. Après une demi-heure de marche, ils s'arrêtèrent. Grégor entendit son guide chuchoter le mot de passe ; quelqu'un répondit. Ils descendirent un escalier souterrain, puis une porte s'ouvrit et Grégor fut poussé dans une pièce où il devina la présence d'un groupe de gens silencieux. On lui ôta son bandeau. L'endroit lui rappela la cabane de Maria. La lampe à pétrole suspendue au plafond répandait une lumière jaune ; visages livides, tendus. Une dizaine de personnes, tous jeunes à l'exception du barbu qui, lui, avait dépassé la quarantaine. Près de la porte que dissimulait une épaisse couverture de laine, se tenait une jeune fille aux cheveux noirs, l'air recueilli et mélancolique. Les autres étaient groupés autour d'un garçon qui, assis derrière une table, semblait être leur chef : regard doux, rêveur, traversé par instants par des lueurs d'ironie. Grégor fouilla sa mémoire : il l'avait déjà vu quelque part. Il essaya de se souvenir, mais déjà le grand interrogatoire commençait. Tous y participèrent, la jeune fille et le chef exceptés. Grégor répondait brièvement, à contrecœur : les partisans ne lui faisaient pas confiance et cela lui déplaisait. Quoi, est-ce que j'ai l'air d'un mouchard ? Mais les partisans ne se fiaient pas aux apparences. Ils tenaient à tout savoir. Bon. C'était normal, mais Grégor ne put freiner son impatience. Oui, il habitait la ville, là, en bas, près de l'église orthodoxe ; oui, le lycée occupait l'immeuble à deux étages sur la grand-place. La vieille synagogue ? Dans la rue des Roses ; le président de la communauté juive s'appelait, s'appelait, comment s'appelait-il ? Oui, Josovits, c'est cela. Où sont tes parents ? Partis. Où ? Loin, avec le reste des habitants du ghetto. Quand ? Grégor ne le savait pas au juste ; il y avait environ deux mois. Avec quel transport ? Grégor l'ignorait ; il avait quitté le ghetto avant que les transports aient commencé. Oui, il s'était caché. Oui, dans la montagne, dans une grotte. Et puis dans un village. Et puis un ami l'avait conduit jusqu'ici, un non-Juif. Son nom ? Je ne vous le dirai pas. Ils insistèrent, Grégor tint bon. Le barbu se fâcha : Tu peux avoir confiance en nous, que diable ! Si nous avons confiance en toi, tu pourrais au moins nous honorer de la tienne, non ? Grégor secoua la tête : non, je regrette, il ne s'agit pas de cela. La jeune fille, immobile près de la porte, ne le quittait pas des yeux. Le chef non plus. Le véritable interrogatoire, c'était ces deux-là qui le menaient. De nouveau, Grégor tenta de se remémorer : le regard doux et tenace, le menton saillant, le calme rassurant qui émanait de sa personne. Il faudrait entendre sa voix. Grégor reconnaissait et jugeait les hommes d'après leur voix. Aussi se tourna-t-il vers le chef et prit-il un ton qui frôlait l'insolence :

— Et toi ? Tu n'as rien à me demander ?

— Non, rien du tout.

— Mes réponses t'ont convaincu ?

— Je me moque de tes réponses.

Le chef se tut un bref instant et une lueur ironique brilla dans ses yeux :

— Je les connais déjà.

Et sans laisser à Grégor le temps de réagir, il se leva et lui tendit la main :

— Toutefois, il y a une question, une seule, que j'aimerais te poser : As-tu connu par hasard un garçon qui s'appelait...

— Leib ! s'écria Grégor soulevé par l'émotion. Leib le Lion !

Ils se serrèrent la main avec effusion. Les partisans les observaient, émerveillés. La jeune fille inclina le buste, l'air assombri, comme devant un danger.

— Vous vous connaissez ? demanda quelqu'un.

— Eh oui, dit Leib, nous avons fait la guerre ensemble.

— Seules les montagnes ne se rencontrent pas, commenta le barbu qui portait le nom de Zeide, grand-père.

A présent, tous entouraient Grégor, lui parlant et l'écoutant avec amitié. Si Leib se portait garant de lui, c'est qu'il était des leurs. La plupart venaient des villages voisins ; dans le ghetto central, ils avaient fait la connaissance de Leib et l'avaient suivi dans le maquis. Ils savaient que le ghetto était évacué mais ignoraient le sort de ses habitants. Ils étaient convaincus que leurs parents et amis vivaient quelque part, dans la *puszta*, dans un camp de travail. La guerre finirait bientôt et les familles seraient réunies. Les armées alliées avançaient irrésistiblement sur tous les fronts, la débâcle allemande paraissait générale, irrévocable. La victoire sonnait à la porte. Abasourdi, Grégor écoutait les partisans. Il se rendit vite compte qu'ils n'étaient pas au courant de ce qui se passait en Europe où les Allemands appliquaient la « solution définitive du problème juif ». On le savait depuis longtemps à Washington et à Londres et à Stockholm, mais personne ne s'était donné la peine d'avertir les Juifs de Transylvanie : attention, on vous conduit à l'abattoir !

La jeune fille ne cessait d'observer le nouvel arrivant, sans sourciller. Elle se méfiait de lui. Elle ne l'aimait pas et celui-ci se demandait pourquoi. Il s'éloigna du groupe et s'approcha d'elle :

— Je m'appelle Grégor, lui dit-il. Et vous ?

Elle ne bougea pas. Derrière lui, Leib le corrigea :

— Ici, l'on se tutoie.

— Je m'appelle Grégor, reprit-il. Et toi ?

Elle le repoussa du regard. Grégor ne pouvait s'expliquer son hostilité.

— Elle, c'est Clara, dit Leib d'une voix douce, en la caressant des yeux.

— Clara, répéta Grégor, comme à lui-même.

Dans son dos, le bavardage continuait. On discutait la situation au front, les épreuves à venir. A Budapest, le gouvernement fasciste surpassait celui de Berlin en matière d'antisémitisme. « L'homme est seul, le Juif ne l'est pas ; nous devons nous entraider », disait le barbu. C'était sa phrase favorite. Imperceptiblement, Clara baissa la tête et son expression se durcit, comme si elle venait de percer un mystère lointain. Grégor rougit en pensant qu'elle ne verrait jamais en lui un allié. Soudain, la jeune fille éclata de rire et lui dit :

— Tu as l'air drôle. Un clown mal déguisé. Qui t'a habillé de la sorte ? Un directeur de cirque ?

Il jeta un coup d'œil sur ses vêtements. En effet, il avait oublié. Ils étaient trop grands pour lui.

— Je te demande pardon, fit-il, embarrassé. Je les ai reçus Un ami me les a donnés.

— Eh bien, je le félicite de son goût !

— Ne te moque pas de lui.

— Alors, va, déshabille-toi. Passe-moi ton costume, je te l'arrangerai. Autrement, je rirai chaque fois que je te verrai.

— Je n'aime pas ton rire.

— Viens, dit Leib. Sortons. Tu enlèveras ton costume dehors. Clara te l'ajustera et nous appellera pour te le rendre.

Devant l'entrée du *bunker*, Leib expliqua :

— Nous vivons ici en ermites. Nous avons des armes, achetées ou volées. Nous comptons une centaine de combattants, éparpillés dans les bois. Nos *bunkers* souterrains sont bien cachés, bien défendus. Si les gendarmes s'aventurent jusqu'ici, nous nous battrons, décidés à ne pas nous laisser avoir. Nous ne tenons pas à travailler pour les Allemands, à contribuer à leur effort de guerre. Nos parents le font, c'est plus qu'assez.

Grégor eut envie de lui crier : Tu vis dans l'erreur, tes parents ne travaillent pas, les Juifs de notre ville se trouvent au ciel qu'ils parcourent à la recherche d'un cimetière. Mais il étouffa les mots dans sa gorge. Il pensa : plus tard, plus tard. Il se taisait. Derrière eux, la porte s'ouvrit et une main lui tendit son costume ; il le mit.

— Rentrons, dit Leib.

— Te voilà élégant, remarqua Clara.

— Il faudrait tout de même que nous dormions un peu, suggéra le barbu.

Les autres acquiescèrent.

— Leib, dit Grégor. J'ai à te parler.

Un frisson le parcourut. Une voix lui disait : plus tard, donne-lui encore une journée de paix.

— De quoi ? demanda le chef.

— Je te le dirai dehors.

— Bon, parle.

— Pas ici.

— Pourquoi pas ? Je n'ai pas de secrets devant les camarades.

— Tout de même, je préfère te parler seul.

Leib hésita une seconde et son regard perdit sa douceur.

— Soit, dit-il. Sortons.

— Je peux vous accompagner ? demanda Clara.

Leib fit signe que la décision appartenait à Grégor.

— Non, dit celui-ci. Je désire être seul avec Leib.

— Leib me raconte tout.

— Pas moi.

— Tant pis pour toi, lança-t-elle, furieuse.

— Suffit, intervint Leib. Ne vous disputez pas.

Gênés, les partisans attendaient la suite.

— Alors, on va dormir, oui ou non ? fit le barbu.

— Allez dormir, dit Leib.

— Moi, je t'attends, répondit Clara.

Grégor se dirigea vers la porte. Leib le suivit en fronçant les sourcils, en signe de désapprobation. Une fois dehors, Grégor lui dit à brûle-pourpoint :

— J'ai une histoire à te raconter, une histoire juive très drôle. C'est un messager nommé Gavriel qui me l'a racontée.

— Je n'aime pas les histoires juives drôles. Elles sont tristes et font appel à la pitié. Je n'aime pas que les Juifs fassent appel à la pitié.

— Dans mon histoire, il ne s'agit pas de pitié, mais plutôt de colère.

— Dans ce cas, je t'écoute.

Grégor se passa la main sur ses lèvres. Par où commencer ?

— Je t'écoute, répéta Leib, irrité.

Grégor se mit à lui narrer les faits tels que Gavriel les lui avait rapportés. Les faits seulement : le massacre d'une communauté juive. Il passa sous silence l'aspect messianique du récit. Une autre fois. Cette fois-ci, les faits suffiraient.

— C'est partout pareil, dit Grégor. Le juste a mille vérités, et c'est là sa tragédie ; l'assassin n'en a qu'une seule, et c'est là sa force. Il l'applique en Pologne, en Ukraine, en Hongrie. Je me demande si, là-haut, tout près du trône céleste il ne se trouve pas un assassin et si c'est de lui que viennent les ordres. Autrement, tout paraît inexplicable. Qu'est-ce qu'on nous veut ? Qu'avons-nous fait de si terrible ? Quel est le nom de la malédiction qui nous précède comme pour montrer la voie ?

Marchant à ses côtés, ébranlé jusqu'au tréfonds de son âme, Leib demeurait silencieux. Par moments, il laissait échapper un soupir. Il aurait aimé hurler, mais il fallait faire attention. En bas, les gendarmes épiaient sans doute le moindre bruit venant du bois.

— C'est de la folie, murmura Leib. C'est de la pure folie.

— Bien sûr, répondit Grégor. Bien sûr, c'est de la folie. C'est une histoire de fous.

— Je n'arrive pas à le croire. On ne tue pas un peuple, c'est impensable.

— Bien sûr, bien sûr, acquiesça Grégor. C'est impensable.

— A moins que le genre humain ne soit arrivé à la fin de sa route.

— C'est la fin, dit Grégor. Les gens vivront et ne sauront pas qu'au fond, ils sont déjà morts.

— Si cela est vrai, c'est que l'humanité a perdu la raison.

— L'humanité a perdu la raison, Leib.

— Alors, elle mérite l'anéantissement total. C'est la leçon de Sodome et Gomorrhe.

— Les habitants de Sodome ne tuaient pas les enfants devant les yeux de leur mère. Les citoyens de Gomorrhe étaient les alliés du vice, non pas de la mort. Notre génération, Leib, est pire que la leur. C'est celle des coupables. Nous jouons tous un rôle dans le crime, même en le combattant : le piège n'a pas d'issue. La culpabilité de l'assassin rejaillit sur ses victimes. Voilà ce qui constitue la folie de notre génération : cette complicité entre bourreaux et victimes qui est imposée à ces derniers à leur insu. L'histoire de Gavriel nous enseigne que le Messie est venu trop tard, qu'il est tué chaque jour à nouveau et par les hommes et par Dieu. Et Dieu aussi est tué chaque jour. Qui osera demain nous parler de la bonté divine, de la grâce ou de l'homme comme sauveur ? Les habitants de Sodome laissaient Dieu en paix. Ils ne touchaient pas aux enfants.

Grégor parlait, parlait. Pendant les deux mois passés chez Maria, il avait accumulé des mots qui maintenant éclataient.

— Tu es convaincu que Gavriel n'avait pas imaginé ces horreurs ?

— Absolument.

Ici et là, la lumière glaciale de l'aube perçait l'écran des branches et Grégor frissonnait. Il accélérait le pas pour la fuir, il préférait l'obscurité. Leib s'appuya contre un pin et fixa son ami longuement sans dire un mot. Puis, très bas, il voulut savoir simplement ceci :

— Es-tu sûr que Gavriel existe ? Qu'il a jamais existé ?

Les mains de Grégor se crispèrent. Le sang affluait à ses tempes. Si je ne crie pas, j'étouffe. Il réussit à maîtriser sa voix qui sonna calme :

— Il m'arrive de douter de l'existence de Grégor ; jamais de celle de Gavriel.

Leib attendit que Grégor continue, mais celui-ci se taisait : il faudrait rire, je n'en suis pas capable, pas encore.

— Ecoute bien, dit le chef. Gavriel sait des choses que nous ignorons. En conséquence, nous devrions essayer de le libérer.

— Bien sûr, Leib, bien sûr.

— A condition...

— A condition ?

— Qu'il soit encore en vie.

— Même mort, nous devons le ramener : le ressusciter.

Ils rebroussèrent chemin vers le bunker. Leurs camarades les attendaient, le barbu inclus. Ils sentaient que le chef allait leur donner des nouvelles importantes. Ils dormiraient plus tard. Clara versait du thé chaud dans des bols de terre cuite. Haimi, le plus jeune des partisans, avait le visage défait, les yeux rougis par la fatigue, par l'insomnie. Les autres, dans la lumière vacillante que répandait la lampe à pétrole, semblaient sales, maussades.

— Tu veux du thé ? demanda Clara, en s'adressant à Leib.

Il ne répondit pas. Debout près de la table, face à ses compagnons que gagnait la nervosité, il réfléchissait et les veines de son cou se gonflaient. A son tour, il s'interrogeait s'il ne devait pas leur épargner la vérité. Il pesait le pour et le contre, incapable de prendre une décision.

— Et toi, Grégor, tu veux du thé ? Tu aurais soif, comme nous tous ?

Il ne s'aperçut pas qu'elle avait pris le ton de la méchanceté. Il fit signe que non. Ses mains n'auraient pu tenir le bol.

Clara posa la théière sur la table et regarda Leib, les narines palpitantes : il avait changé, quelque chose le minait. Haimi se frotta les yeux comme pour en chasser le sommeil. Zeide se caressa la barbe. La tension s'accentua, les partisans respiraient plus haut.

— J'ai quelque chose à vous transmettre, commença Leib. Je vous demande de faire un effort sur vous-mêmes : pas de pleurs, pas de résignation.

Il s'éclaircit la voix et, sur un ton sec, en des phrases coupantes, concises, il leur fit part de la mort des Juifs des environs, évacués du ghetto vers une destination qui n'était plus inconnue. Le chef parlait sans émotion : il s'agissait d'un rapport comportant des faits concrets. Il y avait un problème, il fallait inventer une solution appropriée et agir en conséquence.

Grégor voyait l'horreur s'inscrire sur les visages ; certains se faisaient plus durs, d'autres s'ouvraient à la douleur. Haimi mit sa main à la gorge, la laissa là un instant, s'interrogeant sur le sens de ce geste, puis, renonçant, il se contenta de boutonner le col de sa chemise, comme pour se protéger du froid. L'homme barbu tournait sa tête de droite à gauche. Il prenait l'air traqué, hagard. Clara baissa les paupières, plissa les lèvres, mais se tenait droite, déjà décidée à ne point faillir, à ne jamais se dérober. A un certain moment elle offrit son regard à Grégor, regard débordant de défi et de pitié, et Grégor sut qu'un jour il l'aimerait.

Leib termina son rapport et le silence qui s'abattit sur les partisans devint insupportable : il les liait à la mort. Tous inclinèrent le front. Que le destin aille jusqu'au bout, ils seraient prêts à le suivre. Clara ferma les yeux et les rouvrit aussitôt pour les poser lourdement sur Grégor. Elle le jugeait : à cause de lui, ces hommes souffraient, il était lien et destin ; pour eux, il était ce que Gavriel avait été : un messager, mais incapable de déchiffrer le message dont il était porteur. Qui est notre Maître ? Et qui notre interlocuteur ? Qui répond de nous et devant qui devons-nous nous justifier ?

— Donne-moi du thé, dit Grégor à Clara.

Il voulut briser le silence, se convaincre qu'il en était capable. Sa voix, trop faible, se perdit, étranglée. Clara le regardait sans l'entendre. Les partisans ne voyaient que leur chef et semblaient l'écouter bien qu'il se soit tu depuis un bon moment.

— Donne-moi du thé, cria Grégor. J'ai soif, j'ai la gorge sèche.

Elle prit la théière, versa du thé dans le bol et le lui tendit. La boisson, tiède, lui donna la nausée. Etait-ce un geste d'inattention ? Il laissa tomber le bol qui, sur le sol, s'écrasa. Les partisans tressaillirent. Haimi se mit à pleurer sourdement, comme si c'était lui qui avait cassé le bol.

— L'homme est une bête solitaire, murmura Zeide.

Cette fois-ci, il ne termina pas sa phrase. Il avait compris que les hommes sont là pour s'entretuer et non pas pour se secourir mutuellement, qu'ils sont là pour massacrer les Juifs en leur permettant d'aller à la mort ensemble, la main dans la main, défiant la solitude.

Le regard de Leib le Lion se fit rêveur, douloureux : celui d'un homme resté sur le quai alors que le navire emporte une part de lui-même.

— Tu es moins cruel que je ne l'avais pensé, remarqua Clara en s'adressant à Grégor.

Il sut à nouveau qu'un jour il l'aimerait ; et qu'un jour il cesserait de l'aimer.

Haimi fut le premier à se lever :

— Je suis de garde, expliqua-t-il en se mouchant.

Il sortit en courant.

— Après la guerre, dit Zeide qui suivait une pensée secrète, après la guerre, je visiterai toutes les villes du monde, je m'arrêterai devant chaque passant et je lui cracherai à la figure.

Là-dessus, il se dirigea vers la porte :

— Je suis de garde.

Les autres firent de même. Il n'y eut jamais autant de volontaires pour le guet. On ne pensait plus à la fatigue, au sommeil.

Les mains nouées dans le dos, Leib arpentait le bunker d'un pas nerveux. Clara éteignit la lampe et ouvrit la porte. Avec la lumière grise, la brise matinale fit irruption dans la pièce. Grégor frissonna. Une journée nouvelle à affronter. Epuisée, Clara s'assit près de la table et attendit. Grégor eût aimé prendre place à ses côtés, mais n'osait bouger. Tour à tour il observait son ami et la jeune fille, et se demandait si sa présence ne les gênait pas. Soudain, Leib s'immobilisa et annonça sa décision :

— Nous allons déclencher l'opération Gavriel. Sauver le seul Juif en possession de renseignements précis, voilà notre devoir immédiat. Toutefois, avant d'établir un plan d'action, je vais alerter les autres groupes et consulter leurs chefs. Je serai de retour en fin d'après-midi.

Il s'approcha de Clara, lui toucha le visage, les lèvres, puis la quitta brusquement, sans l'avoir embrassée, presque en colère. Figée, accoudée à table, Clara le suivit des yeux sans respirer. Au bout d'un long moment, elle se tourna vers Grégor :

— Je désire rester seule.

Grégor sortit. Il visita les postes de garde. Par deux, par trois, les partisans bavardaient à voix basse, ils croyaient Gavriel fou : « Qui invente pareil récit, qui s'en souvient, ne peut pas ne pas sombrer dans la démence. » Plus loin, derrière un buisson isolé, Grégor aperçut Haimi. Le pauvre gamin luttait désespérément contre les larmes. Il se frottait constamment les yeux et reniflait.

— Que t'arrive-t-il, ami ? lui demanda Grégor doucement.

Occupé à se donner une contenance, le gamin haussa les épaules, comme disant : tu ne peux pas comprendre.

— Tu as mal, dit Grégor.

— Je te demande pardon.

— Pardon ? De quoi ?

— De le montrer.

Le gamin devait avoir à peine douze ans. Comment le consoler ? Atteindra-t-il jamais l'âge d'homme ? Connaîtra-t-il le bonheur d'étreindre une femme en lui disant : Tu es belle, viens, dis-moi ton secret ?

— Tu as tort d'avoir honte, dit Grégor. La dissimulation est un jeu auquel se livrent les grandes personnes. Laisse-les jouer : elles n'ont plus rien à dissimuler. Ris quand tu veux, pleure quand tu veux.

— Je ne veux pas pleurer, je ne veux pas, sanglota le gamin.

— Moi, oui.

Grégor attendit qu'il se fût calmé. Puis, en souriant, il le fit parler. Sa mère ? Décédée, il y a longtemps. Son père ? Abattu. Au cours d'une mission. Il faisait partie du groupe de Leib. Vaillant guerrier, intrépide, joyeux. Un géant. Toujours volontaire. Rien ne l'effrayait. Il aimait dire : les Allemands nous craignent, tant mieux pour nous. Un jour, il tomba dans une embuscade. Une balle perdue. Une seule. Tué sur le coup.

— Un type épatant, mon père, disait Haimi. Je ne comprends pas pourquoi il s'est laissé tuer, je n'arrive pas à comprendre.

Il haussa les épaules comme disant : mon père, le type le plus épatant au monde, a voulu par sa mort enseigner une leçon et toi tu ne comprends rien. Et toi tu t'en moques. Cela t'est égal qu'il soit mort.

Le gamin cacha son visage dans ses mains. Saisi d'une brusque mélancolie, Grégor se sentait maladroit, inutile, fautif. Moi, je n'ai jamais pleuré, songea Grégor. Père me voulait fort : « Garde ta douleur au lieu de t'en défaire à bon marché. » Il voulait que je lui ressemble. C'était un type épatant, mon père.

— Je me demande s'il s'attendait à mourir, dit Haimi.

Le gamin était convaincu que son père est mort d'un coup, que la mort ne lui avait pas laissé le temps de combattre, de se mesurer à elle, car il aurait pu la vaincre. Il ne parlait jamais de la mort. Lorsqu'on lui annonçait qu'un camarade était tombé, il écoutait intensément mais ne disait rien : il avait hâte de changer de sujet.

— Ne crie pas si fort, lui dit doucement Grégor.

— Pourquoi évitait-il de parler de la mort ? Parce qu'il l'attendait ?

— Ne crie pas si fort.

Haimi sortit son mouchoir et s'en servit bruyamment. Pauvre gosse, pensa Grégor. Notre solitude n'égalera jamais la tienne. Déjà tu t'aperçois que le cœur de l'homme n'est qu'un cimetière ; plus il est ouvert, plus il y fait froid. A ton âge, le départ d'un être cher ouvre une plaie plus profonde, prend une signification plus totale que la trahison. Si ton père est mort, c'est que Dieu est injuste, c'est que l'existence n'est qu'une farce. Si ton père est mort, c'est que Dieu n'aime pas l'homme et ne mérite pas d'être aimé de lui. Désormais, ami, cet événement deviendra la pierre d'achoppement sur laquelle tu bâtiras ta conception du monde. Au début Dieu créa l'homme pour le tuer ; il le créa, car il n'a point de pitié.

— J'ai honte de pleurer, répéta Haimi, ne le raconte à personne.

— Moi, j'ai honte de ne pas pleurer.

Haimi ébaucha une grimace. Grégor eut envie de lui mettre la main sur l'épaule, lui parler de lui-même, de la guerre, de l'amitié, de lui faire comprendre qu'au fond personne ne meurt ni trop tôt ni trop tard : la mort ne frappe pas au hasard ; je manque mon rendez-vous avec elle et voilà la terre qui cessera de tourner. Mais, il préféra se taire. Les larmes pèsent plus lourd que les paroles.

Leib revint, l'air soucieux. L'après-midi tirait à sa fin. Un soleil sans éclat s'en allait et le crépuscule s'entassait dans le bois. Là-haut, un ciel d'un bleu tendre avec, à l'horizon, une courbe enflammée.

Assis sur l'herbe devant le bunker, en demi-cercle, les partisans écoutèrent le rapport de leur chef. Les autres groupes avaient réagi aux nouvelles en se laissant aller aux émotions violentes. Deux femmes avaient tenté de se suicider. Elles n'arrêtaient pas de pleurer. Plusieurs jeunes partisans avaient exigé un raid de vengeance contre la ville : la réduire en cendres. Néanmoins, Leib réussit à leur imposer son plan. D'abord, se renseigner si Gavriel se trouvait encore dans la prison centrale. Dans ce cas, tout serait mis en œuvre afin de l'en libérer. S'il n'y était plus, alors on aviserait. Pour l'immédiat, deux camarades descendraient en ville avec, pour mission, de nouer contact avec la prison. Pour gagner du temps, Leib viendrait les rejoindre trois jours plus tard au café de l'hôtel *Corona*, sur la Grand-Place. Puis il prendrait la décision pour l'étape suivante.

— C'est tout, conclut Leib.

Tous voulurent partir. « Je connais la ville. » « J'ai l'air d'un paysan. » « J'ai un ami qui pourrait m'héberger. » Haimi n'avait trouvé que cet argument : « Je suis petit et on ne fera pas attention à moi. » Leib les laissa parler quelques minutes puis leva le bras :

— Je n'ai pas demandé de volontaires, dit-il avec amitié. C'est moi qui vais désigner les plus qualifiés pour cette mission.

Il s'interrompit l'espace d'un sourire et ajouta :

— D'ailleurs, c'est déjà fait.

Tous retinrent leur souffle. Les arbres se remplirent de nuit. Quelle paix partout, quel accord entre ciel et terre ! Seul le cœur bat fort. Oui, l'avenir existe et chaque moment le contient tout entier. Avec le passé et le présent, il est l'une des trois écorces qui protègent l'éternité ; brisez-les et vous entrez dans la solitude. Ce qui sera a déjà été, voilà la tragédie, affirmait Gavriel. Je mourrai, donc je suis mort et voilà où commence le déchirement de la conscience. J'emporte la partie avec chaque souffle ? Quelle partie et sur qui ? Je ne sais même pas qui est mon ennemi.

— Grégor, dit Leib, suis-moi.

Moins de vingt-quatre heures ! Il serait resté moins de vingt-quatre heures à l'abri !

— Toi aussi, Clara.

Ils le suivirent à l'intérieur. Clara alluma la lampe. Tous trois prirent place à table. Grégor faisait face à la jeune fille. Du dehors leur parvenait le chuchotement du groupe qui n'approuvait guère le choix.

— Je sais que tu es épuisé, commença Leib. Tu as besoin de repos, de sommeil. Clara aussi. Je le sais. Mais le temps presse, chaque heure est précieuse. Il y a encore des ghettos non évacués. Après la conversation avec Gavriel, nous pourrions les alerter et les enjoindre à fuir.

— Fuir ? s'exclama Grégor. Où cela ? Tu fais confiance à la population hongroise ? Moi pas.

— Moi non plus, mais il ne s'agit pas de cela. D'abord, il faut retrouver Gavriel.

Clara ne participait pas à la conversation. Elle écoutait, la pensée ailleurs.

— Vous partirez bientôt, dit Leib. Toi, Grégor, tu connais la ville et dans ton costume élégant tu as l'air d'un fils à papa, de bonne famille chrétienne. Ta mission : approcher un des gardes-chiourme de la prison, le faire parler et si possible l'acheter. Quant à toi, Clara...

Il dirigea son regard vers la jeune fille, l'arrêta sur ses lèvres, remonta à ses yeux.

— Quant à toi, Clara, ta tâche est simplement de l'accompagner. Et de le protéger. Vous jouerez aux amoureux pour ne pas attirer l'attention.

La voix de Leib était tranquille, rassurée.

— As-tu une idée de l'endroit où vous pourriez dormir ?

— Nous avons le choix, dit Grégor. Dans la grotte ou dans une maison abandonnée du ghetto.

— Je te laisse décider. Rendez-vous : mardi après-midi, au café *Corona*. Je serai là. Faites comme si vous ne me connaissiez pas. Compris ?

— Compris.

Leib se tourna vers Clara, l'air interrogateur.

— Compris, dit-elle.

Leib leur remit de l'argent. Grégor avait gardé ses faux papiers. Clara n'en avait pas, mais il était trop tard pour s'en occuper.

— Quand partons-nous ? demanda Grégor.

— D'ici une heure.

Grégor se leva brusquement et quitta la pièce. Qu'ils restent seuls.

Trois jours que Grégor n'oubliera jamais. Les longues promenades autour du bâtiment sombre et muet de la prison centrale. La main dans la main, vulnérables, ils marchaient des heures durant, avec des haltes pour s'embrasser et, à la dérobée, étudier la figure d'un gardien bavardant avec la sentinelle ou d'un autre se hâtant vers un rendez-vous galant.

Enfant, Grégor détournait les yeux chaque fois qu'il passait par là. Il espérait ne pas se faire voir des prisonniers sans visages qui, à l'intérieur, enviaient sa liberté. Maintenant, ils avaient tous un visage, le même. Mais Grégor ne baissait plus la voix. Toutes les prisons du monde ne peuvent rien contre l'amour — du moins c'est ce que l'on dit.

Ce n'est qu'un jeu, pensait Grégor. Clara aime Leib qui l'aime. De plus, il est mon ami. En m'embrassant, c'est lui qu'elle voit. Demain, ils se retrouveront et me laisseront seul. Cependant Grégor aimait embrasser la jeune fille. C'est à elle qu'il songeait, à elle seule, à personne d'autre.

Le soir, ils quittèrent la ville par le côté nord, contournant d'un pas précipité les abattoirs, bien que l'odeur nauséabonde n'y régnât plus. Une heure après, le silence de la grotte les accueillait. Clara n'était plus la même. Distante, elle se comportait en étrangère.

— Tu veux dormir ?

Elle ne répondait pas.

— Parler ?

— Non.

— Je pourrais te conter une histoire.

— Cela m'est égal.

Alors, il lui narra le récit de Gavriel à la première personne. Le vrai récit du vrai Gavriel. De temps en temps, elle l'interrompait pour dire : « Cela m'est égal. »

Le matin du lundi, ils avaient fini par entrer en conversation avec un gardien qu'ils avaient vu plusieurs fois devant la porte grillagée. Ce fut lui qui les interpella. Ils les avait reconnus.

— Encore vous ! s'exclama-t-il avec bonne humeur. Vous ne pensez donc qu'à l'amour, vous ! Au fond, vous avez raison, mes enfants. De nos jours, il faut se dépêcher d'être heureux. Chaque minute est précieuse.

Clara lui répondit avec coquetterie. Ils lui fixèrent rendez-vous : six heures devant l'hôtel *Corona*.

Ils avaient trois heures à tuer. Ils s'assirent sur un banc, dans le parc et se réchauffèrent au soleil.

— Tu crois que Gavriel est encore ici ? Tout près ? Qu'il nous entend peut-être ? Qu'il nous voit ? demanda Grégor.

— Cela m'est égal, répondit Clara en rougissant.

Elle éleva le ton de sa voix :

— Je crois qu'il n'y est plus.

Puis :

— J'espère qu'il n'y est plus. D'ailleurs, il n'existe pas, ton Gavriel.

Elle fixa Grégor droit dans les yeux :

— J'ai peur.

Elle répéta tout bas :

— J'ai peur.

Troublé, Grégor ne lui demanda pas d'explication.

A six heures, ils retrouvèrent le gardien. Ils l'avaient invité à dîner et burent à sa santé. Vive l'amitié, vive l'amour, vive la guerre ! Clara le questionna prudemment au sujet des Juifs disparus de la ville :

— Où sont-ils donc passés, tous ?

— Partis.

— Bon débarras, répliqua Clara en riant.

— Oui, bon débarras, acquiesça le gardien.

Grégor ne put qu'admirer le sang-froid de sa compagne : elle jouait bien.

— Pas de Juifs qui aient réussi à se cacher ? demanda Clara.

— Tous attrapés. Comme des rats. Tous expédiés. Le ghetto est vide. Fini.

— Tant mieux, commenta joyeusement Clara.

Ils commandèrent une autre bouteille. Buvons aux absents,

aux demeures pillées, aux synagogues incendiées ! Clara reprit son interrogatoire :

— Les gendarmes qui mettent la main sur un Juif, qu'est-ce qu'ils en font ?

— On le fout en prison.

— Ensuite ?

— On le remet aux Allemands. Les Allemands aiment les Juifs. Ils exigent qu'on leur donne tous les Juifs en cadeau.

— Et les Allemands, que font-ils des Juifs ?

— Ils les font monter dans un train qui s'en va dans la nuit.

— Mais ici, il n'y a plus de transport ?

— Ici non, ailleurs il y en a. Ils partent de Debrecen, de Szeged, de Budapest. Vous croyez qu'il est donc facile d'épurer notre beau pays de ses Juifs ? Pas du tout. Je vous le dis, moi, plus on en chasse, plus il en reste.

Il buvait sec et devenait bavard. Il riait et ses deux compagnons lui faisaient écho. Le gardien les aimait bien et ne cessait de le leur dire. Il leur demanda naturellement s'il pouvait leur rendre service.

— Merci, Jànos, dit Clara. Nous sommes heureux, nous n'avons besoin de rien.

— Les amoureux ont toujours besoin d'une cellule isolée, remarqua Jànos, en ricanant.

— Merci, Jànos. Nous nous aimons au grand jour. On n'a rien à cacher.

Plus tard dans la soirée, elle lui raconta une histoire compliquée : elle avait un oncle qui travaillait pour un Juif riche, dans un bourg perdu. Le Juif, le salaud, s'était évadé du ghetto et n'avait été repris qu'après que le dernier transport fut parti. Elle aurait voulu savoir si le Juif se trouvait encore dans les parages. En prison peut-être. Pourquoi cela l'intéressait ? Avant de partir pour le ghetto, il avait enterré son argent dans l'un de ses jardins. Donc, s'il était encore en vie, on pourrait le forcer à en révéler l'emplacement. Et ainsi Clara aurait une dot. Sans cela elle se marierait les mains vides, sans même un trousseau et plus tard son mari, que voici, ne manquera pas de le lui reprocher toute sa vie : vous savez comment sont les hommes ! Jànos avait le cœur tendre et se laissa émouvoir facilement.

— J'ai une idée, je vais vous aider.

— Nous aider ? s'exclama Clara, feignant la surprise. Comment pouvez-vous nous aider ?

— Je me renseignerai. S'il est dans ma prison à moi, je vous promets de lui faire cracher son secret.

— Vous êtes un ange.

— C'est que j'ai été jeune, moi aussi.

Jànos s'adressa à Grégor sur un ton espiègle :

— Toi, mon petit, tu vas épouser une femme qui a la langue bien pendue. Méfie-toi, elle va te faire souffrir. Je t'avertis.

Il redevint sérieux et sortit son calepin et son crayon qu'il mouilla avant de s'en servir.

— Procédons par ordre. Quel est son nom ?

— Son nom ? fit Clara, interloquée.

— Oui, le nom du Juif. Comment voulez-vous que je le retrouve si j'ignore comment il s'appelle ?

Grégor allait dire Gavriel, mais Clara le devança :

— Il ne l'a pas gardé, je vous le garantis, Jànos. Trop rusé. Muni de faux papiers. Ces Juifs, avec de l'argent ils croient pouvoir tout acheter.

Perplexe, Jànos les dévisagea :

— Alors, comment le dénicher ?

— Je vous donnerai sa description, intervint Grégor. Les Juifs peuvent à la rigueur changer de nom, mais non de visage. Un Juif a toujours l'air d'un Juif, pas vrai ?

— Oui, je reconnais un Juif, même de loin. Vas-y, mon garçon, parle.

— Grand et maigre. Barbe noire. Des yeux brûlants, fiévreux. Vingt ans ou trente, cela dépend.

— Cela dépend de quoi ?

— De son humeur.

— Quoi d'autre ?

— C'est tout, dit Clara.

— C'est tout ?

— Non, insista Grégor. Un détail important. Il rit souvent.

Jànos posa le crayon sur la table, près de son verre.

— Tu dis qu'il rit ?

— Oui.

— De quoi ? De qui ?

— De tout. De lui-même, peut-être.

Jànos hocha la tête, incrédule :

— Et moi qui pensais que les Juifs ne savaient que pleurer et gémir à longueur de journée.

— Vous ne les connaissez pas, Jànos. Ils se moquent de vous.

Ils rient, mais vous ne les entendez pas. Vous êtes trop occupé à les faire pleurer.

Jànos s'égara dans ses réflexions, puis retrouva sa gaieté :

— Ne vous en faites pas, mes agneaux; si je le retrouve, il perdra toute envie de rire. Et c'est vous qui allez rire.

Il vida un dernier verre, remit crayon et calepin dans la poche de sa vareuse et se leva :

— Je me tire. J'ai une femme et elle ne rit pas souvent.

Il leur promit de les revoir le lendemain. Même endroit, même heure. Avec les renseignements, si la chance doit être en sa faveur.

— Et vous m'inviterez à votre mariage.

— Notre fils portera votre nom, répliqua Clara.

Jànos respira à pleins poumons pour se dégriser, embrassa Clara sur le front et s'en fut d'un pas chancelant.

Clara et Grégor sortirent à leur tour. Il faisait déjà nuit. Un agent leur conseilla de rentrer avant le couvre-feu. Les vieillards de la défense civile parcouraient les ruelles et frappaient aux fenêtres : « Eteignez, éteignez, contravention ! » Clara et Grégor quittèrent la ville sans mal. Arrivés dans la grotte, Grégor se laissa choir sur son lit de camp. Clara resta un moment près de l'entrée, face à la nuit.

— Tu joues bien, remarqua Grégor.

Elle alla s'étendre sur l'autre lit et dit :

— Demain, à trois heures, nous reverrons Leib.

— Est-ce qu'il joue, lui ? Si c'est oui, à quoi ?

— Leib ne joue pas. Il est ce qu'il est et ce qu'il fait le contient tout entier.

— Depuis quand le connais-tu ?

— Cela ne te regarde pas.

Un feu inconnu dévorait Grégor qui, de toutes ses forces, appela un sommeil qui ne venait pas.

— Parle-moi, dit Clara. Un garçon amoureux doit parler beaucoup. Tu ne le sais pas ?

— Est-ce que Leib te parle beaucoup ?

— Non, mais lui est différent.

Ils se tenaient par la main et se regardaient dans les yeux. En dehors de leur petite aventure individuelle, rien n'existait.

La guerre et la mort ne les intéressaient pas : ils n'avaient pas de temps à leur consacrer, l'amour les occupait trop.

— Parle-moi, insista Clara. On va se faire remarquer. En temps de guerre, le silence rend suspect. Dis-moi n'importe quoi. Pourquoi tu m'aimes, par exemple. N'es-tu pas censé m'aimer follement ?

Sa voix glaciale hérissa Grégor qui, cependant, entra dans le jeu et parla, parla. Tu es brune et j'aime la nuit qui monte en toi comme un chant. Tu as la nuque fine et j'aime y poser mes lèvres : ainsi je sais que j'ai des lèvres. Tu as les mains douces, vibrantes, elles tiennent le nœud de notre amour. Elles expriment l'inexprimable, voilà pourquoi je les aime. Les mains qui ne s'accordent pas signifient que le cœur accepte le mensonge ; elles n'ont pas encore appris à mentir comme mentent les yeux et les bouches et même les cœurs. Mais les nôtres s'accordent et tissent une vérité digne de nous.

Pour la première fois de sa vie, il tenait ces propos dont la nouveauté le surprenait. Il commençait une phrase sans savoir comment il allait la finir, où elle allait l'emporter. Par moments, Clara l'interrompait pour placer un « moi aussi, moi de même », mais la sécheresse de sa voix affirmait le contraire. Et Grégor retombait dans le présent, dans le vide. L'écoutait-elle ? Le voyait-elle ?

Mélancolique, elle jouait son rôle à merveille. Le café *Corona* respirait l'ennui. L'après-midi ensoleillé attirait dans la rue occupants et occupés. Beaucoup d'uniformes, officiers allemands, soldats hongrois. Les premiers vêtus avec une élégance impeccable, les derniers en loques. Beaucoup de femmes. Tous avaient l'air heureux, détendu. Qui dit que la guerre engendre la haine ? Elle pousse vers l'amour, surtout s'il a le goût du fruit défendu. Aimez-vous les uns les autres, car d'ici peu vous périrez, d'ici peu vous serez les victimes et les bourreaux les uns des autres. Aimez-vous et vive le bonheur immédiat, volé à l'avenir! Aussi, en temps de guerre, les vraies conquêtes se font à l'arrière. Jeunes filles en fleur, veuves délaissées, femmes oubliées, toutes à bout de patience, ne demandent que cela : être conquises. Peu importe par qui. Elles contribuent ainsi à l'effort de guerre de la patrie : soutenir le moral des vaillants guerriers est un devoir national. Soldats allemands ou hongrois, ils n'ont qu'à tendre la main. Quelle femme leur résisterait ? Sous les uniformes, les hommes se valent. Celui-ci ou un autre, quelle différence ? Si les femmes hongroises trompent leurs maris, alors que ceux-ci se battent dans la boue des tranchées, c'est la faute des hommes. Après tout, ils n'avaient qu'à ne pas faire la guerre. La guerre, c'est le travail des hommes. Les femmes, elles, ne l'auraient jamais inventée. En vérité, elles choisissent l'adultère pour exprimer leur indignation. On proteste comme on peut.

— N'aie pas cet air d'enterrement, conseilla Clara. Tu veux nous faire prendre ? La tristesse est aujourd'hui la carte d'identité des Juifs. Sois heureux, mon amour chéri, allons, souris.

Grégor essaya sans y parvenir. La ville lui semblait irréelle, un décor de théâtre. Clara et lui jouaient aux amoureux, mais les passants, à quoi jouaient-ils ? Grégor eut le pressentiment qu'à tout moment le rideau allait tomber.

— Parle, dit Clara. Les amoureux ont une foule de choses à se dire. Ou peut-être ne m'aimes-tu pas ?

— De quoi parlent ceux qui s'aiment ?

— De tout, trésor. De la nature, de la mort, du destin.

— Crois-tu qu'il y ait un destin juif ?

— Les amoureux ne parlent pas des Juifs.

— Crois-tu qu'il y ait un destin juif ?

— Oui, mon amour. Mais il est antisémite.

Trois heures moins vingt. Ils attendaient Leib. Celui-ci arriva à l'heure. Il boitait et s'appuyait sur une canne. Blessé de guerre, le pauvre, si jeune ! Le garçon de café, profondément respectueux, le conduisit à la meilleure table située près de la terrasse. Leib préféra s'asseoir pas trop loin de ses amis. Il demanda une glace et un journal. Le garçon s'empressa de les lui apporter. Leib enveloppa Grégor et Clara de son regard : quel beau couple d'amoureux ! Les nerfs de Grégor se tendirent, il avait honte de jouer devant son ami. Devant le monde entier, s'il le fallait, mais pas devant Leib qui, dissimulé derrière son journal, lui offrait son profil aigu. Lui aussi jouait. Mieux que moi, plus que moi.

C'est en fixant Clara droit dans les yeux que Grégor fit son rapport au chef des partisans. Clara souriait à Leib qu'elle ne regardait pas et Grégor rougissait. La jeune fille, rayonnante, semblait écouter de toute son âme et boire les paroles qui ne lui étaient pas destinées. Lorsque le garçon s'aventurait près de leur table, Grégor changeait de ton et de sujet et disait n'importe quoi.

— A six heures, Jànos doit venir nous rejoindre ici. Nous serons fixés. Je suggère que tu reviennes vers huit heures. Si nous ne sommes pas ici, attends-nous. D'accord ? Si c'est oui, tourne la page.

Clara ne quittait pas Grégor des yeux. Celui-ci perçut le froissement du journal. D'accord. Le rapport terminé, Grégor se trouva à court de mots. Il eût aimé s'en aller au plus vite, l'idée de poursuivre ce jeu lui était soudain devenue insupportable, au-dessus de ses forces. Mais, il n'avait pas encore réglé l'addition et le garçon servait à la terrasse.

— Dis quelque chose, Clara ! supplia-t-il.

— Fais attention à toi, dit-elle d'une voix infiniment douce. Je n'ai que toi au monde.

Une lueur s'alluma dans le regard inquiet de la jeune fille, qui ne jouait plus.

— Continue, Clara, l'encouragea-t-il.

Elle ne l'entendit pas, mais continua :

— Toi seul m'attache encore à la vie. Je te demande de faire attention. Fais-le pour moi. Pour nous.

Leib bougea sur sa chaise. Le garçon se précipita. Leib lui laissa un généreux pourboire. Le garçon le remercia avec effusion. Leib lui rendit le journal et se leva, s'appuyant sur la table, comme pris de vertige. Ni Clara ni Grégor ne réussirent à prononcer un mot. Grégor pensa : je devrais prier, j'ai oublié comment. Clara baissa les paupières. Finalement, Leib soupira et se dirigea vers la sortie.

— Dis quelque chose, implora Clara. Vite, j'ai peur.

Grégor hocha la tête, il sombrait dans un précipice sans fond.

— Fais quelque chose, dis quelque chose, murmura Clara entre ses dents.

A qui parlait-elle ? A Grégor ou à Leib ? D'un geste brusque, comme désespéré, Grégor l'attira à lui et l'embrassa longuement sur la bouche. Cependant, Leib arrivait à la porte. Il s'arrêta pour retrouver son souffle. Soudain, il se retourna et les vit. Pendant une fraction de seconde, le regard de Grégor croisa le sien. Un sourire énigmatique effleura le visage du blessé. Puis, en boitant lourdement, Leib s'en alla du côté du parc.

— Tu joues bien, dit Clara.

Bras dessus bras dessous, les deux amoureux partirent se promener et les gens de la terrasse leur jetaient des coups d'œil amicaux : quel beau couple, ah, la jeunesse !

— Je ne joue plus, dit Grégor.

Elle sourit et il se demanda si elle avait deviné.

— Mange, disait Jànos à Grégor en le poussant du coude.

Grégor n'avait pas d'appétit. Gavriel est vivant, pensa-t-il pour la millième fois et il tremblait d'impatience. Si Jànos est si gai, c'est qu'il a retrouvé Gavriel. Le reste importe peu.

— Mange, c'est délicieux. Tu n'as pas faim ? Tu es malade ?

Près de la porte-fenêtre, un vieillard à l'allure distinguée somnolait sous le regard froid de sa chère épouse : elle souhaitait visiblement sa mort. Ses yeux cachaient un couteau étincelant.

Jànos caressait le verre qu'il tenait dans sa main droite, tandis que de sa gauche il essuyait ses moustaches tombantes.

— Dommage que ta petite fiancée ne soit pas venue, disait-il en clignant de l'œil, d'un air complice.

— Clara est souffrante. Vous connaissez les femmes. Toujours à pleurnicher, à se plaindre de maux imaginaires. Il faut leur pardonner.

— Dommage tout de même. C'est que j'ai une surprise pour vous deux.

De nouveau, le cœur de Grégor fit un bond. Gavriel, pensa-t-il. Sa surprise se nomme Gavriel. Il est vivant. Il lui a parlé. Je lui parlerai. Je reprendrai mon nom, je lui rendrai son bagage.

— Une surprise, demanda-t-il, laquelle ?

— Hé, petit, pas si vite ! Pas si vite ! D'abord, nous allons bien manger, bien boire. Ensuite...

De nouveau, il cligna de l'œil :

— Tout de même, dommage que ta petite fiancée ait choisi la solitude. J'aime avoir un public féminin.

Gavriel est vivant, se répéta Grégor, heureux d'avoir réussi à convaincre Clara de le laisser seul pour la dernière confrontation, de rentrer avant lui. Il ne lui avait pas dit pourquoi. Il avait d'ailleurs inventé une raison parfaitement valable : « Je ne suis pas en mesure de poursuivre cette mascarade romantique. Devant Jànos, cela m'est égal. Pas devant Leib. Ce soir, je tiens à le revoir seul. » La jeune fille devint écarlate, de dépit ou de honte, ou des deux à la fois : « Je te croyais moins lâche. Tu n'oses pas aller jusqu'au bout. » « Si, Clara. J'irai jusqu'au bout. Seul, sans toi. Sans Leib. C'est moins difficile, je te l'accorde. Seulement, on vise plus haut, on se jette loin. » « Pour arriver où ? Pour atteindre quoi ? » « Je n'en sais rien. J'ignore où mène la route. Elle m'a choisi, je la suis. »

La discussion avait nécessairement été brève. Devant l'attitude obstinée de Grégor, Clara contenait difficilement sa fureur. Les passants les désignaient : querelle d'amoureux ! « Leib sera déçu de ne pas me voir ce soir, dit Clara. » « Il comprendra. » « Mais moi je ne comprends pas ! » « Cela m'est égal. » Elle rejeta sa tête en arrière et lui lança avec haine : « Je ne te le pardonnerai jamais. » Elle capitula et partit sans l'embrasser, sans même lui serrer la main. « Vas-y, mon garçon, cours-lui après, demande-lui pardon, conseillait un vieux monsieur à Grégor. On s'aime davantage après les disputes. » Grégor lui tourna le dos et prit la direction opposée. Il se sentit soulagé. Cependant une voix lui prédisait l'imminence d'un événement grave. Encore quelques heures de patience, d'impatience. Cet événement concerne Gavriel, se nomme Gavriel. Il est vivant, encore vivant. Jànos finira par m'emmener à la prison. Je parviendrai à sourire et je dirai au prisonnier : tu vois, je ne t'ai pas abandonné. Gavriel répondra par un rire. Et ensuite ? Ensuite rien. Grégor ne pouvait prévoir au-delà de cette rencontre.

— Dommage, disait Jànos qui n'arrêtait pas de boire. J'aurais tant voulu voir la figure de ta petite amie au moment où je lui annoncerai ma surprise.

Jànos l'avait rejoint à six heures. Les geôliers sont d'une exactitude irréprochable. Jamais en avance, jamais en retard. Représentant à la fois liberté et absence de liberté, c'est en eux que le temps choisit de s'incarner. Jànos commande un repas fabuleux. Grégor brûlait d'envie de le faire parler : alors, il est vivant ? ici ? vous l'avez-vu ? a-t-il souffert ? Mais il se dominait : si je me maîtrise, tout ira bien, il ne dépend que de moi que Gavriel soit encore en vie ; une question prématurée signe son arrêt de mort. L'heure avançait. Leib n'allait pas tarder à arriver. Cependant, Jànos mangeait et parlait sans hâte, confortablement installé dans le temps. L'ennui avec les geôliers, c'est que l'attente ne les effraie pas ; ils ne sont pas pressés. Pour eux, une heure est une heure, une année une année. Ni plus, ni moins.

— Mange, dit le geôlier en poussant du coude son invité.

Grégor s'efforçait de faire honneur aux plats. Le poisson, la sauce, les légumes. Bientôt, pensa-t-il. Bientôt un poids me sera ôté. Etait-ce l'effet du vin ou la certitude qu'il allait surprendre Gavriel ? Il se sentait gai. Il imitait Jànos en buvant comme lui, en riant comme lui. Il éprouvait une indulgence sans limites envers le monde entier, y compris cette femme sévère et froide qui, près de son vieux mari somnolent, aiguisait un couteau dans ses yeux.

— Alors, tu vas l'épouser, ta petite amie ? demanda Jànos l'œil pétillant de malice.

— Oui, bien sûr. Nous nous aimons.

— N'es-tu pas trop jeune pour le mariage ?

— Je vieillirai vite.

— Que vas-tu faire après ?

— Après quoi ?

— Après ton mariage, parbleu.

— Je ne sais pas encore. D'abord, le service militaire. La guerre continue, on a besoin de soldats. Après la guerre ? Je n'y pense pas. Ça vaut mieux ainsi.

Jànos lui promit son appui si l'idée lui venait de choisir la carrière de geôlier : métier magnifique, rien que des avantages, en prison le travail est un loisir. Légèrement distrait, Grégor l'écoutait poliment. Jànos buvait trop, vraiment trop et il divaguait. Un coup d'œil sur la montre : bientôt. Bientôt un garçon boiteux, s'appuyant sur une canne, apparaîtra sur le seuil du restaurant. Leib. Il faudra se débrouiller pour lui passer le message : Gavriel est vivant, Jànos m'emmènera le voir. Bientôt. Il est sept heures et demie. Leib viendra à huit heures. Ponctuel, Leib. Comme les geôliers. Leib n'était pas geôlier, mais ponctuel malgré tout. Nous sommes tous plus ou moins geôliers.

— Tu vas te marier, disait Jànos, les yeux dilatés. Tu devras entretenir une femme, une famille. Viens me voir, tu goûteras aux joies du métier.

Pour le moment, Grégor goûtait aux joies de l'attente. Le garçon leur apporta du café noir, amer, imbuvable. Les aiguilles, excitées elles aussi, avançaient plus vite. Encore quinze minutes. Interrompre Jànos ? Lui demander carrément : Alors, cette surprise ? Non, trop risqué. La parole tue. A l'origine, il y a toujours le verbe. *Feu*, criait le lieutenant quelque part et une rangée d'hommes et de femmes basculaient dans la fosse. En ce moment même, un sergent, quelque part, criait en russe ou en allemand ou en anglais : *En avant*, *marche* et l'humanité comptait quelques êtres de moins. Patience, Grégor : ouvrir la bouche, c'est faire basculer Gavriel dans la fosse.

— Je n'aime pas l'amour, pérorait le geôlier. Je n'aime que la haine. L'amour rend faible, la haine rend fort.

Il fit un geste large, enveloppant tous les habitants de cette terre de sang et de feu. Puis, il saisit son verre et le vida de sa main droite, tandis que de sa gauche il soulevait ses moustaches.

— Tout comme le vin, ajouta Jànos. Il rend fort. Tu bois et tu oublies ta faiblesse, tu ne penses qu'à celle d'autrui. Tu bois et tu oublies que tu bois. Allons, mon garçon, les bouteilles pleines sur la table, c'est décourageant, c'est insultant. Tu veux devenir geôlier ? Alors, tu dois apprendre à boire, pas vrai ?

— Parfaitement, répondit Grégor.

Leur table était la plus bruyante de la salle. Le vieillard près de la porte-fenêtre somnolait paisiblement tandis que son épouse aiguisait fidèlement ses couteaux. Plus loin, un officier hongrois faisait la cour à une belle bourgeoise, dont le mari défendait en ce moment même le sol chéri de la patrie. L'officier parlait et elle riait, la beauté et l'héroïsme allaient conclure une alliance de courte durée. Encore plus loin, à droite, dans le coin, un lieutenant allemand déclamait quelque chose, un poème sans doute, à l'oreille de sa compagne qui n'en saisissait pas un traître mot. Tant pis ou tant mieux pour elle et pour le poète. Une femme est faite pour écouter, pour s'extasier, surtout quand c'est un officier élégant qui récite un poème sans fin, où il s'agit de la mort ; un officier allemand parle toujours de la mort dont il est le serviteur sûr et dévoué. *Feu* et voilà une rangée d'hommes et de femmes et d'enfants, silencieux et à peine étonnés, qui basculent dans la fosse. Exactement comme dans un poème, *nicht wahr?* La puissance des mots, *ach*, la puissance destructrice de certains mots dans certaines bouches !

Cependant, ce soir-là, dans l'attente du dénouement, Grégor n'éprouvait que de la pitié envers le monde entier. Envers le vieillard inconscient et sa femme rancunière, l'officier hongrois et sa compagne au rire grossier, même envers le lieutenant allemand qui chantait la gloire de l'amour, de la guerre, du massacre efficacement organisé. Huit heures moins dix. Gavriel est vivant. Entendez-vous, messieurs les officiers ? L'homme de Dieu est en vie et bientôt il reprendra son bâton pour poursuivre sa marche, il vous imposera son rythme et son silence.

Huit heures moins huit. Leib surgira d'un moment à l'autre. Grégor réfléchit au moyen de lui faire signe que la mission, du moins dans sa première phase, a été accomplie. Un hochement de tête suffira.

— Alors ? demanda Jànos débordant de bienveillance paternelle. Cela te dit de travailler avec moi ?

— Absolument, c'est le rêve de ma vie. Mais, d'abord je ferai mon service militaire. D'abord, je dois tuer sur le front. De nos jours, nul ne peut se considérer comme un homme tant qu'il n'a pas versé un peu de sang. Plus l'on tue, plus l'on est homme. Nos braves alliés allemands ont raison de se proclamer surhommes.

— Bon, bon. Je ne parle pas de maintenant. Mais après. Après la guerre, tu viendras me voir ? Je t'enseignerai le métier, je veux dire, à tirer du plaisir de ton métier. Guerre ou pas guerre, des prisons il y en aura toujours. On aura besoin de geôliers. T'en fais pas, tu vivras heureux.

— Je viendrai vous voir le jour même de la victoire, promit Grégor.

Presque huit heures. Grégor ne quittait plus la porte des yeux. Il souriait : je suis porteur de bonnes nouvelles, Leib. Jànos croit me réserver une surprise, le pauvre ! Les aiguilles avancent. Quelques minutes encore. Si Leib me regarde, il comprendra. Et Jànos ne s'en apercevra pas. Trop occupé à boire et à parler. Vas-y, Jànos. Bois et parle. Et surtout ne me regarde pas. Ne t'occupe pas de moi ni d'un boiteux qui doit surgir d'un moment à l'autre.

Huit heures précises. Le garçon s'affairait devant la table près de l'entrée. Grégor se pencha en avant pour mieux observer la porte. Le garçon servait une famille de cinq personnes en visite dans la ville. La mère grondait sa fille : « Tu vas finir tes pommes de terre, sinon pas de dessert ! » La fillette obéit sagement. Et Leib qui est en retard ! Patience, Grégor. Il viendra, ne t'énerve pas. Au fait, pensa-t-il avec un serrement au cœur, et s'il s'était fait prendre ? Mais non ! Ecartons cette possibilité. Cela fait trois jours que je me promène dans les rues et je n'ai croisé aucun de mes anciens camarades, aucune connaissance de mon père. La police n'arrête pas les passants pour vérification de papiers. La ville est *Judenrein*, après tout. Leib peut donc se promener libre et insouciant. Comme moi. Les Juifs sont partis pour ne jamais revenir. Alors, pourquoi est-il en retard ? Sa montre a dû s'arrêter, cela arrive. Surtout en temps de guerre. Les montres, plus intelligentes que les hommes, se refusent à bouger. Voilà pourquoi Leib est en retard : les aiguilles le détournent de son chemin : il n'y a plus de chemin. Mais, il va venir. Compte sur lui, Grégor. Tu m'entends ? Compte sur lui. Leib n'a jamais laissé tomber ses camarades. Tant qu'ils ont besoin de lui, il échappera aux dangers. J'ai besoin de toi,

Leib. Gavriel a besoin de toi. Et Clara aussi. Fais attention, Leib. Ne prends pas de risques inutiles. Ne t'attarde pas. Montre-toi. Ouvre cette porte et entre. Et regarde-moi : Gavriel est vivant et lui aussi t'attend.

La petite fille avait fini ses pommes de terre. Fière de son exploit, elle désigna son assiette : « J'ai fini maman. » « Tu vois, on n'en meurt pas. » « Où est mon dessert ? » Le chef de famille se taisait. Près de la porte-fenêtre, le vieillard dormait sous le regard meurtrier de son épouse.

Huit heures cinq. Patience, Grégor. L'inquiétude appelle le danger. Ne t'énerve pas. Imite Jànos, lui ne s'énerve pas. Fais comme lui, bois, parle, ris. Excellent remède contre la peur, contre la bête qui te ravage l'estomac. Pourquoi Jànos boit-il ? Lutte-t-il aussi contre la peur ? Contre la même peur ?

— Comme je te l'ai dit, j'ai une surprise pour toi et ta petite fiancée, disait Jànos en se grattant le bout du nez qu'il avait large et plat.

— Oui, vous me l'avez dit.

— Tu n'es pas curieux de savoir ce que c'est ?

— Si, mais je sais attendre.

— Cela t'avance à quoi ?

— Précisément : à rien.

Dehors, il faisait sombre. Les garçons tirèrent les rideaux : la lumière attire les attaques aériennes. Huit heures quinze. Déjà. Patience, Grégor. Fais un effort, ne te trahis pas. Leib ne peut pas être loin. Leib, en yiddish, veut dire lion. Son nom n'est pas un masque. Dans cette jungle il demeure roi.

— Alors, cette surprise, tu la veux, oui ou non ?

— Bien sûr que oui, répondit Grégor en maîtrisant son émotion.

— Si tu préfères attendre à demain, vas-y, dis-le. Je ne suis pas pressé.

Jovial, Jànos était d'humeur taquine.

— Moi non plus, réplique Grégor. Je ne suis pas pressé.

Huit heures vingt. Où es-tu Leib ? Je peux attendre. Jusqu'à minuit s'il le faut. J'obéis à ma seule volonté et elle m'obéit également. Elle et moi, nous ne faisons qu'un, nous tendons dans la même direction. Ne t'en fais pas pour nous, je ne deviendrai pas fou. Mais toi, où es-tu ? Dépêche-toi, ami. Je sais qu'un blessé de guerre, qu'un boiteux marche lentement. Cependant, accélère le pas. Il est tard, Leib. Gavriel est vivant et il se fait tard.

— Plus de vin dans la bouteille, déclara Jànos en s'essuyant les moustaches. Maintenant, la surprise.

Ne pas trembler, se répéta silencieusement Grégor. Ne pas trembler. Je sais ce qu'il va me dire, alors du calme, je t'en prie. Attention à tes nerfs. Efforce-toi de sourire. Essaie de maîtriser ton sourire.

— Tu es trop loin, décréta Jànos. Approche ta chaise. Je ne veux pas crier. Ce que j'ai à te dire ne regarde personne.

Grégor obéit. Huit heures trente. Le cœur bat sourdement de plus en plus vite, il veut courir, fuir pour s'écraser, épuisé, sur le pavé. Patience ? Facile à dire. Trente minutes de retard, c'est trop. Beaucoup de choses peuvent se passer en trente minutes.

— Il s'agit du type dont Clara m'a parlé, annonça Jànos d'un ton espiègle, comme si Grégor ne le savait pas. Tu sais ? Le Juif richard.

— Oui ? fit Grégor, indifférent.

— La surprise le concerne.

— Oui ?

— Tiens-toi bien. Tu vas tomber à la renverse.

Le souffle court, le front en sueur, Grégor se tendit. Il avala sa salive. Un instant il hésita : Que regarder, les lèvres ou les yeux ? Les yeux.

— Je l'ai retrouvé, dit Jànos en baissant la voix.

Grégor s'y attendait, cependant la surprise le frappa en pleine figure. Les larmes lui montèrent aux yeux. Dis quelque chose, Grégor. Ne reste pas comme ça à le fixer stupidement. Ne te laisse pas aller à l'émotion. Tu peux tout gâcher.

— Tu ne dis rien ?

— Merci.

Le garde-chiourme se pencha en avant et rapprocha son visage de celui de Grégor :

— Le bonhomme se trouve dans la prison. Pas loin d'ici. Cellule 91. Au secret. Autorités allemandes déjà averties. Demain, il sera escorté à Budapest. De là, il prendra le chemin sans retour. Avec le premier transport. D'ici peu, de votre Juif ne subsistera qu'un souvenir, qu'un mauvais souvenir.

Huit heures quarante. Grégor se sent déchiré entre Leib et Gavriel, il aurait voulu penser aux deux à la fois, choisir l'un c'est trahir l'autre. Il choisit Leib. Le danger se précise. Son retard signifie qu'un malheur est arrivé.

— Les transports, demanda-t-il, où les emmène-t-on ?

— Shshshsh ! fit Jànos. Pas si haut.

— Tous ces Juifs qui s'en vont, où vont-ils ?

— Shshshsh ! Ils rejoignent l'éternité, fit Jànos en clignant de l'œil. Tu saisis ?

— Oui, ils rejoignent l'éternité.

Jànos le poussa encore du coude :

— Content ?

— Content ? répéta Grégor sans comprendre.

— Oui, parbleu ! De ma surprise !

— Ah ! oui, bien sûr que je suis content. Clara le sera encore davantage.

— Dommage qu'elle ne soit pas venue. J'aurais voulu voir sa figure en l'apprenant.

— Elle est malade, vous connaissez les femmes.

Grégor se mit à parler, à dire n'importe quoi, pour meubler l'attente. Son cerveau travaillait vite. Leib gâche nos plans, nos plans de réussite. Que faire ? S'il ne se montre pas dans les cinq minutes qui suivent, tout sera perdu. J'attendrai jusqu'à neuf heures. Grégor commande une dernière tournée, le garçon hoche la tête : trop tard, on ferme bientôt. Le restaurant se vide. L'heure du couvre-feu va sonner. Le vieillard près de la porte-fenêtre se réveille subitement, sa femme cache les couteaux et sourit. La petite fille chuchote à l'oreille de sa mère qu'elle doit aller au petit endroit. Jànos appelle le garçon et règle l'addition : neuf heures déjà.

— Que le temps passe vite, dit le gardien.

— Très vite, acquiesce son invité.

Leib ne viendra plus. Grégor essaie malgré tout de s'imposer du calme. Rien de grave, Grégor. Rien de grave ne peut arriver à Leib le Lion. Son retard ? Justifié. Sans doute, au dernier moment, une mission plus urgente aura exigé un changement de plans. Aucun moyen de m'avertir. C'est simple. En temps de guerre tout est simple. Il rentrera directement. Il se peut qu'il soit déjà rentré. Il m'attend.

— On s'en va ? demanda Jànos.

— Oui.

Les derniers à partir. Les garçons rangent les chaises. La salle revêt un air lugubre.

Une fois dans la rue, Jànos annonça qu'il retournait à la prison pour cuisiner le prisonnier juif :

— Cadeau de mariage. Demain, vous aurez les renseignements nécessaires.

— Merci, Jànos. Clara et moi nous vous garderons une éternelle reconnaissance.

— Allons, allons, pas de sentimentalité. Attendons la fin de l'histoire. Il m'a l'air dur, votre Juif. Pas facile. Forte tête. Seulement, fiez-vous à moi : il parlera.

Sous l'effet du vin, Grégor se sentait lourd. Il avait mal aux épaules, à la poitrine, sa vue se brouillait. Mais son cerveau fonctionnait à merveille, échafaudait dix plans, cherchait des failles, pesait des chances. Il transpirait. Comment faire pour empêcher la torture de Gavriel ? Question urgente. Lui dire de remettre l'interrogatoire jusqu'à demain ? Impossible, il n'acceptera pas, puisque Gavriel sera livré demain aux Allemands. Et puis, Jànos trouvera suspecte cette demande insolite. Autre chose. Vite, il faut dénicher une autre solution. Sinon cette brute serait capable de tuer sa victime.

— Jànos, dit Grégor à brûle-pourpoint. Un dernier service. Emmenez-moi avec vous, je vous en prie. C'est important. On n'a pas le temps, demain il part. C'est important que je le voie avec vous, que je sois présent à l'interrogatoire. Moi présent, il n'osera nier ni dissimuler la vérité.

Le regard de Jànos, devenu dur comme une lame, mesura Grégor de la tête aux pieds :

— N'es-tu pas un peu jeune pour assister à pareil spectacle ? Tu vomirais le repas exquis que tu viens de déguster.

— J'insiste, Jànos. Je saurai me tenir.

— Tu vas le regretter.

— Non.

Jànos réfléchit et haussa les épaules :

— Soit, puisque tu y tiens, accompagne-moi.

Grégor s'arrêta pour respirer. A côté de lui, Jànos paraissait un géant.

— Nous lui rendrons visite après minuit, dit le gardien. Après la relève.

Comme Grégor ne semblait pas s'y opposer, Jànos suggéra une petite promenade pour s'étirer les jambes et chasser le brouillard du cerveau. D'accord ? D'accord. Avec lui, Grégor n'avait rien à craindre : aucun policier ne l'arrêterait, malgré l'heure tardive.

Jànos avançait d'un pas lourd, traînant, comme se débattant dans la boue.

— Tout de même, bougonna-t-il en crachant avec force.

Soudain, il s'assombrit. Sa bonne humeur le quitta. Préoccupé, il se remit à gratter le bout de son nez. Absorbé dans ses propres réflexions, Grégor n'y fit pas attention.

— Tout de même, répéta le gardien en grinçant des dents.

— Tout de même : quoi ? demanda Grégor par politesse.

— Quelque chose que je ne comprends pas. Comment votre Juif s'appelait-il ? Tu ne me l'as pas dit.

— Gavriel, il s'appelle Gavriel.

— Drôle de type.

— Drôle ?

— Il ne correspond pas, mais pas du tout, à ta description de lui. Ça me tracasse. Je n'aime pas que les Juifs changent si vite.

Ils déambulaient sur la Grand-Place. Déserte. Fenêtres éteintes. Repliées sur elles-mêmes, les maisons semblaient se protéger contre un fléau inconnu. La ville : un cimetière. Les habitants sont morts, seules leurs ombres ont survécu. Ombres de maisons, ombres d'enfants, ombres de femmes enceintes. Les arbres qui bordent la rue semblent irréels, eux aussi : mirages d'arbres, la mort s'y cache pour y attirer sa proie. Et les pas qui résonnent dans la nuit, ne s'inscrivent nulle part, même pas dans le souvenir. Ils ne font qu'élargir le cimetière : est-ce que Leib les entend ? Et Gavriel ? Maintenant, Grégor est déjà convaincu que le rendez-vous manqué avec le chef des partisans signifie la fin d'une époque, d'une amitié. Et me voilà marchant tranquillement aux côtés d'un tortionnaire, immunisé contre le danger qu'il incarne, sourd aux cris de ceux qui basculent dans la fosse. Attention, Grégor. Tu t'égares. Ne pas penser à Leib. Trop tard. Demain, tu auras tout ton temps pour penser à lui. Ce soir, il est trop tard. Ce soir, tes pensées n'appartiennent qu'à Gavriel. Bientôt, tu te retrouveras devant lui, dans sa cellule, tu lui diras... je lui dirai quoi ? Je lui dirai : cette fois encore, tu déjoueras l'Ange exterminateur. En me voyant familier avec le geôlier, mon ami aura un geste d'étonnement. Je trouverai bien le moyen, par un signe muet, de la main, de la tête ou du regard, de lui faire comprendre que tout cela n'est qu'un jeu, abominable mais nécessaire, car je suis Juif comme toi, Gavriel, car ma délivrance est conditionnée par la tienne. Bientôt, pensa Grégor et il tremblait de peur ou de joie, de peur et de joie.

Renfrogné, Jànos s'enlisait dans la boue. Il soulevait ses jambes avec de plus en plus de difficulté : il semblait marcher sur place.

— Ça me tracasse. Ça fait deux mois que notre ville est *Judenrein* : ou plutôt, on le croyait. Rien de plus faux. Il y avait un Juif parmi nous. Qu'il ait réussi à se cacher si longtemps, ça me met hors de moi.

— Que voulez-vous ? C'est leur métier. Les Juifs l'ont bien appris. Dès qu'ils se montrent, on leur frappe dessus. Dès qu'ils s'installent dans leur peau d'homme, leur Dieu se souvient d'une mission dangereuse et inutile dont il les charge. D'ailleurs, en cela, les Juifs ressemblent à leur Dieu. Lui aussi se cache. Le monde n'est pas seulement *Judenrein*, mais aussi *Gottrein*. Encore un peu de temps et il n'y aura plus de Juifs, plus de Dieu. Personne ne se cachera plus. Ce sera l'enfer. Nous serons seuls.

Pour vaincre son tremblement, pour transformer sa joie en peur ou sa peur en joie, Grégor parlait, parlait et par bonheur le garde-chiourme, tout à son problème, ne l'écoutait pas.

Ils arrivèrent devant la petite ruelle où jadis la vieille synagogue juive, immuable, accueillait les fidèles venus pour chanter ensemble à la gloire de Dieu et de son peuple choisi.

— Retournons, dit Grégor.

Jànos ne l'entendit pas et le jeune Juif dut répéter sa phrase, d'une voix rauque, en le tirant par la manche.

— Tout de même, marmonna Jànos, je ne comprends pas.

Ils marchaient dans la ville morte et leurs pas résonnaient au loin. On eût dit deux amis, deux amis qui prolongent leur échange jusqu'au matin, n'arrivant pas à se quitter, ils ont trop de choses à se dire. Cependant, Jànos se plantera bientôt devant Gavriel en bourreau. Ainsi le bourreau peut-il être mon ami en certaines circonstances ? Pourquoi pas ? Il est un homme comme tous les hommes : il est tous les hommes. Il est même l'ami des hommes.

— Je ne comprends pas, répéta Jànos pour la dixième fois.

Grégor le regarda. Profil aux angles obtus, point de menton. Visage animal. Lèvres énormes, nez aplati, nuque de taureau. En civil, reconnaîtrais-je en lui le bourreau de Gavriel ?

— Vous ne comprenez pas quoi ?

Quelle heure est-il ? Dix heures, peut-être. Un peu plus, un peu moins, qu'importe. Pas encore minuit. Grégor se remémora l'accusation de Clara : tu es lâche. Le suis-je vraiment ? Qui ne boit la coupe jusqu'à la lie n'a point vécu sa vie. Qui ne va pas jusqu'au bout ne connaît qu'une vérité partielle, mutilée. L'homme devrait commettre tous les actes, subir toutes les humiliations, revendiquer toutes les raisons de blasphémer : sinon il ne serait pas entier. Voilà le piège. Sauver un ami, cela se nomme vivre. Mais trahir un ami — le même ou un autre — cela aussi s'appelle vivre.

— Tout de même, c'est drôle. Ton Juif, sais-tu quand il a été pris ?

— Quand ? demanda Grégor dans un souffle.

— Aujourd'hui même.

Grégor se sentit atteint en pleine figure. Son cœur battait à se rompre. Le feu fit irruption dans sa tête.

— Je ne comprends pas, dit-il et pourtant il commença à comprendre.

— Moi non plus, renchérit le gardien en crachant.

Quelques détails supplémentaires : au cours de l'après-midi, deux agents de police ont aperçu un homme suspect rôder aux environs du ghetto pourtant abandonné. Vérification de papiers. Ils semblaient en ordre. Néanmoins, l'interpellé fut emmené au poste. Pourquoi cet excès de zèle ? A cause de Jànos. N'ayant pas trouvé de Juif en prison, il avait donné l'alarme : ouvrir l'œil. Les deux agents eurent la main heureuse. Au poste, les papiers s'avérèrent faux. Le détenu persistait à nier son origine. Alors, on lui ordonna de se dévêtir. Et il passa tout de suite aux aveux.

Grégor maintenant se confondait avec sa peur, il suffoquait. Il se mordait les lèvres. Avoir mal, mettre le doigt sur la blessure et l'approfondir. Devenir cette blessure. Et rien d'autre.

— Dans quelle langue s'exprimait-il ?

— Comment ? Dans quelle langue ? En hongrois, parbleu ! Il parle le hongrois comme toi et moi.

Grégor avala sa salive.

— Aux fouets qui s'abattirent sur son corps, il disait : encore, allez-y, j'en veux davantage.

— Vous l'avez vu ?

— Vu. Ils l'ont un peu malmené, puis ils nous l'ont amené, à la prison. Dès que j'ai appris la nouvelle, tu t'imagines ma joie, j'ai couru lui dire bonjour.

— Et vous l'avez vu, vu vraiment ?

— Puisque je te le dis. Je l'ai vu, oui. De mes propres yeux, je l'ai vu. Voilà pourquoi je m'évertue à t'expliquer que ta description d'hier manquait d'exactitude.

Tout devenait clair, douloureusement clair. Plus d'espoir.

— Primo, dit Jànos, il ne porte pas de barbe. Deuxièmement, il est blond et non pas brun. Tu ferais un piètre policier, mon garçon. Aucun sens de l'observation.

Silencieux, Grégor le suivait, légèrement en arrière, comme au cimetière, l'imitant dans sa démarche, se balançant de droite à gauche.

— Imagine-toi qu'il avait l'audace, ce salaud, de se prétendre blessé de guerre, s'écria le geôlier avec indignation. Il boitait et se servait d'une canne. On la lui a brisée sur le dos. Après ça, il marchait droit comme toi et moi. Dans sa cellule, debout, appuyé contre le mur, il osait se tenir droit et me regarder droit dans les yeux. Je lui dis : « Tu n'as pas honte de tromper les gens ? » « Non. Et vous ? » « Je ne trompe pas les gens, moi. » « Voilà pourquoi vous devriez avoir honte. »

Sans s'en apercevoir, Grégor se retrouva soudain dans la rue dominée par la synagogue en ruines. L'immeuble adjacent où le Grand Rabbin avait jadis habité était demeuré intact. Une sentinelle allemande en faction devant la porte. Plus tard, il apprit que la maison avait été réquisitionnée par le commandant militaire de la région. Cette idée le troubla longtemps : un étranger dans la chambre où un homme aspirant à la sainteté communiait avec son âme, un étranger dont il ne verrait jamais le visage. Y a-t-il lien entre un être et celui qui lui succède dans le temps ou dans l'espace ? Sans doute, puisque c'est celui-ci et non un autre qui prend sa place. Pauvre Rabbin !

— Et dire que pendant deux mois, deux longs mois, il s'est moqué de nous en se promenant parmi nous, dans la rue, au parc, côtoyant officiers allemands et femmes hongroises, comme si de rien n'était, comme si le monde lui appartenait, comme s'il n'était pas une bête traquée.

Jànos dut s'interrompre, la colère l'étouffait.

— Maintenant, seulement maintenant, je comprends pourquoi tu me disais hier qu'il riait. Cela oui, tu l'as bien saisi. Tu es moins naïf que tu n'en as l'air. Bien sûr qu'il riait. Intérieurement, parbleu ! Je me l'imagine au restaurant, au cinéma, avec sa canne contre la jambe, avec son air de héros couvert de gloire, d'honneurs. Les gens se lèvent et lui cèdent la place. Les femmes lui sourient avec respect, avec chaleur.

Jànos hurlait dans la nuit, mais les fenêtres restaient closes, les morts dormaient et dans leurs rêves ils voyaient les fosses qui se remplissaient sans répit. Jànos fit halte, sa propre fureur l'exaltait. Il brandissait son poing vers un ennemi invisible, vivant ou mort, quelle différence !

— Qu'il attende, ce salaud de Juif ! Il ne perd rien à attendre ! Ce soir, il aura affaire à moi ! Je te garantis qu'il ne rira plus.

Ses cris se répercutaient dans le noir, insolites. On ne crie pas dans un cimetière. Seuls les morts ont le droit à la parole.

Grégor éprouva le besoin de s'adresser à Jànos et de lui dire : « Savez-vous, cher monsieur, que je vous hais ? Que de tout mon cœur je vous voue une haine et que je m'apprête à la nourrir tant que je serai en vie ? » Mais, il garda le silence. Il n'était pas convaincu que sa haine était réelle, que la nuit était réelle. Jànos reprit sa marche, Grégor le suivit. Que faire ? Il fallait bien faire quelque chose, seulement les actes n'avaient plus de sens. Gavriel était mort, Leib en prison et lui, Grégor, se promenait avec un geôlier. Prendre une décision ? Laquelle ? Accompagner Jànos dans la cellule ? Voir Leib le Lion sous la torture ? Cela prouverait à Clara que je peux aller jusqu'au bout. Mais je n'ai plus envie de prouver quoi que ce soit à qui que ce soit. Ni à moi-même ni à autrui. Au fond, il faudrait par tous les moyens empêcher Jànos de se venger sur Leib. Et si je lui avouais simplement que je suis Juif, que moi aussi je me cache, que moi aussi je me moque de lui et du peuple d'assassins dont il est le symbole ? Non. Pourquoi pas ? Peut-être parce que Jànos ne le croirait pas. Ou parce que Grégor redoutait la souffrance physique. Ou encore parce qu'il tenait, malgré tout, à revoir Clara et se justifier ou s'humilier à ses yeux. Cela eût été vraiment trop facile de choisir le martyre, de partager le destin de Leib : à quoi cela aurait-il avancé les partisans de la forêt ? Allons, Leib ! L'histoire recommence. Où sont nos lanternes ? Brisées, les lanternes. Et la gitane qui encouragea Pishta et sa bande ? Allez, les braves ! Les Juifs, désarmés, les voilà à votre merci ! Allez, sautez-leur dessus ! Donnez-nous leur sang ! C'est dans leur sang que nous laverons nos péchés... Non, Leib, nous continuerons. Sans lanternes. Nous nous battrons séparément. Pas seuls. Séparés.

— Attendez, dit Grégor. Je reviens tout de suite.

— Où vas-tu ? Tu cherches un endroit pour... ?

Sans lui donner le temps de se ressaisir, Grégor disparut dans la nuit. Le vrai problème n'est pas la haine, non, pas la haine. Mais la honte, oui, la honte.

Ils avaient le visage fermé, plus fermé et plus intense que de coutume. Grégor les voyait à travers un brouillard : un seul visage et beaucoup d'yeux. Ils sont tristes, pensa-t-il, nullement surpris. La lourde présence de la guerre. Les sacrifices quotidiens. Encore une lumière qui s'éteint. Encore un arbre qui s'écroule. Leib, pour eux, était autre chose qu'un chef, plutôt un frère de combat. Chacun de ses gestes, chacune de ses paroles enrichissaient l'espérance en la situant dans un climat de simplicité et d'humilité : nous vaincrons car, dans la mesure où elle a un sens, la victoire est du domaine de l'homme et de ce qui l'élève, non de ce qui le nie. Nous vaincrons, car, en prenant les armes, en défiant ceux qui prétendent parler au nom du destin, le leur et le nôtre, nous avons déjà conquis le droit à la victoire : quoi qu'il arrive désormais elle ne sera plus vaine ni temporelle. La victoire, selon Leib, représentait une nécessité plus qu'une certitude. Et maintenant ? Il se trouve en captivité et cela les attriste, c'est pourquoi ils sont tous là à me dévisager, pâles et craintifs.

— Raconte, ordonna Zeide, taciturne.

— J'ai tout raconté.

De nouveau, l'attente. La réponse ne les satisfait pas. Grégor se croit obligé d'ajouter :

— Plus rien à raconter. Vous savez tout.

Dehors, le soleil menait une lutte sourde contre la forêt. Ici et là, la voûte craquait et la lumière, en certains endroits, glissait doucement le long d'un sapin pour aller se perdre dans le feuillage tantôt vert, tantôt doré. Malgré la chaleur qu'alourdissait l'humidité, au fond de lui-même, Grégor frémissait de froid. Il n'avait pas fermé l'œil de la nuit. Il avait marché sans répit à travers les champs de blé, se cachant dans les épis au moindre bruit suspect ; il avait évité les villages et était arrivé au bunker à midi, à bout de souffle, nageant dans la sueur ; il s'était laissé choir sur l'herbe tandis que Haimi, le premier accouru, avait alerté les camarades. En moins d'une seconde, ils étaient tous là, autour de lui, à genoux, brûlant d'inquiétude, de sollicitude également : tu es blessé ? tu as soif ? tu désires un verre d'eau ? Ils se rendirent compte que Grégor était sain et sauf. Alors, les vraies questions fusaient de tous côtés : Où est Leib ? Pourquoi es-tu rentré seul ? Quand revient-il ? Personne ne demanda : et Gavriel ? retrouvé ? Grégor eut envie de leur annoncer la mort de Gavriel, mais cela ne les eût guère intéressés. Leur Gavriel à eux s'appelait Leib, son nom tremblait sur toutes les lèvres. Abandonnant leur vigile, les sentinelles elles-mêmes étaient venues aux nouvelles : « On n'a pas vu arriver Leib. Pourquoi ? Où est-il ? »

Zeide fut le premier à comprendre. Il ferma les yeux, se concentra. Quand il les rouvrit, il n'était plus le même homme : la force et la responsabilité du chef l'habitaient. Il prit la situation en main, renvoya les sentinelles en les réprimandant, puis s'adressa à Grégor :

— Nous ferions mieux de parler à l'intérieur.

Zeide le précéda comme pour lui montrer le chemin. Les autres suivirent. Clara se tenait près de la table en s'y appuyant de ses bras. En l'apercevant, Grégor rougit violemment. Il ébaucha le geste d'aller vers elle, mais devant son air hostile, il recula, effrayé, puis détourna la tête. Sur un signe muet de Zeide dont personne ne disputait l'autorité, Grégor prit place à table, face aux camarades.

— Parle, dit Zeide. Tâche de ne rien omettre.

Il voulait tout savoir. Tous les détails. Pour que l'image se dessine nettement. Grégor parlait vite. Les mots se bousculaient dans sa bouche. A la dérobée, il jeta un coup d'œil du côté de Clara qui, debout, immobile, lèvres entrouvertes, paraissait tendue, pesant chaque mot. Grégor décida de la ménager et utilisa le singulier à la première personne : je disais, je pensais, je voyais, je faisais telle remarque, j'eus telle impression, telle réaction. On l'écoutait avec une attention appliquée. A mesure qu'il parlait, sa voix s'affermissait, devenait claire, dépouillée de fatigue : la voix du parfait témoin. Le récit suivait une ligne cohérente, chronologique. Les rencontres avec le gardien, les repas, les rires, les mensonges. Rien ne fut omis. Par-delà le chagrin, un certain orgueil se faisait jour en lui. Pour ces hommes, il représentait celui qui revenait d'un pays sauvage où grouillent monstres et dragons ; pour ces hommes, il était celui qui avait vu le destin à l'œuvre. Chacune de ses phrases traduisait une part d'un mal infini, d'une vérité meurtrière. Tous tendaient le cou en avant pour ne perdre aucune expression, aucun silence. Quelqu'un qu'ils ne connaissaient pas s'exprimait par la voix de Grégor. Brusquement, le conteur se tut et le silence qui s'empara du groupe eut le poids de la malédiction ; imperceptiblement, tous baissèrent la tête.

— Continue, dit Zeide qui semblait émerger d'un rêve.

— Fini. Plus rien à ajouter. Tout est dit. Plus rien à faire, rien à entreprendre.

Grégor essuya la sueur qui perlait sur son front. Avoir parlé lui procura une sensation de bien-être ; nous sommes frères et nous réussirons ; je ne suis plus seul à porter les chaînes du chef en captivité.

— Tu as fini ? Recommence, dit Zeide.

Grégor laissa passer quelques instants afin de reprendre son souffle. La soif le tenaillait, mais il n'osait demander de l'eau. L'événement échappe à leur entendement, pensa-t-il. Ils refusent d'admettre que Leib soit perdu, que le groupe soit resté orphelin, décapité. Ils ne parviennent pas à y prêter foi, rien de surprenant à cela. Leib arrêté ? Impensable. Doué d'une force irrésisitible, le lion Leib brise les chaînes et démolit les cages. A lui seul, il tient tête à l'armée hongroise, blindés et cavalerie inclus. Pour ses camarades, Leib était une sorte de Samson triomphant des pièges et des ruses. Il n'est pas simplement un Juif armé de colère, il incarne la colère foudroyante de tous les Juifs, victimes de l'injustice, depuis la destruction du Temple et jusqu'à nos jours. Lui humilié ? Sous les verrous ? Acceptant la défaite, en silence, sans provoquer l'écroulement des murailles, l'éruption du volcan ? Non, pas lui, pas le Lion. Leib restera inchangé dans leurs esprits, guide indomptable qui les fera traverser le désert et aborder les rivages de la terre sainte, là-bas, au loin. Ils rejettent les faits des deux mains, pensa Grégor. En se réfugiant derrière l'incrédulité, ils espèrent conjurer le sort.

— Recommence, dit Zeide, lorsqu'il eut terminé, pour la seconde fois, son rapport.

— Depuis le début ?

— Depuis le début.

— Soit. Voilà : nous avions rendez-vous. C'était hier...

— C'était hier, dit Zeide. Continue.

Grégor renoua le fil. Une trentaine d'yeux l'épiaient. Clara promena les siens sur son front, ses lèvres, ses sourcils. Les autres sondaient sa figure moite, ses mains posées sagement sur la table, ses pupilles dilatées, ses narines frémissantes. Personne ne l'interrompit pour exiger ici une explication et là un éclaircissement. Plus Grégor parlait et plus il s'éloignait de ce lieu, sans toutefois se rapprocher de nulle part. Il revenait dans la ville, errant d'une rue à l'autre, d'un échec à l'autre, faisant sept fois le tour du bâtiment de la prison qui dominait les immeubles d'alentour, comme une église. Il refaisait la route d'hier, d'avant-hier et essayant cette fois de corriger certaines erreurs sans y parvenir. Son esprit ne suivait pas sa voix, au contraire, il prenait une direction opposée : je n'ai pas rencontré Jànos, je ne lui ai pas demandé de me retrouver un Juif qui changeait de nom et d'existence et qui riait. Trop tard. Le Juif en question ne rit plus, quelqu'un d'autre rira à sa place. Grégor parlait et sa voix l'emportait toujours plus loin. Il était là et il était ailleurs. Ces hommes qui le traquaient jusqu'aux replis secrets du temps vécu ou rêvé, c'est moi qui les anime : je suis leur peur et leur orgueil. Grégor ralentit son débit ; tant qu'il parlait, il se savait en sécurité. Maintenant, il aurait aimé pouvoir parler des jours et des nuits. Mais les événements l'entraînaient inexorablement, il ne pouvait s'en détacher. La fin venait à sa rencontre et impossible de la contourner, de la retarder.

— C'est tout. Leib n'est pas venu. Il ne viendra plus.

Personne ne bougea et Grégor regarda ses mains sur la table : pourvu qu'elles ne se mettent pas à trembler.

Sur l'ordre de Zeide et pour la troisième fois il dut recommencer son récit. Dès le début ? Dès le début. Grégor voulut protester mais s'imposa silence. La fièvre le gagnait mais il la surmonta. Vous voulez ma voix ? Je vous la donne. Recommençons. La voix rapproche les êtres et les sépare. La voix érige des murailles, ajoutant brique sur brique, pierre sur pierre, on s'y cogne la tête, cela fait mal, puis cela ne fait plus mal. La voix finit par devenir prison. Dès le début ? Oui, dès le début. La voix est un désert. Qui a soif boit son propre sang. J'ai soif, je me consume, et ces hommes ne s'en rendent même pas compte. Tant pis. Recommençons. C'est ma voix qu'il vous faut ? Prenez-la. Au commencement, Dieu créa la terre et le ciel et, ce soir-là, Leib le Lion devait venir me rejoindre au restaurant. Vous comprenez ? Moi pas. Qu'à cela ne tienne, continuons.

A nouveau Grégor parlait et devenait autre. Il retrouvait l'autre en lui-même. Il écoutait sa propre voix et maintenant trouvait son accent artificiel, mensonger. Il pensa : ce que tu dis n'est pas vrai, ce qui est vrai tu ne le dis pas. La répétition de la vérité la trahit. Plus je parle et plus je me vide de vérité, d'infini. Et cependant ces hommes m'écoutent en silence, dans le recueillement, comme si au sommet de la montagne, ma tête touchait au ciel. Pourtant, ils ne me connaissent pas, je ne les connais pas davantage ; ils savent peu à mon sujet, j'en sais encore moins au leur. Haimi, Zeide et Clara exceptés, je ne me souviens même pas de leurs noms. Mais cela ne prouve rien. Qu'est-ce qu'un nom ? Une clef avec laquelle on ferme la porte au lieu de l'ouvrir. Je suis le dernier à avoir vu Leib vivant, c'est cela qui compte ; je suis le premier à l'avoir appris. Aussi m'écoutent-ils de toute leur âme : ces hommes passeront désormais leur vie entière à écouter. Un jour, quelqu'un — une femme blessée, un enfant effrayé — lèveront vers eux le regard interrogateur : « Où es-tu ? Tu erres ailleurs. » Et l'air effarouché, ils mettront le doigt sur leur bouche : « Shshsh ! Tais-toi enfant, tais-toi femme. »

La chaleur augmentait, on respirait difficilement dans le bunker mal aéré. Les partisans ne s'en apercevaient point. Grégor non plus. Au fond de son être, il se recroquevillait de froid, simplement de froid. Ces voyages dans le temps, ces allers et retours multiples l'épuisaient au point de ne plus retrouver son port d'attache.

Il se taisait depuis un bon moment déjà, mais Zeide et ses camarades, en bons élèves appliqués, l'observaient toujours, attendant de lui le miracle, ni plus ni moins : toi qui racontes si bien, substitue au récit une fin différente ; allons, dis-nous que tout cela n'est pas vrai, dis-nous que Leib est libre, qu'il reviendra demain, la semaine prochaine. Il rencontra soudain le regard enflammé de Haimi. Il en ressentit un coup violent au cœur : Haimi m'en veut, il me rend responsable de la logique inhérente aux événements ; si je n'étais pas venu ici, Leib serait encore en vie. Grégor lui donna raison et voyait venir le jour où le plus jeune des combattants reporterait sur lui sa haine des gardes-chiourme. Par le simple fait que j'ai trinqué avec Jànos, que sa main avait serré la mienne, que ses yeux avaient cerné mon image, j'ai rapporté une parcelle de sa personne et jamais je ne pourrai m'en défaire : c'est Grégor qui est parti, Jànos qui est revenu.

Grégor résolut qu'à la première occasion il prendrait Haimi à part pour lui parler de Leib qu'il avait connu avant lui : plus jeunes que toi, nous avons livré une guerre qui durera aussi longtemps que je serai en vie et tant qu'elle durera, Leib y participera.

De l'autre côté de la table, derrière et autour de Zeide, les visages n'en font qu'un seul. Douleur et incrédulité s'y lisent. Ils se méfient de moi, parce que j'ai parlé ; peut-être aurais-je dû me taire, moi aussi. Mais mon silence ne les aurait pas rendus moins soupçonneux ; pour eux, je représente l'instrument de la mort. Gavriel présent, ils seraient capables de l'étrangler, car Leib s'est sacrifié pour lui ; le lien entre l'un et l'autre, c'est moi.

Les yeux de Haimi se voilaient. Zeide appuya son menton sur son poing droit posé sur la table. Grégor sentit le regard de Clara sur ses lèvres desséchées. Qui est le bossu derrière le nouveau chef ? Il m'a dit son nom, je l'ai oublié. Pas tout à fait bossu, il en donne seulement l'impression, car il garde la tête rentrée dans les épaules. Encore jeune, une vingtaine d'années, pas plus. Oreilles tombantes, démesurément grandes. Visage maigre, amer, capable de haine. Comment s'appelle-t-il ? Leib me l'a présenté. Je sens encore sa poignée de main molle et moite, mais son nom m'échappe. Obscurément je sais que je devrais me le rappeler, que c'est important. La mémoire devrait tout enregistrer, tout préserver, même les faits insignifiants, et un nom n'est pourtant pas chose insignifiante. J'ai trop soif, voilà, ma mémoire filtre la clarté. Mes poumons éclatent. Un verre d'eau. Quelques gouttes sur ma langue, sur mes lèvres et les barrières tomberont. Seulement j'ai honte d'en demander, j'ai honte de parler d'eau. Je ne sais pourquoi, mais j'ai honte. J'ai honte et cela m'empêche de parler, cela fausse mon silence. Pourquoi me regardent-ils ainsi, sans ciller, sans amitié ? Ils savent que j'ai honte, mais ignorent pourquoi ; ils savent que j'ai honte et cherchent à en deviner le sens et la portée. Ils ne peuvent pas savoir que ma honte provient de ma soif et du fait que j'ai oublié le nom du bossu dont les mains sont molles et moites. Je devrais leur expliquer avant qu'ils ne s'engagent dans une fausse route, leur dire que je ne suis pas, ou pas seulement, l'étranger servant d'écran entre la vie de Leib et sa mort. Je suis l'un d'eux, je suis comme eux ; chacun de nous est, par rapport à quelqu'un, la clef à usages multiples, sans elle les portes ne s'ouvrent pas, ne se ferment pas. Leib l'aurait compris, lui. Il faut que vous compreniez aussi. C'est Leib qui m'a demandé de descendre en ville, vous en êtes tous témoins. C'est lui qui a décidé de se servir de ma clef. Dans la ville, au cœur du danger, je n'étais pas seul, car je me savais lié à vous, je me savais le prolongement de vous tous. Nous faisions partie du même groupe, du même corps ; c'est avec chacun de vous que Jànos a trinqué, c'est la main de chacun de vous qu'il a serrée. J'étais le destin de Leib, soit. Mais vous êtes le mien maintenant ; on ne choisit ni sa vie ni son destin, ni la clef pour les déchiffrer.

La sueur inondait Grégor et il tremblait, non pas de peur, mais de froid, simplement de froid. Il se sentait sale, impur ; il se comportait déjà en accusé, en coupable. Avec un sursaut d'énergie, d'orgueil aussi, il décida de reprendre les rênes. Il pensa : j'ai parlé et les paroles n'ont fait que creuser un fossé entre nous ; je dois faire en sorte qu'elles deviennent échange, pour qu'ils partagent ma honte, comme je partage leur silence.

— Donnez-moi un verre d'eau, dit-il d'une voix rauque. J'ai soif.

Personne ne bougea.

— J'ai soif, répéta-t-il. Que l'on m'apporte à boire.

Personne ne réagit.

— Depuis hier soir, reprit-il en criant presque, depuis que j'ai quitté le restaurant, pas une goutte d'eau n'a mouillé ma langue ; j'ai le gosier en feu, du sable dans les poumons. J'étouffe, vous dis-je.

Rien. Sa voix ne portait pas. C'est comme s'il n'avait rien dit. Zeide continuait de l'étudier, le menton appuyé sur son poing droit. Le bossu semblait s'amuser méchamment. Haimi s'efforçait toujours de ne pas pleurer, sa bouche se tordait, comme prise de douleurs. Les autres, lugubres, attendaient le miracle ou la mise à mort du faiseur de miracles. Dehors, la lumière devenait métallique.

— A supposer que je sois coupable, s'écria Grégor avec indignation, vous n'avez pas le droit de me condamner, pas vous !

Les regards devinrent froids et tranchants. Ils coupaient dans la chair. Grégor se tourna brusquement du côté de la porte. Clara l'observait sans haine, sans pitié, avec curiosité. Il était sûr qu'elle ne lui refuserait pas un verre d'eau ; elle savait la vérité, elle devait la savoir ; elle savait que Leib était son ami d'enfance, qu'en un sens il était son enfance. Mais la jeune fille, elle aussi, restait figée, hors d'atteinte, impénétrable. Grégor trouva bientôt insupportables l'attente et le silence : les muets et les sourds, ce sont eux qui vont le juger. Il pensa : un mur nous sépare. Je prononce des mots, je les entends, leur contenu m'est familier, mais le temps qu'ils arrivent à leurs oreilles, ils ont changé, ils ne sont plus les mêmes. J'ai demandé de l'eau et eux croient avoir entendu un aveu.

— Soit, déclara-t-il en relevant le front. Puisque vous tenez à ne pas comprendre, je vais vous conter une histoire.

Et, pour la quatrième fois, il se mit à leur décrire les événements ayant conduit à l'arrestation de leur chef. Il n'y ajouta rien, il n'en omit rien. Mot à mot, il répéta ce que trois fois déjà ils avaient entendu. Sa voix seule avait changé. Maintenant, elle tremblait de colère contenue, intense, chargée de résonance intérieure. Le récit était en tous points semblable aux précédents et cependant il était nouveau avec un apport de révélations et d'accents jusque-là inconnu. Tous écoutaient fascinés, comme s'ils entendaient ces choses pour la première fois. Les corps se tendirent. Les uns oubliaient de respirer, les autres haletaient. Rigide, Clara gardait les yeux grands ouverts : elle écoutait avec ses yeux. La force de la répétition, pensa Grégor. Les mystiques ont peut-être raison de ne vouloir répéter qu'une seule phrase, prière ou invocation, à longueur de journée, leur vie durant. Mille fois un, c'est un et non mille. Mais l'un multiplié par mille diffère de l'un multiplié par dix ou par un. En prenant d'assaut un mot, un seul, on peut y découvrir le secret de la création, le centre où aboutissent tous les fils. Le vieillard somnolent, la femme aux couteaux, la fillette sage et obéissante : la somme de ces faits isolés, de ces apparences, donnait l'arrestation de Leib. Les dix mille Juifs qu'on brûlait quotidiennement en Silésie, le rire de Gavriel, l'amour fraternel des partisans, cela donnait, en addition, le malentendu ayant pour victime un homme. Maintenant, Grégor comprenait tout. Sa propre culpabilité et celle de son public. L'injustice commise en terre inconnue, cela me regarde, j'en porte la responsabilité. Qui n'est pas dans le camp des victimes rejoint celui des bourreaux. Voilà le sens de l'holocauste : il implique non seulement Abraham ou son fils, mais aussi leur Dieu.

Arrivé au terme du récit, Grégor vit une larme briller dans les yeux de Haimi. Il en eut le cœur bouleversé. Un jour, se dit-il, je le prendrai à part pour lui parler.

— Et maintenant, dit-il très bas, je voudrais un verre d'eau. J'ai soif.

Un long moment passa, le silence retomba. Puis, il entendit Clara quitter sa place et se diriger vers lui. Elle lui tendit un verre. Sa main ne tremblait pas. Il but quelques gorgées et ressentit à nouveau le poids de la honte. Il posa le verre sur la table et s'écria :

— Mais, pour l'amour du ciel, que voulez-vous de moi ? Je vous ai tout dit, tout expliqué. Pourquoi me regardez-vous ainsi?

Clara avait regagné sa place près de la porte. Le soleil déclinait. La forêt était pleine de ténèbres. Les cîmes des sapins se découpaient dans un ciel morose.

— Vous avez des questions ? Allez-y ! Qu'on me les pose ! Mais cessez de me traiter en étranger !

Il vit le bossu chuchoter quelque chose à l'oreille de Zeide. Les têtes se tendirent en avant pour mieux écouter.

— Nous voudrions éclaircir quelques détails, répondit finalement Zeide en se raclant la gorge. Tu sais le rôle que Leib le Lion a joué dans l'existence de chacun de nous. Aussi devons-nous aller jusqu'au bout. Tout savoir. Pour plus tard.

— Vous avez devant vous un homme vidé.

Il s'arrêta. Moi, un homme ! C'était la première fois qu'il s'appliquait ce terme. Père lui disait souvent : tu dois te préparer au jour où tu seras homme. Eh bien ! le voici. Où était la ligne de démarcation ? A quel moment exact avait-il cessé d'être adolescent ?

— Oui, un homme vidé, reprit-il pour ne pas donner au silence le temps de reconquérir les positions abandonnées. Ce que je savais, vous le savez. Ce que j'ai vu, entendu ou fait, vous l'avez vu, entendu et fait. Nous avons atteint ensemble la limite : au-delà il n'y a plus rien.

— En effet, concéda Zeide. Tu as parlé. Tu as parlé beaucoup et bien. Personne ne le nie. Nous t'avons écouté sans t'interrompre. Mais tu oublies la valeur des questions. Elles pourraient exiger des réponses dont tu apprécieras l'importance. Nous voudrions donc te poser quelques questions.

— Vas-y, Zeide, je suis prêt. Et vous aussi, vous tous, donnez-moi vos questions et je vous les rendrai lavées et blanchies. Afin qu'elles vous délivrent un certificat de bonne conduite, une attestation d'innocence, car c'est cela que vous cherchez, pas vrai ?

Son emportement eut un effet tonifiant sur le bossu ; il se mit à rire sournoisement, en hochant sa lourde tête : il ne croyait pas un traître mot de ce que disait Grégor.

— Commençons par toi, déclara Zeide. Dis-nous tes questions.

— Je n'en ai pas.

Souvenir d'enfance : il devait avoir huit ans, un peu plus peut-être. Peu après la mort de son grand-père. Journée printanière. Parti en montagne pour affaires, père avait emmené Grégor. Jour de fête. Grégor aimait les champs, les voitures à cheval, et être seul avec son père. Contrairement à son habitude, celui-ci lui parlait : « Un jour tu seras homme et tu n'auras plus personne à qui adresser tes questions. Que feras-tu ? » « Je n'aurai pas de questions. » « J'espère que si. » « Dis, père, pourquoi les nuages ont-ils peur du soleil ? Pourquoi le mendiant tend-il toujours la main ? Comment l'aveugle sait-il qu'il fait nuit et qu'il est temps de dormir ? » Père souriait : « Très bien, fils. Tu commences bien. Tu verras : les réponses se renouvellent, les questions restent les mêmes. »

— Tu n'as pas de questions ? répéta Zeide.

— Si. Pourquoi le mendiant tend-il toujours la main ? Comment l'aveugle sait-il qu'il fait nuit et qu'il est temps de dormir ?

Le bossu ricana, il s'amusait follement. Grégor le trouvait laid, repoussant. Il s'étonna : me voilà capable de haine. Peut-être est-ce cela qui fait ricaner le bossu.

— Nous avons quelques questions, dit Zeide en le fixant de ses yeux chagrins.

— Je t'écoute.

Sur un ton posé, le chef le soumit à un interrogatoire serré, tandis que dans son dos le bossu ridiculisait les questions et les réponses. Au début, Grégor répondit d'un air volontairement détendu, mais peu à peu il devint conscient de ce que le spectacle avait d'humiliant. Où voulait-il en venir ? Pourquoi Zeide cherchait-il à me confondre ? Que désirait-il prouver ?

— Pourquoi as-tu fixé à six heures le rendez-vous avec Jànos ?

— C'est lui qui l'a fixé, pas moi ; il était de garde jusqu'à six heures.

— Pourquoi as-tu convoqué Leib pour huit heures ?

— J'avais besoin d'un peu de temps pour faire parler Jànos.

— Le retard de Leib t'a-t-il inquiété ?

— Oui, beaucoup.

— Parle-nous de ton inquiétude.

— Elle se tenait dans mon regard.

— Alors, parle-nous de ton regard.

— Il se promenait dans les rues, fouillant les portes cochères, interrogeant les passants.

— A-t-il visité la prison ?

— Non. Je le savais incapable de percer les murs.

— Que te reproches-tu ?

— De ne pas être à la place de Leib. Ou de Gavriel.

— Que regrettes-tu ?

— De ne pas être Leib et Gavriel.

Le bossu semblait danser sur place. Grégor crut qu'il allait applaudir. Comment s'appelait-il donc ? Si j'arrivais à m'en souvenir, je serais sauvé. Mais ma mémoire était verrouillée. Le pire ennemi ? La mémoire. Le bossu se moquait de moi, car ma mémoire me trahissait.

— Où veux-tu en venir, Zeide ?

— A la vérité.

— Il y en a beaucoup, chacune nie les autres.

— Je veux celle qui les contient toutes.

— Tu la veux inhumaine ?

— Même si elle est inhumaine.

Le bossu s'amusait de plus belle : quelle est sa vérité à lui ? Son corps où la vie pénètre à contrecœur, par dépit, par vengeance ? Et Zeide qui persiste dans son jeu ridicule ? Tu cherches un coupable ? Il est mort, c'est un mort qui a fait arrêter Leib, sacrifié pour rien. En cette heure, Leib doit franchir le portail de la prison, entouré de deux gendarmes casqués ; ils prennent l'express de 19 h 32 qui, aujourd'hui, sera à l'heure. Demain, le prisonnier arrivera au camp de passage. Le prochain transport pour l'Allemagne ? Pour quand ? Qui sait. Avec un peu de chance, Leib aura le temps de tenter une évasion ; avec un peu de chance, la guerre finira avant que le camp ne se vide ; avec un peu de chance, la mort perdra son pouvoir. Le front avance, l'ennemi recule, la victoire frappe à la porte : Hé, Leib ! Comment as-tu fait pour revenir ? De la fantaisie, tout cela. Et alors ? Qui dit que les miracles ont disparu à jamais ?

Zeide ne desserrait pas l'étreinte, mais Grégor était ailleurs, occupé à s'inventer des miracles pour sauver son ami. Il s'en sortira. Leib ne capitulera pas. Il est fort, plus fort que la guerre. Eh ! oui, un jour il surgira et nous lui demanderons : où étais-tu tout ce temps-là ? Et, avec un haussement d'épaules, il dira simplement : j'ai combattu la guerre, je l'ai écrasée. Leib ne peut pas mourir. Leib accomplira le miracle de la résurrection. La mort nous entoure, nous emprisonne ? Soit, mais pratiquer une brèche dans n'importe quelle muraille, c'est du domaine de l'homme. Avec Leib, on la pratiquera. On vaincra.

Mais voici le bossu qui essaie de tout détruire. Il y a limite à tout. On n'a pas le droit de ne pas croire aux miracles en temps de guerre ; ni de se moquer de ceux qui y croient : leur foi est un miracle en soi. Grégor a envie de se jeter sur le bossu et le châtier. Il ne le fait pas, car une bizarre sensation naît en lui : son corps lui devient étranger. Son visage se couvre de rides, ses yeux s'éteignent, sa force le déserte. Une pensée absurde le frappe : le bossu et moi ne faisons qu'un. Il suffit que l'un lève le bras pour engager l'autre, pour juger et condamner l'autre.

Grégor se secoua. Il était temps d'arrêter le jeu. Si je n'interviens pas maintenant, pensa-t-il, je perdrai jusqu'à l'intérêt de gagner.

— Assez ! s'écria-t-il et son poing s'abattit sur la table. Oui, cela suffit. J'en ai assez de tes soupçons. Je vais te les épargner.

Zeide sursauta. Stupeur générale. Le bossu poussa un petit cri de victoire.

— Je vais parler, dit Grégor.

Le crépuscule s'appesantit sur les arbres et s'entassa doucement dans la forêt. L'air y devint plus épais. Au loin, le ciel changea de couleur ; les anges de la nuit prenaient possession de la lumière. Clara se mordait les lèvres ; Haimi fixait Grégor avec angoisse. Zeide le dévisageait d'un air indécis, ne sachant s'il devait l'encourager à la parole ou au silence. Ils avaient obscurément peur de ce qu'ils allaient entendre.

— Vous me soupçonnez, insista Grégor, et vous avez raison. Je me soupçonne moi-même. Vous vous demandez si ce n'est pas un peu par ma faute que Leib le Lion a été arrêté et je vous donne raison ; je me le demande moi-même. J'en assume de manière rétroactive l'entière responsabilité. Et ne parlons plus d'accident, mais plutôt de dénonciation. Mettre l'événement sur le dos du hasard ? Trop facile. Il vous faut un coupable, je vous le livre, c'est moi.

Il avait parlé vite, sur un ton saccadé, sec. Le bossu cracha par terre, Clara se raidit et Zeide étudia l'accusé d'un air curieux où pitié et mépris se mêlaient.

Sans le temps d'une hésitation, Grégor recommença une nouvelle et dernière fois à leur relater son repas avec Jànos en lui donnant à présent une interprétation grotesque : c'était un dîner de complices. Jànos était un vieil ami de son père, il venait souvent à la maison ; Grégor avait dénoncé Leib et en échange Jànos avait promis de faire relâcher ses parents. Quoi de simple ? Quoi de plus logique ? Donnant, donnant. En s'engageant ainsi sur la voie du mensonge, Grégor découvrit qu'il contenait sa propre vérité. Il lui avait suffi de se proclamer coupable, pour que les énigmes s'ouvrent sur la clarté.

Pourquoi avait-il choisi de se noircir devant ses camarades ? Par dépit ? Pour ridiculiser Zeide ? Pour pousser à bout la jeune fille et mesurer sa résistance ? Pour combattre le bossu avec ses propres armes ?

Quelles que soient les raisons, Grégor y trouva un plaisir inconnu. Comme s'il avait dit au bossu, à Zeide et aux autres juges : vous croyez me salir, je peux le faire mieux que vous.

Regardez : j'ai ordonné au *Yetzer Hara*, qui est l'esprit du mal, de sortir de sa cachette et de se montrer à découvert. Ses souhaits inavouables, je les fais miens ; je prends à mon compte les ambitions et les actes les plus abjects, errant à travers l'espace depuis la création, à la recherche d'une conscience malade. En paroles du moins, Grégor évoluait à l'extrémité du mal dont, en s'écoutant parler, il espérait s'exorciser. Il comprit soudain pourquoi les Juifs, au jour de *Yom Kippur*, se frappent la poitrine et s'accusent de crimes qu'ils n'ont jamais commis, qu'ils ne pourraient jamais commettre : pour conjurer le mal par la parole. Le bouc émissaire, chassé vers le désert, revient sous les traits et l'auréole du surhomme.

— Oui, j'ai trahi Leib le Lion, déclara Grégor avec un semblant de remords, mais les autres ne s'apercevaient guère qu'il se moquait d'eux, qu'il se moquait du bien et du mal.

Haimi se frappa le front de sa paume droite et s'écria en sanglotant :

— Mais pourquoi ? Pourquoi ? Puisque c'était ton ami ?

Grégor éprouva de la peine pour le jeune combattant. Mentir à un enfant, c'est l'empoisonner. Demain, résolut-il, je l'inviterai à venir se promener ; je lui parlerai.

— En effet, demanda Zeide. Pourquoi aurais-tu trahi ton ami ? Et nous ?

— Mais je vous l'ai expliqué. Les termes du marché. Je donne Leib à Jànos qui me rend mes parents.

— Comment savais-tu qu'ils étaient encore en vie ?

— Je l'ignorais. Cependant, je me disais que s'il y avait une chance sur mille, je devais l'exploiter.

Argument peu convaincant. Grégor en inventa un autre :

— Pour vous dire la vérité, je dois souligner ici, que je n'ai jamais beaucoup aimé Leib le Lion ; au fond, je lui enviais sa force, son calme, sa supériorité sur les copains ; c'était toujours lui le meneur.

— Tu l'as vraiment trahi ? hurla Haimi avec désespoir. Vraiment ? Vraiment ?

Grégor se détourna. Inspirer de la colère, provoquer l'hostilité, cela était dans ses intentions. Mais, il n'avait pas prévu cette explosion de souffrance chez Haimi. Grégor porta son attention sur le bossu qui, derrière le chef, ne cessait de ricaner et semblait dire : je t'ai imposé ma volonté, te voilà à genoux, bientôt tu te déferas de ton orgueil et tu imploreras notre pardon.

— Oui, je l'ai vraiment trahi, affirma Grégor.

Il parlait au nom de l'avenir. Plus tard il ne démentirait rien. Vivre, c'est trahir les morts. On se hâte de les enterrer, de les oublier, parce que l'on a honte, parce que l'on se sent coupable devant eux.

— Pourquoi ris-tu ? demanda Zeide.

Rire involontaire, expliqua l'accusé. Il mentait. Il se moquait de ses juges, de lui-même, et du destin qui riait plus fort que lui.

— Je vous demande pardon, dit-il. J'ai ri sans raison aucune. Trop fatigué, sans doute. Trop d'émotions pour une seule journée, vous ne croyez pas ?

Il enchaîna :

— Vous voulez savoir pourquoi j'ai dénoncé Leib, c'est simple. J'ai agi par erreur : acte inconscient. Ce n'est qu'ensuite que j'en ai assumé la responsabilité.

L'explication tenait debout. Le vin, le bavardage, le lapsus. Il ne fallait pas exagérer. Le Tribunal, malgré tout, n'aurait pas cru à une dénonciation préméditée. Ce qui importait, c'était de les convaincre que c'était lui qui avait fait arrêter leur chef. Cependant Zeide ne relâcha point son exigence :

— Quand est-ce arrivé ?

Grégor calcula vite : Leib avait été arrêté la veille dans l'après-midi ; donc, la dénonciation devait dater d'avant.

— Quand ? Avant-hier. Pendant notre premier repas.

Il y avait eu deux repas en tout. Clara avait assisté au premier. Mais cela ne regardait personne. C'était une affaire entre eux deux et la jeune fille n'allait pas le démentir. Toutefois, pour écarter les questions de ce terrain dangereux, Grégor accéléra sa cadence et prit le devant :

— Vous comprenez, j'ai bu. Un peu trop, je l'avoue. Jànos aussi. Nous nous mesurions à coups de vin. Au début, je croyais être le seul à jouer ; plus tard, à la fin du repas, j'ai eu la preuve du contraire : Jànos jouait aussi. Les ivrognes sont tous des comédiens manqués. Et Jànos me surpassait au jeu et à la boisson. Ma tête tournait, la sienne non. Il écoutait et se souvenait. Moi, j'écoutais et j'oubliais : je parlais et j'oubliais. Une fois, je me suis trompé de nom, il a aussitôt dressé l'oreille. « Tu connais donc deux Juifs ? Qui est le deuxième ? Il se nomme Leib ? Qui est-ce ? Où se cache-t-il ? Quel rapport avec Gavriel ? » Et c'est ainsi qu'il m'a eu. Je n'aurais pas dû boire. Je ne me savais pas si faible.

Ne pouvant plus se contenir, Haimi éclata en sanglots et personne ne pensa à le consoler. L'œil vague, Zeide se caressait la barbe. Le bossu se grattait l'oreille gauche. Il ne manquait que deux bougies noires sur la table pour que la scène de l'excommunication soit complète.

Grégor se sentait en pleine possession de ses sens ; il ne s'était jamais imaginé si fort. Ils m'ont cru, pensa-t-il. Dans un instant ce sera la fin. Qui sera le bourreau ? Le bossu. Laid, cruel, haineux, ce rôle lui allait à merveille. Il exécutera la sentence et ne saura jamais que sa victime s'est moquée de lui, et des autres. Personne ne le saura. Peut-être Clara. Mais elle se taira, comme elle s'était tue pendant le procès. Ainsi personne ne saura que Grégor aura invoqué la mort pour qu'elle soit le couronnement de l'absurde et non l'œuvre d'une volonté aveugle et étrangère. Il aurait voulu rire et crier sa joie, sa gloire. D'un mot, d'un geste, il aurait pu renverser les barrières et tout changer. Mais, il ne prononcera pas ce mot, ne fera pas ce geste. Il demeurera immobile. Personne ne saura qu'il était le maître de sa mort.

C'est alors que Clara décida enfin d'intervenir. Le jeu n'avait que trop duré. Debout près de la porte, à l'ombre de la nuit, comme la repoussant de ses épaules fragiles, la jeune fille releva la tête. Bien qu'elle l'eût fait avec douceur, tous s'en aperçurent. Les regards se dirigèrent dans sa direction. Celui de Grégor les suivit. De cette jeune femme émanait une force insoupçonnée : par le moindre de ses mouvements, elle commandait le silence.

— Il ment, dit-elle très bas. Il se moque de vous. Et vous

vous êtes laissés prendre à son jeu. Vous ne savez pas encore que l'on peut souffrir en riant.

A ces paroles, dites dans la pénombre, un frémissement parcourut Grégor. Brusquement, il s'aperçut du manque de clarté dans le bunker.

— Vous vous arrêtez aux mots, enchaîna Clara et sa voix avait une étrange résonance. Apprenez à les traverser. Apprenez à écouter ce qui ne se dit pas.

Grégor sentit le sol se dérober. Ebranlé, il eut envie de s'élancer vers Clara et lui crier en pleine figure : Tais-toi, Clara, tais-toi ; laisse-moi me débrouiller tout seul, je n'ai besoin ni de toi ni de ton aide. Il eut envie de lui demander ; notre amour lui aussi n'était qu'un jeu, pas vrai ? Oui, ce n'était qu'un jeu, mais un jeu coupable. Trop ému, et trop surpris aussi, il resta muet. Il se dédoublait à nouveau et se voyait qui s'éloignait du gouffre.

Il était seul, mais ce n'était plus la même solitude. Il y avait de la joie en lui, mais elle n'était plus la même qu'aux moments précédents. Il savait qu'il vivrait. Vivant, mais vaincu.

Brièvement, Clara exposa les faits et apporta la preuve de l'innocence de Grégor.

Il y eut une explosion de cris et de gestes. Effervescence générale. Rayonnants, les partisans entourèrent Grégor qu'ils félicitaient chaleureusement : qu'importe si la mission avait échoué, mais sa bravoure, son sacrifice n'étaient plus contestés ! Ils lui serraient la main, lui donnaient de petites tapes sur l'épaule, de grandes aussi, lui souriant, lui demandant pardon.

Le jeune Haimi, ne cachait point son bonheur. Il s'approcha et dit simplement merci. Puis, il tourna les talons et sortit. Grégor allait le suivre, mais le bossu lui prit le bras et le força à le regarder droit dans les yeux :

— Je savais que tu jouais, que tu n'es pas un traître. Pas un moment je n'ai douté de ton innocence.

Il avait une voix à l'accent profond, émouvante et grave. Il s'appelait Yehuda et n'était nullement laid. Vingt ans, ancien élève talmudiste, fermé à la haine, au doute. Pour lui, un Juif ne pouvait se situer du côté du bourreau : l'un, expliquait-il souvent, arrête le temps, tandis que l'autre le prolonge à l'infini. Il ne haïssait pas le bourreau, car le haïr eût été jouer son jeu, accepter l'échange selon ses termes. Il ne l'aimait pas non plus. Il se contentait de le regarder.

Grégor et Yehuda devinrent amis.

Seul Yehuda avait deviné la nature des sentiments que Grégor nourrissait et réprimait à l'égard de Clara, qu'il évitait soigneusement.

Grégor était de garde et Yehuda venait lui tenir compagnie. Il faisait presque nuit. Grégor écoutait les bruits de la forêt qui se confondaient avec ceux de son enfance.

— Je te dérange ?

Grégor sursauta :

— Oui, un peu.

— Veux-tu que je te laisse ?

— Oui. Tu n'es pas fâché ?

— Pas du tout. Seulement, je resterai quand même.

Un temps, puis :

— Tu n'es pas fâché, toi ?

— Terriblement, répondit Grégor en se déridant.

— Tant mieux, dit Yehuda.

L'inquiétude le minait. Il marchait légèrement et c'est aussi de cette façon qu'il traversait la vie : sur la pointe des pieds.

— D'après le Talmud, dit Yehuda, un *Talmid Hacham*, un sage, ne devrait pas sortir seul la nuit. Grâce à toi, je comprends pourquoi. Pour qu'il n'oublie pas le chemin du retour.

— Je ne suis pas exactement ce que tu appelles un sage, remarqua Grégor.

— Mais tu aimes sortir seul la nuit.

Yehuda s'exprimait avec plus de lenteur que de coutume. Il allait mourir et il le savait.

— J'aime me promener la nuit, dit celui-ci. J'aime me promener avec la nuit. N'aie aucune crainte : je reviens toujours.

— D'accord. Seulement chaque fois tu rapportes un morceau de nuit : c'est ce qui fait de toi un sage.

— Et toi, Yehuda ?

— Pour moi il n'y a plus de retour.

Grégor tressaillit.

— Que veux-tu dire ? Explique-toi.

Mais Yehuda changea de sujet :

— Je voudrais te parler de toi.

— Je t'écoute.

— Il ne s'agit pas de ton passé ni du mien. Il s'agit de ton avenir.

Il s'interrompit puis reprit un peu plus bas :

— Il s'agit de Clara. Je voudrais te parler de Clara.

Grégor se raidit :

— Es-tu sûr que je sois prêt à t'écouter ?

— Non. L'es-tu ?

— Tu sais bien que non. C'est à Clara que tu devrais parler de Clara. Pas à moi.

— Je le ferai quand même.

Quelque chose en lui faisait frémir Grégor, sa sérénité peut-être. Ils étaient en pleine guerre, mais Yehuda se considérait déjà hors du jeu. Il étudiait le ciel étoilé, paysage accueillant, hospitalier.

— Tu aimes Clara, constata-t-il avec simplicité.

Grégor ne réagit pas. Sa main se crispa autour de la crosse du fusil pointé vers la vallée ennemie. Au loin, on égorgeait hommes, femmes et nourrissons, et Yehuda parlait d'amour.

— Tu n'oses pas te l'avouer, pourtant c'est la vérité, poursuivit-il du même ton calme.

A cent kilomètres de là, des communautés entières étaient déracinées, des générations entières transformées en nuages, et Yehuda parlait de vérité.

— Si tu vois en l'amour un compromis, une défaite, tu te leurres : il est une victoire. Surtout en temps de guerre où la mort domine les cœurs et les âmes. C'est maintenant qu'il faut aimer, c'est maintenant qu'il faut choisir : un acte d'amour pourrait faire pencher la balance.

— Tais-toi, Yehuda. Je t'en prie, tais-toi. Tu... Tu me fais mal.

Yehuda posa sur lui un regard où brillait une lueur chaude, obscure :

— Je vais te dévoiler un secret : je vais mourir. Bientôt. Je le sais. Je le sens. Mes pressentiments ne m'ont jamais trompé. Mes rêves non plus. Cela fait trois nuits que le même songe me visite : une femme en deuil me prend par la main et me conduit au bord de la mer enflammée. Elle me dit : « Avance, le feu te laissera passer. » Je me tourne vers mon guide et l'interroge : « Qui es-tu ? » Elle me répond : « Ta femme. » Je lui demande : « Pourquoi es-tu de noir vêtue ? » Elle me répond : « Je suis en deuil. » Je crie : « Qui est mort ? » Elle dit : « Mon mari. » Elle ajoute : « Je suis veuve, je suis en deuil. » Là-dessus, elle se met à marcher au milieu des flammes et ne se retourne pas, me sachant là, derrière elle. Et, en effet, je la suis dans ses pas ;

si elle était moins sûre, je m'arrêterais. Mais elle avance et moi aussi. Je me réveille ensuite, le corps brûlant.

Grégor allait remarquer que les rêves s'appliquent au passé, non à l'avenir, mais d'un geste, Yehuda l'arrêta :

— Ne dis rien. Tu n'y peux rien changer. Je t'ai raconté ce rêve pour que tu comprennes pourquoi je t'entretiens de choses desquelles, au fond, je ne devrais pas me mêler. En apparence, elles ne me regardent pas. Je dis bien en apparence, car elles me regardent, de même que te regardent mes rêves et mes pressentiments. Zeide dit que nous sommes seuls ; mais nous sommes capables de nous communiquer l'un à l'autre et notre solitude et notre besoin de la rompre ; ce n'est déjà pas si mal. Tu dis : « Je suis seul. » Quelqu'un te répond : « Moi aussi. » Et du coup, le rapport des forces a changé ; du coup, un pont s'est érigé au-dessus de deux abîmes.

Il respira profondément comme pour se libérer d'une douleur qui l'empêchait de parler. Grégor serra l'arme avec violence et l'envie lui vint de tirer dans le noir bien que rien ne bougeât dans la vallée, bien qu'aucun bruit suspect ne bousculât le silence nocturne : tirer sur cette femme en deuil, tuer la veuve, tuer la mort.

La voix de Yehuda se fit plus douce :

— Tu aimes Clara et moi je vais mourir. En apparence, aucun rapport. Je dis bien, en apparence, car il existe un rapport entre ton amour et ma mort, entre ton refus de l'amour et mon acceptation de la mort. La preuve : je suis là et je t'en parle.

— Tais-toi, éclata Grégor. Tais-toi, Yehuda. Je t'en prie. Tu me déranges, tu me distrais, je suis de garde. Tu ne me laisses pas écouter. L'ennemi peut nous surprendre. Ne dis plus rien.

Comment Yehuda avait-il deviné ? Depuis le procès, Grégor évitait Clara. Il s'employait à ne jamais rester seul avec elle, ni dans le bunker, ni dehors. Il s'arrangeait pour avoir près de lui soit Haimi, soit Yehuda. Une fois, alors qu'il était de garde, elle vint le rejoindre en lui apportant son repas, du pain et du fromage. Grégor n'y toucha pas.

— Tu ne manges pas ?

— Je n'ai pas faim. Plus tard.

Clara le caressa du regard :

— Tu es si jeune et tu aimes souffrir.

Grégor demeura muet, décidé à éviter les pièges. Parler est dangereux. On dit oui, on dit non et l'on finit par débiter n'importe quoi, uniquement pour combler les silences, pour étouffer les battements du cœur.

— Tu es si jeune, répéta Clara, et tu aimes jouer. Contre qui joues-tu ?

Elle fit un pas vers lui. Il sentait son haleine, voyait sa poitrine qui, sous sa chemise d'homme, se soulevait à intervalles réguliers.

— Va-t-en, lui dit-il sans desserrer les dents. Je n'ai pas faim, te dis-je.

Elle eut un mouvement, comme pour lui toucher le bras, puis changea d'avis et sa voix lasse résonna :

— Tu veux vraiment que je m'en aille ?

— Oui, dit-il.

Elle ébaucha un sourire : « Comme tu voudras », et s'en fut. Un long moment, il resta immobile, sans un souffle. Il l'avait échappé belle. Mais comment Yehuda avait-il deviné ?

— Tu aimes Clara. De là où je me trouve, je vois tout, j'ai le droit de tout dire. Je te dis donc que tu as tort de l'aimer avec honte ; tu devrais en être fier. Dans ce monde ensanglanté, inhumain, l'amour est la plus grande des récompenses, et des conquêtes.

— Ne dis plus rien, Yehuda. Cela suffit comme ça.

— Non, tu vas m'écouter jusqu'à la fin. C'est inhumain de vouloir s'enfermer dans la douleur, dans le souvenir, comme dans une prison sans porte, sans air. La souffrance doit nous ouvrir à autrui et non faire de lui un étranger. Le Talmud dit que Dieu souffre avec l'homme : pourquoi ? Pour renforcer les liens entre la création et le créateur ; c'est pour mieux comprendre l'homme et se faire mieux comprendre de lui que Dieu choisit la souffrance. Or toi, tu cherches à souffrir seul. Cette souffrance te rétrécit, te diminue, elle est proche de la cruauté.

La nuit coulait lente et paisible, un fleuve sans vagues, loin de l'orage. Yehuda se tut. Un vent léger soufflait dans la vallée et s'approchait, on entendait son murmure obsédé. A force de se cramponner au fusil, les mains de Grégor lui faisaient mal. Tirer sur le vent ? Sur la nuit ? Comment empêcher Yehuda de suivre la veuve dans le deuil ? Grégor sut qu'une fois de plus, il allait rester seul.

— Yehuda, dit Grégor.

— Oui ?

— Tu as raison : j'aime Clara.

— J'ai toujours raison.

Yehuda rejeta la tête en arrière comme si, de ses yeux, il voulait arracher au ciel quelques étoiles.

Le paysan qui assassina Yehuda à coups de couteau ne lui survécut que de peu. Haimi, qui faisait le guet dehors, avait tout entendu. La voix exigeante de Yehuda, le ton obséquieux du fermier qui se pliait en quatre devant le partisan armé : « Du ravitaillement pour ceux de la forêt ? Avec plaisir, mon gars. Je vais te donner du pain, du fromage, de la viande froide, du lait. Le pain est frais, le fromage gras et la viande, on n'en trouve pas de pareille entre la Tissa et le Danube. » « D'accord, mais fais vite. » Le paysan s'exécuta, mais n'arrêta pas de parler : « Tu as faim ? Tu ne veux pas manger un morceau avant de t'en aller ? » « Je suis pressé, dépêche-toi. » « Je sais, je sais. Je suis de votre bord, moi. Je vous admire pour votre courage, votre vaillance. Les braves de cette guerre, c'est vous. » « Dépêche-toi. » « Tu es fatigué ? Tu as l'air pâle. Assieds-toi. Non ? Tu n'as pas confiance ? Bon. Pourtant, je ne demande qu'à vous aider. Il faut que tu reviennes me voir. » Il bougeait sans cesse, déplaçant objets et ustensiles, ouvrant des tiroirs pour les refermer aussitôt à grand bruit. « Tu as bien fait de venir me réveiller, moi ; mes voisins sont des fascistes, des mouchards. Et la gendarmerie est à côté. Ils auraient vite fait de les ameuter. Avec moi, tu ne risques rien, je suis l'ami des partisans, je... » Là-dessus, d'un mouvement inattendu, il s'empara du couteau de cuisine, caché sous le pain, et se jeta sur Yehuda. Haimi perçut le bruit d'un corps qui s'affaisse. Un gémissement sourd, ce fut tout. Pas un cri. Le paysan, essoufflé, termina sa phrase en se relevant : « ... suis l'ami des partisans, moi ; je vous montrerai, moi, ce que cela coûte de venir voler le pain et la viande des honnêtes gens. »

Derrière Haimi, servant de guide, ils marchaient en silence dans la hâte d'arriver au but. La moitié du groupe faisait partie de l'expédition punitive, à titre de volontaires. Le village dormait, pas une fenêtre ne s'ouvrit au passage de la colonne.

Zeide envoya un éclaireur s'assurer rapidement qu'il n'y avait rien de suspect à la ferme. Le paysan avait sans doute alerté les gendarmes. Il ne pouvait tout de même pas supposer que les partisans lui pardonneraient son crime. Cependant l'éclaireur revint rassuré : l'endroit paraissait calme, rien d'anormal. Une souricière ? Possible, mais improbable. La seule explication : le fermier ne s'attendait pas à ce qu'ils viennent si vite.

A voix basse, Zeide indiqua le plan de l'opération. Il donna des instructions, assigna les rôles. Chacun savait exactement ce qu'il devait faire. Hersh et Avrom, munis d'un tronçon d'arbre qu'ils ramasseraient dans la cour, enfonceraient la porte. Yossel et Shmiel garderaient les fenêtres. Tibi, Motel, Nussen et Itzu établiraient le cordon de sécurité autour de la ferme, au cas où les gendarmes arriveraient. Clara assurera la liaison. Haimi, Zeide et Grégor prendraient soin de l'assassin.

— Compris ?

Ils répondirent par un hochement de tête.

— Pas de questions ?

Pas de questions.

— Ne tirez qu'en cas d'urgence ! Si les gendarmes arrivent en grand nombre, nous nous disperserons : on se retrouvera tous au poste de commandement. C'est tout. Allons-y.

Le plan fut exécuté sans accrocs et dans ses moindres détails. En un clin d'œil, la porte de bois fut fracassée. Le paysan n'eut même pas le temps de sauter à bas du lit et de saisir le revolver — celui de Yehuda — qu'il avait à proximité. Déjà il se trouvait au bout du faisceau lumineux de la torche électrique que Zeide braquait sur lui.

— Qui êtes-vous ? cria-t-il, hébété.

Il avait bu avant de se mettre au lit, il puait l'alcool.

— Debout, ordonna Zeide.

Le paysan obéit. Haimi alluma la lampe à pétrole suspendue au plafond. Le paysan semblait égaré.

— Que voulez-vous ? balbutia-t-il en clignant des yeux.

Personnage robuste, repu. Le torse nu, inoffensif, respirant l'ennui plutôt que la peur. Voilà la deuxième nuit qu'on le tire du sommeil. L'idée de la mort ne l'effleurait point.

— Je sais ce que vous voulez, dit-il en grimaçant. Vous avez faim. Vous voulez du ravitaillement. Vous êtes bien tombés. J'ai tout ce qu'il vous faut. Du pain, du fromage, de la viande fumée.

Il n'avait pas encore compris. Il devait penser, avec mécontentement, que cette fois-ci, ils étaient trois contre un : par conséquent rien à faire, cela lui coûterait au moins trois pains et dix kilos de fromage. Diable, pas de chance. Résigné, il voulut se diriger vers l'endroit où il gardait les victuailles : qu'on en finisse et qu'on le laisse dormir en paix. Mais il se heurta au regard de Zeide et s'arrêta net. Il commençait à comprendre ; sur le coup, il se cassa en deux. Son visage revêtit un air de stupidité méchante, sanguinaire, animale. Ses mains pendaient, immobiles, le long du pantalon froissé ; Grégor y chercha le signe de la mort sans le trouver. Il eut envie de demander au paysan ce qu'il avait fait aujourd'hui. Peut-être, respecté comme il l'était dans la communauté, s'était-il promené dans le village et avait-il caressé la tête d'un enfant.

— J'ai du pain, reprit le paysan après un silence, et du fromage. Le pain est frais et le fromage gras. J'ai même de la *tzuika,* je vous en ferai cadeau. J'ai aussi de la viande fumée et du vin, on n'en trouve pas de meilleurs entre le Danube et la Tissa.

Il parlait machinalement, sans conviction : les partisans n'étaient pas venus en mission de ravitaillement. Il éleva le ton :

— Ça vous va ?

Il blémit à vue d'œil. Lentement la vie le désertait, son corps s'alourdissait, il allait tomber, ses jambes ne le soutenaient plus.

— Que voulez-vous ? demanda-t-il sur un ton à peine audible.

— Le corps, dit Zeide.

— Quel corps ? Je ne comprends pas. De quoi parlez-vous ? je ne sais rien, moi. Vous vous trompez, vous me soupçonnez à tort. Cherchez partout, vous verrez. Il n'y a pas de corps chez moi, allez, cherchez si vous ne me croyez pas.

Il jouait une carte perdue et en était de plus en plus conscient. Maintenant il s'évertuait à gagner du temps sans même savoir ce qu'il allait en faire : pourquoi avait-il remis à demain sa visite à la gendarmerie ? Il s'en voulait à présent, trop tard. Soudain, une voix déchira le silence. Une voix de femme venant du côté du fourneau, dans le coin, à gauche. Et cette voix haineuse ne prononça que deux mots :

— Il ment.

L'homme voulut s'élancer vers elle, la rage s'alluma dans ses yeux :

— Salope, boucle-la ! Ne te mêles pas de cette affaire, sinon tu auras affaire à moi.

Et à Zeide :

— Ne l'écoutez pas, elle est folle, elle ne sait pas ce dont elle parle, elle divague.

Zeide dit à la femme d'approcher :

— Qui êtes-vous ?

De petite taille, vêtue d'une chemise de nuit sale touchant le plancher, elle paraissait sans âge. Les cheveux noirs dénoués, le visage creusé d'innombrables rides, la voix aiguë, une flamme impitoyable dans le regard.

— Je suis sa femme.

— Elle est folle, hurla son mari en brandissant le poing. Ne l'écoutez pas, elle veut ma mort, elle me dégoûte ! Va te recoucher, salope !

— Je suis sa femme, répéta-t-elle, imperturbable. J'ai tout vu. Il ment. Moi pas.

— Si tu continues, je t'étrangle, je le jure devant la Vierge Marie !

Elle le toisa sans émotion, sa voix claqua comme le fouet :

— Je n'ai pas peur de toi, je n'ai plus peur. Tu es capable de me tuer, je le sais. Tu n'es qu'un ignoble assassin. Et un sale menteur par-dessus le marché. Si tu le pouvais, tu tuerais le monde entier uniquement pour prouver que tu es fort, pour qu'on ne se rende pas compte qu'au fond tu n'es qu'un lâche. Tu m'aurais tuée plus d'une fois, comme tu aurais tué les femmes avec qui tu me trompais. Vous aussi, dit-elle en se tournant vers les partisans muets, vous aussi, s'il n'avait pas peur, il vous assassinerait froidement avec le couteau de cuisine que vous voyez sur la table. C'est la vérité, c'est moi qui vous le dis.

La femme parlait sur un ton presque détaché, sans passion, sans penser au lendemain. Grégor l'écoutait et quelque chose le troublait : elle a aimé cet homme, se dit-il ; il a puisé du bonheur en elle ; à eux deux ils croyaient pouvoir, à un certain moment, recréer le monde dans l'extase.

— Votre camarade, dit la femme. Vous le cherchez. Je sais où il est enterré.

Le paysan poussa un gémissement : une bête devant l'abattoir. La femme le regardait sans crainte : elle vivait le plus beau moment de sa vie.

Il se faisait tard. Les partisans devaient regagner la base avant le lever du jour. Zeide précipita la course des événements.

— Montrez-nous l'endroit, dit-il à la femme.

La femme jeta un bref coup d'œil vers le paysan et sortit.

Grégor l'accompagna. Ils marchèrent à peine une minute. Près d'un pommier, elle fit halte et son doigt pointa vers le bas :

— C'est ici.

Grégor promena son regard alentour ; à droite, un champ de maïs ; à gauche, la ferme ; derrière, une route tortueuse menant au village. Au-dessus, un ciel sans lune, sans étoiles et cependant une lumière diffuse perçait à travers les nuages. Demain, il allait pleuvoir.

— Il va pleuvoir demain, dit Grégor.

— Tu aimes la pluie ? demanda-t-il à voix haute, en yiddish.

La vieille, les mains enfouies dans les manches de sa chemise, pleurait en silence. Elle savait que désormais elle pleurerait de longues années.

— J'ai honte, dit-elle en regardant la terre. J'ai honte d'avoir vécu avec mon homme si longtemps.

Grégor lui demanda :

— Notre camarade n'a rien dit avant de mourir ?

— Rien.

Elle attendit d'autres questions. Grégor n'en avait plus.

— Votre camarade, dit-elle en soupirant. Il est tombé en souriant. Et son sourire est resté vivant. J'ai aidé mon mari à creuser la tombe. J'étais là jusqu'à la fin. Votre camarade continuait à sourire. Moi je versais des larmes ; lui me souriait ; il souriait même à mon mari. A un certain moment, je me suis mise à crier : « Non, pas à lui, lui ne mérite que la malédiction ! » Mais votre camarade ne m'a pas écoutée. Alors, j'ai prié pour son âme. Et pour son sourire.

Grégor ferma les yeux et sentit le ciel sur ses paupières. Il pria : Yehuda, intercède pour nous, renvoie-nous la lumière. Un long moment passa. Puis, la vieille poussa un cri déchirant. Un coup de feu venait de retentir. Elle se mit à courir. Grégor la suivit d'un pas lent et lourd.

— Partons, dit Zeide au seuil de la porte.

A genoux, la vieille se lamentait sur le cadavre.

— Pardon, pardon, pardon, gémissait-elle et son visage se tordait dans la peine. Je te demande pardon, pardon, pardon, c'est ma faute, c'est ma faute...

Grégor eut envie d'aller lui toucher l'épaule, lui dire un mot de réconfort. Elle se redressa et le dévisagea, muette, ouverte à la haine, à la démence. Puis, dans un souffle rageur :

— Allez-vous-en ! Assassins ! Vous avez tué mon homme ! Il m'a aimée ! Maintenant, personne ne m'aimera plus !

Grégor n'aurait pu la quitter si Zeide ne l'avait poussé dehors.

Avant de partir, les partisans se rassemblèrent autour de la tombe et Haimi récita le Kaddish. De la ferme leur parvenaient, sourdement, les lamentations de la vieille.

Sur le chemin du retour, Grégor marchait à côté de Clara. Tout d'un coup, sans la toucher, sans même la regarder, il lui avoua qu'il l'aimait.

HIVER

La fête bat son plein et il semble que jamais elle ne s'arrêtera. Les *hassidim* dansent sur place, verticalement, imposant leur rythme à la terre. Que les murs s'écroulent, tant pis, cela prouvera qu'aucune enceinte n'est assez large pour contenir leur ferveur. Ils chantent et c'est le chant qui les fait vivre, qui les emplit de sève, qui les unit ; qu'il cesse et l'existence serait morne, dénuée d'élan. Ils répètent la même phrase, puisée dans la Bible ou dans les Psaumes, dix fois, cinquante fois, et à chaque reprise elle se charge d'une flamme nouvelle, d'une nostalgie première : oui, il fut un temps où Dieu et homme ne faisaient qu'un, puis ils se séparèrent et depuis ils se cherchent, se poursuivent, se proclament invincibles, et tant que durera la fête ils le seront.

Les hassidim chantent et le chant leur gonfle la poitrine, allume mille feux dans le regard. « Si je savais chanter, disait le célèbre Rabbi Pinchas' I Koritzer, j'obligerais Dieu à quitter son trône et à descendre parmi nous, pour être à nos côtés. » Dans cette salle on étouffe, tant Dieu est présent, de force ou de gré : il est la distance qui sépare les mots et qui ensuite les réunit pour en faire mélodie et prière ; il est le *hassid* ailé qui écoute les yeux fermés, il est celui qui bat de ses mains comme applaudissant une grande victoire ; il est là, que cela suffise ; il est là, cela suffit. Qu'arrive maintenant l'ange de la mort, on règlerait son sort sur place, une fois pour toutes. Mais il n'ose pas, il se cache, il attend son heure, il sait attendre.

Au bout de la longue salle, face à l'entrée, présidant la table d'honneur, voici le Rabbi entouré de sa cour. Personnage royal, de la lignée de David le conquérant, il est le trait d'union avec la gloire passée, avec la promesse à venir. Tous l'admirent, le craignent, lui vouent une fidélité sans bornes, devinant les forces qui convergent en lui. Lui seul détient le pouvoir de les mettre à son service. D'un regard il pourrait détruire l'édifice quitte à le reconstruire l'instant d'après. Avec son verbe il pourrait nier la volonté du destin et lui substituer la sienne. *Hatzadik gozer vehakadosh baruch hu mekayem*, dit le Talmud. Le Juste ordonne et Dieu obéit. Si le Rabbi voulait, il changerait la course de l'histoire. Mais il se tait. Ses disciples chantent de plus en plus fort, comme pour le provoquer à l'action, mais lui ne se laisse pas faire : il ne faut pas forcer la main du Seigneur, qu'il agisse à sa guise, qu'il choisisse l'heure et les moyens : c'est sa liberté que nous lui donnons en offrande. S'il exige de son peuple élu six millions de cadavres, un million d'enfants, c'est que sans doute il en a besoin pour glorifier son nom, béni soit-il, et sa puissance : il est la somme de la vie comme il l'est de la mort. S'il aime les fleuves de sang, les hécatombes, s'il permet à ses créatures de s'entre-tuer gratuitement, de jouer tour à tour aux victimes et aux bourreaux, c'est qu'il manque d'imagination : pour l'homme l'infini c'est Dieu, pour Dieu l'infini c'est l'homme.

— Libère-toi, chante, dit un *hassid* en poussant Grégor du coude.

Grégor ne répond pas. Il n'est pas venu pour chanter. Il est venu pour dire adieu. Demain, il ne sera plus là. Il s'en ira. N'importe où. Il quittera la ville, le pays ; il abandonnera nom, foyer et emploi. « Tu reviendras ? » Non, il ne reviendra pas.

— Qu'as-tu à te taire ? Chante, toi aussi ! Ne te retranche pas ! Viens avec nous, ne reste pas en arrière ; les solitaires sont la proie préférée de Satan !

Grégor ne quitte pas le Rabbi des yeux. De sa personne se dégage une mélancolie très pure, presque féminine, doublée d'une force irrésistible troublant les esprits pour ensuite, d'un geste, d'une parole, les rasséréner. A son niveau, on combat seul. Ses exigences démesurées n'ont que lui-même pour objet, mais les bienfaits, c'est pour tous qu'il les désire et les obtient. Il semble poursuivre son âme sur les cîmes des montagnes qu'il veut hautes, inaccessibles et les *hassidim* le suivent, confiants et radieux. Derrière lui, sur ses traces, ils accéderont à l'état où la sérénité, dit-on, serait dénuée d'orgueil, où cause et effet se rejoignent harmonieusement non pas dans la mort mais dans l'éternité, où la somme des manques, dit-on, deviendrait étrange plénitude. Qu'il marche devant, la libération est proche ! Aussi dansent-ils allègrement, leurs têtes touchent presque le plafond.

— Tu ne chantes pas, dit le *hassid*. Alors, qu'es-tu venu faire ici ?

Grégor va répondre : je pars en voyage, je me suis arrêté pour dire adieu. Il se ravise et dit :

— Je cherche quelqu'un.

— Qui est-ce ?

— Un Rabbi.

— Mais, le voilà !

— Non, pas celui-là.

Devant la perplexité du *hassid*, il croit nécessaire d'expliquer :

— Enfant, j'avais espéré devenir Rabbi et accomplir des miracles. Mais Dieu prit peur et mit tout en œuvre pour contrecarrer mes desseins : il incendia l'Europe et mes plans en furent altérés. Cependant je sais que quelque part dans le temps, ou dans le rêve de ma mère morte, ce Rabbi existe et m'attend. Voilà : je le cherche.

— Pourquoi ici ?

— Ici et ailleurs.

Le *hassid* s'assombrit, il se penche vers Grégor :

— Tu as bu ? Un peu trop ?

— Non.

— Tu devrais. Parfois un verre est plus utile qu'une prière.

— Non. Je pars en voyage. Demain.

Le *hassid* le dévisage un instant puis d'un air épanoui :

— Très bien, ami. Suis le Rabbi, il connaît tous les sentiers et sait où ils mènent. Grâce à lui, tu trouveras qui tu cherches.

Près de Grégor, un homme soulève son fils et lui chuchote à l'oreille : « Regarde, mon enfant, regarde-le bien ; tu es jeune et c'est le seul moyen de t'enrichir pour plus tard. » Et voici que les yeux de l'enfant absorbent le feu qui un jour le consumera.

Grégor regarde le Rabbi et écoute le chant des *hassidim*. Il murmure : « Ne pas penser à hier, ne pas penser à demain, ne pas penser, ne pas penser. » Mais, il ne peut rien contre son imagination rebelle. Où ira-t-il ? Il n'en sait rien. Il sait seulement qu'il doit partir. Il a un peu d'argent sur lui, ses papiers, sa plume. Il prendra le premier avion, ou le premier train, ou le premier autobus. Montréal, San Francisco, Paris : qu'importe ! Et elle ? Elle attendra, puis cessera d'attendre. Elle souffrira, puis cessera de souffrir. La seule solution : partir.

Il essaie de se souvenir du moment précis où il a pris la décision. En regardant le Rabbi ? En écoutant cette explosion de joie collective ? Non, avant. En marchant dans la neige à travers les rues désertes ? Il ne sait plus. Cependant, dans la salle à manger, en annonçant à sa femme qu'il se rendait à Williamsburg pour une fête hassidique, il ignorait qu'il s'engageait sur un chemin sans retour. « Tu reviendras ? » « Bien sûr, je reviendrai. » Elle avait posé sur lui un regard pesant, envahi de brume ; elle s'était assise à table les mains allongées devant elle, déjà installée dans l'attente, dans l'absence ; elle répétait plusieurs fois : « Oui, bien sûr. » Maintenant, il se rend compte qu'elle avait compris avant lui. Et elle l'a laissé partir.

Un *hassid* le secoue :

— Tu es distrait, tu t'éloignes ! Ne sais-tu donc pas qu'une seule réticence risque de tout gâcher ? Reste avec nous. Laisse-toi aller, ouvre-toi, que diable !

Grégor voudrait sourire, mais en est incapable. Allons, détends-toi. Rien à faire, le visage reste fermé, buté. Ne pas penser à elle ; plus tard, oui ; pas maintenant. Elle l'aime ? Un jour elle cessera de l'aimer. Comme lui. Il l'avait aimée, il ne l'aime plus. Parfois, il se dit que si cela continue ainsi, il en arrivera à la haïr. Eviter cela à tout prix. Partir avant. Quelque part où le silence n'est pas aveu.

— Tu as l'air soucieux, dit le hassid. Qu'est-ce qui ne va pas ?

Grégor éprouve envers lui un élan de cœur. Le temps d'un éclair il se dit : je pourrais lui parler, lui dire : j'ai toujours aspiré à la simplicité, mais pour y parvenir je prenais des chemins tortueux. A présent il est trop tard de revenir sur mes pas : le mal est fait ; chez moi, il y a une femme qui m'attend ; je l'ai abandonnée.

— Alors, ami ? Tu as du chagrin ? Parle, il se dissipera.

Grégor pense : si j'arrive à lui sourire, je lui parlerai. Mais, ses lèvres restent tendues. Le *hassid*, désabusé, se détourne et reprend le chant, avec les autres.

Tassé sur lui-même, comme si un poids invisible lui écrasait les épaules, c'est avec ses sourcils touffus que le Rabbi dirige l'assemblée. Selon qu'il les lève ou les baisse, le chant gagne du volume ou en perd. Par moments, le Rabbi se met à marteler la table de son poing. Sauvage et irréductible, il exige plus d'élan, plus d'abandon : Ne caressez pas votre âme comme si elle était corps se nourrissant de caresses et de baisers ; battez-la sans l'humilier, fouettez-la sans l'amoindrir, chassez-la hors de vous afin qu'elle s'unisse à sa source, afin qu'elle devienne source, dans le *Heichal Hanegina*, dans le sanctuaire de la mélodie, c'est là que je vous attends, telle une promesse secrète. Délirante, la foule s'exécute ; elle danse avec une vigueur qu'on dirait désespérée : nous sommes seuls, oui, mais à l'intérieur de cette solitude nous sommes frères, nous aidant mutuellement à avancer, à ne pas trébucher ; bientôt le moi individuel cessera d'exister et, à force d'invoquer Dieu, en brisant la coquille du temps et en abolissant ses lois, Dieu même cessera d'exister, cessera d'exister en tant qu'étranger.

Dehors, il neige toujours. L'hiver impitoyable a transformé la métropole en ville fantôme. Les rares passants dans la rue courent tête basse, fuyant l'ennemi qui pourtant a coupé toutes les retraites. Mais, dans cette salle, on n'y pense guère. Il neige ? Et alors ? Demain, il ne neigera plus. Demain, le soleil réchauffera la terre. Le soleil de demain fait battre les cœurs qui nient l'hiver.

La porte s'ouvre, un homme entre, emmitouflé ; il se débarrasse vite de son manteau à col de fourrure ; il le jette dans un coin et le voilà déjà absorbé par la masse en liesse.

Grégor touche le bras de son voisin et lui demande : pourquoi cette festivité ? Que célèbre-t-on ? L'anniversaire de la mort d'un grand *Tzadik*[1]. Chaque année l'on se réunit pour se transmettre ses exploits, ses légendes ; on l'invite à redescendre sur terre, se mêler aux vivants, et écouter avec eux, boire avec eux, enrichir leur mémoire et leur espoir. Pleurer la disparition d'un *Tzadik* ferait trop grand plaisir à l'ange de la mort ; un *Tzadik* ne disparaît pas ; même de là-haut il protège ceux qui croient en lui.

Le *hassid* s'exprime avec ferveur, comme s'il avait connu le saint homme mort depuis cent cinquante ans. La gorge serrée, Grégor écoute et se souvient : à l'heure du crépuscule, le samedi, vieillards et enfants entouraient Kalman qui, à voix basse, vantait les pouvoirs de ses maîtres. Il disait : raconter une histoire hassidique vaut autant que d'apprendre une page du Talmud.

Lors de sa rencontre avec le Rabbi, Grégor lui avait demandé :

— Rien n'a donc changé ?

— Rien.

— Et moi ?

— Toi non plus, tu n'as pas changé.

— Et Auschwitz ? Que faites-vous d'Auschwitz ?

— Auschwitz prouve que rien n'a changé, que la guerre

1. Un Juste

première continue. Que l'homme est capable d'amour et de haine, de meurtre et de sacrifice. Qu'il est à la fois Abraham et Isaac. Dieu, lui, n'a pas changé.

Grégor s'était mis en colère :

— Après ce qui nous est arrivé, comment pouvez-vous encore croire en Dieu ?

Le Rabbi, un sourire de compréhension sur ses lèvres, avait répondu :

— Après ce qui nous est arrivé, comment peux-tu ne pas croire en Dieu ?

Ils eurent tous deux une discussion passionnée. Grégor avait remporté la victoire, du moins il le croyait. Et maintenant il en avait honte, comme d'une insulte infligée non au Rabbi, mais à cette assemblée qui n'avait que lui.

C'est Mendel qui lui avait conseillé d'aller voir le Rabbi.

— Pourquoi faire ?

— Pour rien. Simplement pour le voir, pour qu'il te voie.

Grégor s'était laissé convaincre.

Mendel était son ami. Ils collaboraient au même journal, ils partageaient le même bureau. Homme taciturne, parlant peu, replié sur une douleur qu'il essayait de cacher sinon d'enchaîner. Tous savaient que son unique fils, atteint d'une maladie incurable, se débattait contre la mort qui tardait à venir. Mendel n'en parlait jamais. Ses confrères respectaient son silence et se comportaient comme s'ils n'étaient pas au courant. L'après-midi, à une heure fixe, il saisissait le téléphone et appelait l'hôpital ; sa femme ne quittait pas le chevet de l'enfant. D'une voix infiniment douce, ils échangeaient quelques phrases anodines : Il dort ? Il a mangé ? Que disent les médecins ? C'était tout. Mendel reprenait son travail, l'air tendu. Un jour, Grégor le vit ébaucher le geste coutumier ; il prit le récepteur, hésita un long instant et raccrocha sans composer le numéro. Son expression demeurait inchangée, seul un tremblement imperceptible, comme un cri informulé, frémissait au coin de ses lèvres décolorées. C'est ainsi que Grégor apprit la nouvelle.

C'est alors qu'il tenta de se lier d'amitié avec Mendel qui le repoussait, qui croyait, lui aussi, pouvoir se débrouiller tout seul.

— Aucun être n'a les moyens de combattre la nuit et de la vaincre, si dans sa lutte il ne fait appel à autrui : à deux la victoire est possible ; seul, elle perd son sens, sa portée.

— Je ne tiens pas à vaincre la nuit.

Pour certains, elle est la bête que libère l'homme en baissant les paupières ; aussi, pour la maintenir encagée, se refusent-ils au sommeil. Pour Mendel, elle était l'âme de la terre et le chant de cette âme. Pour le percevoir, le bruit du monde devait s'éteindre.

— Je m'éloigne de l'amitié, car elle fait trop de bruit, disait-il.

Cependant, il finit par fléchir. Ils habitaient la même rue et prirent l'habitude de rentrer ensemble. En chemin, Grégor lui parlait de lui-même, de son enfance ; il évoquait le monde hassidique, empreint de générosité et d'amour, tel qu'il l'avait connu. Mendel écoutait et se laissait convaincre. Lui aussi avait désiré se dépasser sans faire du mal à ceux qui l'aimaient ; lui aussi était en quête de ferveur. Peu après, il se mit à fréquenter les milieux religieux de Brooklyn. Bientôt, il les connut mieux que Grégor qui, d'ailleurs, les avait évités. Mendel fut reçu en audience par le Rabbi et le quitta transformé. « Va le voir », conseilla-t-il à son ami.

La conversation entre Grégor et le Rabbi s'ouvrit dans l'hostilité. Grégor voyait en son interlocuteur une forteresse qui invite au confort, au repos, alors que le Rabbi prenait son visiteur pour un déserteur. L'un prêchait la gratitude, l'autre la colère.

Grégor : la déchéance de l'homme constitue une accusation contre son Créateur, lequel a dans la trahison sa part de responsabilité.

Le Rabbi : raison de plus pour choisir la foi, le dévouement ; sois pur et Dieu se purifiera en toi.

Grégor : pourquoi le ferais-je ? Je ne lui dois rien. Au contraire.

Le Rabbi : là n'est pas la question. Lui non plus ne te doit rien. Tu ne vis pas Sa vie, Lui ne vit pas la tienne. Tu te dois quelque chose : quoi au juste ? Voilà la question.

Leurs attitudes semblaient irréconciliables. Brusquement, le Rabbi s'était tu, avait avancé la tête et sa voix s'était faite plus dure :

— Qu'attends-tu de moi ?

— Rien, dit Grégor. Rien du tout. De Lui non plus.

Le Rabbi, immobile, continua à le fixer sans prononcer un mot.

— Si, reprit Grégor. J'attends de vous que vous quittiez votre fauteuil et que vous vous asseyiez par terre, le front couvert de cendres. Pour vous, tout paraît simple et cette simplicité me blesse ; pour vous chaque parole transmet une étincelle de la vérité dite éternelle, chaque geste correspond à une conviction intérieure bien définie, bien cloîtrée ; l'ensemble de ces paroles, de ces gestes, vous le rattachez à Dieu, dépositaire de toutes les vérités, de toutes les convictions. Eh bien, j'attends de vous que vous leviez les bras au ciel et que vous criiez : non, je ne marche plus, non je n'accepte plus ! Voilà ce que j'attends de vous.

Le Rabbi avait essuyé l'attaque sans sourciller ; son œil assombri transperçait Grégor qui ressentait une douleur diffuse dans les mains, les jambes, la tête.

— Et de toi ? demanda le Rabbi calmement. Qu'attends-tu de toi-même ?

— Très peu. Presque rien. Je n'ai qu'un but, un seul : ne pas faire souffrir. Voyez : il est modeste, mon rêve ; mon idéal, presque sommaire, quotidien pour ne pas dire banal. Je ne cherche plus à sauver le genre humain, à me mesurer au destin. Je me contente de peu : aider un seul être me suffit.

— Tu appelles cela : peu ? Aider un être humain, n'est-ce pas le néant, sauver ses raisons de ne point désespérer ? N'est-ce pas soumettre le destin à l'idée que tu te fais de l'homme ?

Il se mit à sourire et le jeune homme ressentit un déchirement au fond de son être : il eût préféré voir le Rabbi en colère.

— Ceux qui d'habitude viennent me voir, dit le Rabbi après un long silence, désirent que je leur obtienne bonheur, fortune, santé.

— Je ne vous demande rien de la sorte.

— Je sais, je sais. Toi, tu es orgueilleux, ta voix me le dit. Tu as souffert, cela aussi, ta voix me le dit. Seulement voilà : la souffrance t'a apporté l'orgueil, non l'humilité.

Il l'enveloppait de son sourire, de sa bienveillance et une fureur sourde grondait en Grégor : son interlocuteur lui échappait, il aurait préféré être insulté.

— Je vous raconterai une histoire, dit Grégor en tremblant. Elle est brève et simple : dans un camp de concentration, un rabbin convoque, un soir, après le travail, trois de ses collègues, talmudistes renommés, et crée un tribunal d'exception. Se tenant droit, le front haut, il s'adresse à eux dans les termes suivants : « J'ai l'intention d'inculper Dieu de meurtre, car il assassine et son peuple et la Loi qu'il lui a confiée, du haut du mont Sinaï ; j'ai en ma possession des preuves irréfutables ; jugez sans crainte, sans parti pris, sans douleur ; ce que vous pouvez perdre vous a été déjà ôté depuis longtemps. » Le procès se déroule selon toutes les règles, avec témoins à charge et à décharge, avec discours et délibérations. Verdict unanime : coupable.

Insoumises, les mains du Rabbi se nouaient et se dénouaient nerveusement sur la table. La souffrance sur son visage perdait en finesse, en transparence et devenait nue, brutale. Il ne souriait plus.

— Attendez, dit Grégor. Je n'ai pas encore fini.

— Je sais, je sais.

— Attendez la fin. Sachez que le mot de la fin, c'est Lui qui l'a eu. Sachez que le lendemain du procès, le condamné se vengea et fit retomber la sentence sur les juges et les requérants : fauchés lors du premier ramassage. Je vous dis donc ceci : si leur mort n'a pas de sens, elle est une insulte ; si elle en a, elle l'est davantage.

Le Rabbi vieillissait à vue d'œil ; les années s'accumulaient sur ses épaules. Le voilà centenaire, millénaire ; une main invisible dessina sur son visage un masque mortuaire où se noyaient les couleurs et les peines de l'arc-en-ciel. Les dents serrées, il respirait bruyamment, lourdement, sans dire un mot. Il baissa les paupières et lorsqu'il les souleva, il y avait tant de douleur contenue dans ses yeux secs que Grégor en tressaillit au point de vouloir se jeter face à terre et d'implorer son pardon. C'est alors que la voix du Rabbi, à peine audible, lui parvint :

— Qu'attends-tu donc de moi ? La confirmation de ta victoire ? Mais : quelle victoire ? L'aveu de ma défaite ? Mais : quelle défaite ? Pour ceux qui engagent leurs batailles au sommet, ces mots ne veulent rien dire, car nul n'en sort vainqueur. Aussi que puis-je te donner ?

Un courant traversa Grégor.

— Ne réponds pas, continua le Rabbi. Non, pas encore. Je lis ta pensée, elle est ouverte comme une blessure est ouverte : elle saigne. Tu voudrais que je cesse de prier ? Que je me mette à hurler ? C'est cela que tu veux ? Oui ?

— Oui, répondit Grégor dans un souffle.

Le masque se brisa. Le Rabbi eut un mouvement de révolte, rejeta la tête en arrière et d'une voix rauque, à l'accent grave, se mit à parler lentement, tirant sur chaque mot, s'arrêtant après chaque phrase :

— Qui te dit que la force provienne du cri et non de la prière ? De la colère et non de la compassion ? D'où tiens-tu tes certitudes, toi qui prétends les avoir toutes reniées ? Un homme allant à la mort en chantant est le frère de celui qui va à la mort en combattant. Le chant sur les lèvres vaut le poignard dans la main. Je prends ce chant et le fais mien. Sais-tu ce qu'il recèle ? Je vais te le dire : un cri, un poignard. Les apparences ont leur propre profondeur qui n'a rien à voir avec la profondeur. Tu viendras à nos fêtes, tu nous verras danser et chanter et nous réjouir. C'est avec fureur que danse le *hassid*, avec joie aussi, bien sûr. C'est sa manière à lui de proclamer : Tu ne veux pas que je danse, tant pis, je danserai ; tu m'ôtes toute raison de chanter, eh bien ! prête l'oreille, je chanterai le mensonge du jour et la vérité de la nuit et le silence du crépuscule, lui aussi, je le chanterai ; tu ne t'attends pas à ma joie, elle te surprend, eh bien ! elle est là, elle monte et ne cessera de monter : laisse-la faire et elle te submergera.

Il s'interrompit, épuisé. Tout à coup Grégor se surprit à éprouver envers lui de la pitié, de l'amour. Que le bonheur est donc chose difficile ! Il pensa : Je n'aurais pas dû venir, je n'avais pas le droit de vouloir ébranler cet homme, de l'obliger à baisser la tête et à prononcer ces mots si simples : O Seigneur, tu t'es mis du côté du tortionnaire, tu es coupable ; tu es le maître de l'univers, mais tu es coupable. A présent, Grégor ne tenait plus à les entendre, à vaincre : il n'y avait plus de victoire possible.

Le Rabbi dut deviner sa pensée, car à nouveau il se durcit et une lueur étrangement froide s'alluma dans ses yeux tandis que son poing se crispa :

— Soit, s'écria-t-il. Il est coupable, crois-tu donc que je ne le sache pas ? Que je garde les paupières closes et les oreilles bouchées ? Que mon cœur ne saigne pas, ne s'insurge pas ? Qu'il ne m'arrive pas de vouloir me cogner la tête aux murs et de hurler comme un fou, de donner libre cours à ma peine, à ma déception ? Oui, il est coupable, oui il s'est fait l'allié du mal, de la mort, du meurtre. Mais, le problème n'est pas résolu pour autant. Je te pose une question et réponds si tu peux : que nous reste-t-il à faire ?

Bouleversé, Grégor ne pouvait s'arracher à l'emprise de ce regard et de cette voix qui le pénétraient ; son cœur battait à se rompre, ses épaules se courbaient ; il eût aimé s'agenouiller ou fuir, repousser la pensée hors de cette chambre. Mais le Rabbi le tenait prisonnier. Il continua :

— Nous ne pouvons pas nous arrêter là. Cela serait trop facile, trop lâche. Si tu dis A il faut dire B. Si tu crois faire fausse route, il faut rebrousser chemin, essayer une autre porte. Dis-moi : vers quel lieu nous diriger ? De quel côté est le salut, ou du moins, l'espérance ?

Lourd de honte, de remords, Grégor baissa le front.

— Redresse-toi, ordonna le Rabbi.

Avec difficulté, Grégor obéit. Son interlocuteur le jugeait sévèrement. Il allait implorer le Rabbi de lui imposer pénitence, mais le visage de celui-ci se détendit. La naissance du sourire, frêle et empreint de douceur, émut le jeune homme dont la vue soudain se brouilla. Il pensa : Si, du moins, je pouvais pleurer !

Cela faisait des années que les larmes, sans raison apparente, s'accumulaient dans sa poitrine ; il en était conscient du matin au soir. Un poids devenu familier lui pesait constamment sur le cœur. Parfois, dans la rue, il s'arrêtait et respirait profondément pour ne pas éclater en sanglots, pour rien. Sous le soleil froid du printemps il lui arrivait de regarder les passants ; et sa gorge se nouait. Une mère parle à son enfant, une vieille veuve à son chien, un homme hagard à lui-même. Grégor se tordait les mains et s'ordonnait : non, pas ici, pas maintenant ; une autre fois, ailleurs, dans le silence, dans le bonheur peut-être, les larmes jailliront, il pleurera un jour, une semaine, une année.

— Rabbi, dit Grégor. Tout à l'heure vous m'avez demandé ce que j'attendais de vous. J'ai répondu : rien, et j'avais tort. Faites que je puisse pleurer !

L'espace d'un éclair, Grégor se sentit redevenir enfant. A la maison. Seul. Ses parents n'étaient pas encore rentrés ; ils travaillaient tard, comme toujours avant les fêtes. Maria était au marché. L'on frappait à la porte. Un inconnu, un bâton à la main, un sac sur l'épaule. Malgré son apparence, ce n'était pas un mendiant, cela se devinait : en sa présence, on se sentait pauvre. Sans tendre la main, comme le ferait un mendiant, il dit : « Donne-moi quelque chose. » « Que désirez-vous ? Du pain ? De l'eau ? » « Non, mon petit. J'ai du pain dans mon sac et j'aime avoir soif. » « De l'argent peut-être ? » « Je n'en ai que faire. » « Alors que pourrais-je vous donner ? » « Je n'en sais rien, moi. Je ne sais pas ce que tu possèdes. » L'enfant se mit à pleurer et dit : « Je vous donne mes larmes, elles sont miennes. » Le mendiant mit son bras sur l'épaule du garçon pour le rassurer et dit : « Je les accepte. Mais, souviens-toi ; il n'est pas si simple de donner. » Lent et majestueux, il tourna les talons et poursuivit sa route.

— Faites que je puisse pleurer, dit Grégor.

Le Rabbi secoua la tête :

— Cela ne suffit pas. Je vais t'apprendre à chanter.

Le Rabbi ajouta que les grandes personnes ne pleurent pas. les mendiants ne pleurent pas, seuls pleurent les enfants : Es-tu demeuré enfant ? Ta vie ne serait-elle qu'un rêve d'enfant, qu'un rêve de mendiant ? Non, pleurer ne sert à rien. Il faut chanter.

— Rabbi, dit Grégor. Et vous ? Qu'attendez-vous de moi ?

Son interlocuteur répondit sans hésiter :

— Tout.

Comme Grégor allait protester, il enchaîna :

— Jacob lutta avec l'ange toute la nuit et finit par le vaincre. Puis, l'ange l'implora : laisse-moi partir car l'aube approche. Jacob le libéra et en reconnaissance l'ange lui apporta une échelle. Apporte-moi cette échelle.

— Qui de nous deux est Jacob ? Qui est l'ange ?

— Je l'ignore, dit le Rabbi en lui clignant de l'œil amicalement. Tu le sais, toi ?

Grégor se leva. Le Rabbi l'accompagna à la porte et lui tendit la main :

— Promets-moi de revenir.

— Je reviendrai.

— Tu assisteras à nos fêtes ?

— Oui.

Il rentra chez lui. Clara l'attendait, pâle. « Tu as l'air bouleversé. Où as-tu passé la nuit ? » « J'ai marché, Clara. Très loin. »

Dans la salle, la joie continue à déferler en vagues grondantes et les hommes crient leur bonheur à pleins poumons. Les *hassidim* grimpent des échelles invisibles puis les jettent à terre, n'en ayant plus besoin. Grégor aperçoit Mendel, debout, le regard fixe, non loin derrière le Rabbi. Son cœur fait un bond: Mendel, mon ami. Il murmure son nom plusieurs fois, Mendel ne l'entend pas. Grégor redevient orphelin. Seul parmi des étrangers qui s'agitent, qui s'abandonnent dans l'extase, en serrant les poings.

Brusquement, le chant tombe, tranché d'un trait. Le Rabbi relève la tête ; une lueur chaude, généreuse, brille dans ses yeux sombres. Un silence total plane sur l'assemblée : le Rabbi va parler. Instinctivement, la foule se penche et retient son souffle.

D'une voix un peu rauque, au timbre mélodieux et grave, le Rabbi commence un discours traitant de la souffrance. Celui qui traverse une épreuve, dit-il, se doit de remercier trois fois le Tout-Puissant : en premier lieu de lui avoir donné la force de résister à l'épreuve ; puis d'y avoir mis fin ; et troisièmement, de l'épreuve elle-même. Car la souffrance contient le secret de la création et son élément d'éternité ; on ne la perce que de l'intérieur. Elle rend meilleurs les uns et transfigure les autres. Comment ? Mystère. Au bout de la souffrance, au bout du mystère. Dieu nous attend. Et au commencement ? Il ne dépend que de l'homme qu'il soit présent aussi au commencement.

Le Rabbi parle et les *hassidim* suivent le mouvement imperceptible de ses lèvres : il ne suffit pas d'entendre les paroles, il faut les voir. Un mot mal compris, mal interprété, ferait pencher la balance. Grégor a l'impression que le Rabbi ne parle qu'à lui seul et son visage prend feu. Chacun des *hassidim* doit se dire la même chose : tous les visages sont en feu. Le Rabbi parle vite, employant un langage obscur, lointain ; il cite le *Midrash* et le *Zohar*, raconte des histoires troublantes et merveilleuses dans leur apparente simplicité, ne se donnant nullement la peine d'en fournir la clef. Fascinés, les gens écoutent dans la fièvre, avec passion et peu importe s'ils comprennent, s'ils traquent la pensée du Maître jusqu'à sa phase ultime : ils se purifient dans sa voix, dans son secret. Cela doit suffire, donc cela suffit.

Passé minuit, Grégor assiste à un événement inattendu. S'arrêtant au milieu d'une phrase, le Rabbi la laisse suspendue dans l'air, et se met à trembler. Une étrange fixité habite son regard. Pétrifiée, la foule n'ose bouger pour ne pas bousculer le silence. Que se passe-t-il ? La terre cesse de tourner, le sang de circuler. Voilà revenu le moment qui précéda la Création, lorsque homme et Dieu étaient encore inséparables, lorsque tout était encore possible. Où se trouve le Rabbi ? Sans doute livre-t-il un combat dont l'issue influera sur les générations à venir. Quelles montagnes essaie-t-il d'escalader ?

Un frisson prolongé parcourt la salle, lorsque le poing lourd du Maître s'abat sur la table :

— Qui sait chanter en hongrois ?

Muette de frayeur, la foule ne répond pas. Que répondre ? Comment répondre ? Qui sait si le Rabbi attend une réponse et si c'est oui, laquelle ?

— Je désire entendre un chant hongrois, répète le Rabbi en criant.

Tous rentrent la tête dans les épaules, comme pour se protéger d'une menace inconnue. Le Rabbi est en colère, c'est chose grave. Qui sait ce qu'il voit ? Qui sait les dangers qu'il cherche à écarter ?

— J'ordonne que l'un de vous me chante une chanson en hongrois, crie le Rabbi avec fureur. N'y a-t-il donc personne ici qui puisse faire ce que je lui demande ?

Dans son dos, une voix grelottante, timide, se fait entendre, celle d'un petit vieillard, recroquevillé sur lui-même :

— Moi, je chanterai pour le Rabbi.

— Chante !

— Oui, mais...

— Mais quoi ? s'impatiente le Rabbi.

— Je ne connais qu'une chanson. Je l'ai apprise il y a longtemps... Dans l'armée... J'étais soldat...

— Cela ne fait rien, chante !

— Seulement...

— Seulement : quoi ?

— La chanson que je connais est... impure.

— Alors quoi ? Depuis quand une chanson nous ferait-elle peur ? Toi, chante ; le reste est mon affaire.

Le vieil homme commence à égrener peureusement une chanson gaie, une chanson de soldats : la seule dont il se souvient. Chanson obscène, grivoise, vulgaire, chanson d'ivrogne, blasphématoire.

— Bien, bien, l'encourage le Rabbi. Continue, ne t'arrête pas ; surtout ne t'arrête pas ; tu n'as rien à craindre.

La voix hésitante du chanteur se fait plus ferme. Au début, il trébuche sur chaque expression douteuse, sur chaque mot osé. Mais, poussé par le Rabbi, il oublie ses inhibitions, se moque des obstacles et s'en donnant à cœur joie redevient le soldat de l'armée austro-hongroise, allant verser son sang pour Sa Majesté l'Empereur.

Bientôt, d'autres *hassidim* se joignent à lui. Puis, d'autres encore. A la fin, le refrain est repris par la foule entière : une armée en marche. Elle chante la mélodie sans les paroles : qu'importent les paroles, l'âme n'en a point besoin pour se faire chant. Le Rabbi, maintenant, rayonne de bonheur, de fierté : il vient d'accomplir un miracle.

Grégor ne lutte plus. Il regarde, il écoute, il s'ouvre. Pendant un court instant le chant le traverse et l'emporte au loin, là où l'attend celui que le dieu de la guerre a assassiné. Grégor se dit : les miracles existent.

La joie prend possession de l'assemblée, joie pure que chaque moment enrichit, rend plus dense, plus éclatante. Les voix, les corps ont depuis longtemps cessé de chanter, le chant est maintenant porté par ses propres ailes et c'est lui qui soulève les poitrines, qui illumine les visages, qui appelle l'extase pour que les cœurs aient foi en l'éternité.

Grégor sent remuer ses lèvres, elles aussi désirent chanter, goûter à la joie, affirmer qu'elle est l'alliée de l'homme et non son mirage. Il va s'abandonner complètement à l'emprise de la foule délirante, il va franchir le seuil, il est déjà presque chez lui, lorsqu'il perçoit un petit rire insolite. Il blêmit, son sang se glace. Prudemment, il tourne la tête et scrute les visages en sueur. C'est alors qu'il le voit.

Homme d'un certain âge, grand, maigre, portant la barbe, un sourire légèrement moqueur sous la moustache. Grégor se dit : non, ce n'est pas possible, ma mémoire me joue un tour. Il se faufile près de lui pour mieux l'examiner. Oui, c'est lui ; bien lui. Une nuit noire enveloppe Grégor. Aveuglé, il ferme les yeux et ne les rouvre qu'après un long moment, revenant de très loin, n'osant bouger ses jambes ni déplacer sa pensée, de peur de rompre un équilibre invisible. L'instant, trop plein, rouvre des blessures anciennes qu'il a cru cicatrisées sinon guéries. Toutes les surprises, toutes les angoisses de son enfance et des dernières années, remontent en cascades et le souffle lui manque.

Son corps est moite de sueur, il ne s'en aperçoit guère. Soudain, il croit entendre mille bêtes qui hurlent au milieu d'une forêt sauvage. Le chant se perd, s'évanouit ; le Rabbi s'en va, peut-être poursuit-il lui aussi une image, un écho qui l'appellent par-delà le temps ; l'assemblée se réduit à un seul être et les paroles à un seul rire qui flotte dans l'air, comme un oiseau mourant.

Le Rabbi avait raison, il fallait revenir. Une rencontre accidentelle suffit pour que le monde ne soit plus le même et que tout soit remis en question. Rien n'existe plus en soi, passé et avenir ne se conçoivent qu'en fonction du moment présent qui ne cesse de gonfler, de se dépasser. Un regard posé sur la face d'un homme dans la foule suffit pour que tout un univers se charge d'être et vibre à nouveau.

Le Rabbi avait raison. Il fallait revenir.

— Gavriel, murmure Grégor péniblement, les yeux écarquillés.

L'homme ne le voit pas, ne l'entend pas. Il observe le Rabbi qui semble las : la victoire l'a épuisé. L'homme l'observe d'un air de défi.

— Tu es vivant, dit Grégor et il lutte contre les larmes. Je ne te demande pas comment tu as fait pour survivre, je ne tiens pas à le savoir, pas encore, plus tard peut-être. Je te demande seulement si tu es vivant, si tu es Gavriel, si tu as gardé vivant mon nom.

Grégor parle mais en vain. L'homme semble évoluer sur une autre planète.

— Je suis Grégor ! Ton ami ! Tu as déjà oublié ? Tu m'as sauvé la vie, tu t'es sacrifié pour moi, tu m'as fait comprendre la valeur du silence et du rire. Tu t'en souviens ?

Cette question aussi, posée sur un ton de plus en plus insistant, avec une angoisse croissante, demeure sans réponse. Grégor se dit qu'il s'est trompé. Gavriel est mort et cet étranger lui ressemble, c'est tout. Cependant, il continue à lui parler comme si c'était son ami. Peu importe s'il répond ou non. Peut-être ne peut-il l'entendre, car les mots ne quittent pas la bouche de Grégor : je crois parler, je ne parle pas. Il frémit : hier, l'année dernière, il se peut que j'aie vécu dans l'erreur, je remuais mes lèvres mais personne ne m'entendait.

— Gavriel, tu m'écoutes ?

L'homme n'a d'yeux que pour le Rabbi qui, accoudé sur la table, attend la fin de la nuit avec un mélange d'espoir et de regret. Pris de panique, Grégor se jette sur l'étranger et l'assaille de questions. Il doit répondre. Coûte que coûte. Mais, peut-être ne peut-il pas m'entendre. Grégor se sent chavirer. Peut-être lui a-t-on coupé la langue, cela expliquerait tout. Avec surprise, Grégor se découvre un sentiment proche de la satisfaction. Au fond je suis content qu'on lui ait coupé la langue, se dit-il. Bientôt la fête touchera à sa fin. Je me retrouverai seul avec lui. Je lui dirai la suite de notre aventure et comment moi j'ai fait pour survivre. Je lui parlerai de Leib, de Yehuda, de Maria. Et de Clara. A lui je parlerai sans contrainte, sans me cacher. Et lui ne me jugera pas. Oui, heureusement le pouvoir de la parole lui a été ôté, pense Grégor et il s'en veut de penser ainsi. Les amis devraient tous avoir la gentillesse de se faire couper la langue. Sauver le monde en éliminant le verbe, voilà la solution. Seulement, on a peur du silence.

— Gavriel, écoute-moi. Tu es muet, je te demande seulement de m'écouter. Depuis notre séparation j'ai appris peu de choses, mais je les crois essentielles. Nous avons vécu dans l'erreur. Nous avons cru que la tragédie consistait en ce que le possible soit impossible, c'est faux. L'impossible est possible et c'est là la tragédie.

L'air moqueur, l'homme étudie le Rabbi qui fait signe qu'il va lever la séance. Un silence subit réveille la foule. Tous paraissent hagards, oscillant entre deux réalités. A présent il s'agit de retourner aux activités quotidiennes, uniformes et monotones. La fête est achevée. Le Rabbi se dirige vers la sortie, les gens reculent et lui laissent le passage libre. Il a la démarche souple, ne regarde ni à droite ni à gauche, ne salue personne, un bouclier invisible le protège de la curiosité générale. Quelques enjambées et déjà il est hors de l'enceinte. Les fidèles se ruent à sa suite pour ne pas rester seuls, sans lui, dans la salle. En un clin d'œil, le vide donne à l'endroit un air lugubre. De la joie qui une heure auparavant a bousculé les montagnes, rien n'est resté. Où est Mendel ? Parti. Grégor aurait dû le suivre et lui dire : entre Gavriel et toi je t'ai choisi, toi, car tu sais écouter.

Une lourdeur déplaisante le gagne, comme après une nuit de débauche il a la langue pâteuse, amère. A présent il est seul avec l'étranger qui, immobile, fixe de ses yeux le fauteuil où le Rabbi était assis ; il a un sourire énigmatique.

— Gavriel, dit Grégor péniblement. Rends-moi ce que je t'ai confié. Je suis seul, j'ai mené une vie fausse, je veux changer, redevenir moi-même, reprendre ma liberté et, au carrefour, choisir un autre chemin. Rends-moi mon nom.

L'homme s'aperçoit enfin de sa présence. Mais il est impossible d'établir s'il l'a reconnu ou non. Il semble irrité et Grégor voudrait lui demander s'il aime les surprises ou s'il se considère au-dessus d'elles. Gavriel fronce les sourcils et son regard se fait d'acier :

— Qui es-tu ?

— Je m'appelle Grégor.

— Ce n'est pas un nom juif.

— En effet, ce n'est pas un nom juif. Il fut un temps où

j'en avais un. Je l'ai donné à quelqu'un, à un ami. Il ne me l'a pas encore rendu.

— Et ce quelqu'un n'avait pas de nom ?

— Non, il n'en avait pas.

Un nuage de cruauté traverse le sourire de l'étranger :

— Histoire bizarre que celle que tu me racontes !

— Mon ami sans nom était un personnage bizarre.

— N'as-tu pas bu ? Trop ? N'es-tu pas ivre ?

— Je n'ai pas bu.

— Tu n'as pas dit *Lehaim*[1] au Rabbi ?

— Non.

— Et lui ne t'a pas dit *Lehaim?*

— Non plus.

— Donc, tu es ivre sans avoir bu. Comme le Rabbi a bu sans s'enivrer.

— Je ne suis pas ivre.

— Alors, pourquoi pas ? De quel droit es-tu resté lucide ? Au nom de qui et de quoi te tenais-tu à l'écart ? Pour épier le Rabbi et ceux qui de son vivant font de sa personne un monument ?

— Tu fais erreur. Ce n'est pas pour cela que je suis venu.

L'homme le scrute en silence et décide de le mettre à l'épreuve :

— Passons. Il y a autre chose que je désire savoir. Tu es le seul à avoir vu le Rabbi et non l'image que ces aveugles se créent de lui. Réponds-moi : qui imite-t-il ?

— Les sages prétendent qu'il est donné à l'homme le pouvoir d'imiter n'importe qui sous le soleil : le cordonnier, le roi, le bouffon. Pas le Rabbi. Qui l'imite le devient.

L'étranger s'incline, prend son temps avant de lancer son coup :

— Et toi ? Qui imites-tu ?

La raison de Grégor vacille. Ses genoux fléchissent. Un feu lui traverse le cerveau, sa tête éclate. La partie est inégale, Gavriel est trop fort. Où trouver le ton juste, le mot vrai ? Il murmure : « Gavriel, Gavriel. » Simultanément, une petite voix chuchote en lui : attention, fais un effort, si tu t'évanouis tu es perdu, il partira et toi avec lui, tu disparaîtras sans laisser de traces ; attention, si tu pleures, tu ne pourras plus t'arrêter, lui non plus. Gavriel, Gavriel ! L'homme garde son allure rigide de justicier et lui dit :

1. A la vie.

— Tu ne veux pas répondre ?

Grégor, dans un geste d'épuisement, laisse tomber ses bras : Gavriel, Gavriel.

La voix de l'étranger s'adoucit :

— Tu es pâle, fatigué, rentre te coucher, te reposer.

Effrayé, Grégor proteste :

— Non, non, non ! D'abord, je veux parler, je veux que tu m'écoutes ! que tu me juges ! Je ne cherche plus d'amis, c'est un juge que je cherche ! Un juge qui sache écouter !

Il se laisse choir sur un banc, la tête sur la poitrine. L'homme se met alors à l'interroger. D'où il vient, de quel pays, de quelle ville, de quel passé. Il s'intéresse aux détails : ce qu'il fait, ce qu'il craint, ce qui l'obsède, ce qui le rend coupable et comment il se débrouille pour se racheter. Croit-il en Dieu, aime-t-il le sommeil, voit-il en son corps un ennemi à servir ou à soumettre ? Docile, Grégor répond par phrases courtes, par des syllabes. Un ami te renie et le déchirement qui en résulte s'avère plus profond que la mort de ton père. Si ton ami t'abandonne, c'est que tu es mort en lui comme lui est mort en toi : plus de Gavriel, plus de Grégor. La voix de l'étranger se fait de plus en plus persistante, n'accordant ni répit ni possibilité de fuite. Pris dans l'engrenage, Grégor ne peut plus reculer ni se dérober, ne peut plus ne pas s'expliquer, ne pas se justifier comme s'il était responsable et de ce qui lui arrivait, de ce qui ne lui arrivait pas.

Des doutes l'assaillent. Il glisse sur un terrain incertain. Oui, il s'est trompé ; Gavriel eût été content de le revoir, il serait tombé sur ses épaules en pleurant de joie. Gavriel n'est pas cruel envers autrui, seulement envers lui-même ; mais l'un n'entraîne-t-il pas l'autre ? Grégor ne comprend plus rien. Il se trouve à bout de connaissance, à bout de compréhension. Il devrait se lever et partir en disant : Excusez-moi, monsieur, je n'ai rien à vous dire, je vous ai pris pour quelqu'un qui nie le changement, pardonnez-moi, j'ai fait erreur. Oui, il devrait partir et oublier cette rencontre, sinon la blessure ne se refermera plus. Allons, Grégor, lève-toi et marche ; lève-toi et dis adieu poliment ; lève-toi et quitte la nuit finissante : Clara t'attend, elle ne s'est pas mise au lit, elle n'a pas bougé de la table, elle attend que la porte s'ouvre. Mais ses jambes ne lui obéissent pas, sa volonté encore moins. L'étranger s'est accaparé de sa force et de sa faiblesse, il a fait de Grégor son esclave, sa victime, son souvenir. Il le contraint non seulement à répondre, mais aussi à vouloir répondre. Et la tête de Grégor tourne, tourne, tourne, dans le sens opposé à celui de la terre qui elle aussi tourne, tourne, tourne. Il sait déjà que l'on se moque de lui quelque part mais ignore où et qui. Soudain, il pense à son père — qui ne se moquait de personne, lui — et à Clara qui doit s'inquiéter sûrement ; elle ne fait que cela depuis des semaines. Oui, il s'est trompé ; cet homme qui ressemble à Gavriel et qui maintenant, curieusement, lui rappelle son père n'est ni son père, ni Gavriel. Il n'est personne et parce qu'il n'est personne, Grégor doit devant lui justifier d'être encore en vie et non étouffé sous les décombres.

Chassées par le jour qui se lève à l'horizon brumeux, quelques ombres attardées surgissent, affolées, près d'une fenêtre, en quête d'un endroit où se réfugier devant la lumière ennemie. Elles restent suspendues dans l'air, fragiles et innocentes, puis se laissent tomber, l'une après l'autre, avec une grâce infinie sur la terre enneigée.

— Je ne sais pas ce que tu me veux, dit Gavriel mi-moqueur mi-cruel. Je ne comprends rien à tes histoires.

— Alors, pourquoi les écoutes-tu ?

— J'aime les histoires.

— Tu as changé. Jadis, tu les vivais en leur donnant ton souffle, ton silence et elles en avaient fait amour et prière. Aujourd'hui, tu te contentes de les écouter.

— Ecouter une histoire, n'est-ce pas la vivre aussi ?

— Alors, tu es Gavriel ? s'écrie Grégor devant ce début d'aveu.

— Moi ? fit l'homme en feignant l'étonnement.

— Oui, toi.

— Comment puis-je l'être, puisque tu viens de me raconter que c'est ton nom à toi. A t'entendre, on dirait que tu voudrais coller le nom de Gavriel à tous les habitants de la terre, que tu aimerais étendre ton moi au monde entier ; pour ton plaisir tu transformerais l'univers en grotte. Tu y vas un peu fort, tout de même.

Déconcerté, Grégor perd pied. Il se noie. Il y a pourtant dans la voix de cet homme un écho, une vibration familière, chargée de souvenirs communs. Comment savoir ? Une idée lui vient à l'esprit.

— J'ai une faveur à te demander, dit-il. Accorde-la moi.

— Une faveur ? Laquelle ?

— Je voudrais t'entendre rire.

— Que dis-tu ?
— Tu m'as parfaitement entendu. Je te demande de rire.
— Mais, tu es fou, ma parole !
— Possible.
— Alors, c'est à toi de rire.
— Je ne sais pas comment.

L'étranger glisse ses doigts dans sa barbe et se caresse le menton, indécis.

— Ta demande ne peut que me consterner, dit-il finalement. Aurais-tu dit une chose qui devrait me faire rire ? Qui te dit que j'aime rire ? Et que l'on m'entende lorsque je ris ?
— Tu refuses ?
— Naturellement. On n'a pas idée de rire comme ça, sans raison, après une grande fête hassidique, en présence de quelqu'un qui vous raconte des histoires à faire dresser les cheveux sur la tête.

Grégor se décourage.

— Soit, dit-il dans un soupir. Tu gagnes. Je me tais. Je n'ai plus rien à te dire.
— Ah non, ne fais pas cela, proteste l'étranger. J'aime les histoires, ne te l'ai-je pas dit ?

Grégor sait qu'il ne peut plus ne pas obéir. Il reprend le fil du récit. Où en était-il ?

— Tu venais de sortir de la grotte. Ensuite ?

Les aventures dans le village de Maria, la rencontre avec Petruskanu, la fuite miraculeuse. Il lui décrit avec force détails ses repas avec le garde-chiourme, l'interrogatoire que lui ont fait subir ses amis du maquis, l'intervention inattendue de Clara, la mort de Yehuda. Gavriel semble s'intéresser à ce dernier plus qu'aux autres partisans.

— Tu aimes Yehuda ?
— Il mourut en vainqueur, donc je l'aime.
— Si tu l'aimes, c'est que tu es Gavriel.
— J'aime aussi Gavriel, cela ne prouve-t-il pas que je ne le suis pas ?

L'étranger baisse sa voix :

— Hé, qui sait, il se peut que je sois Yehuda, hein ?

Grégor lève sur lui un œil noir. Il devrait se mettre en colère, le haïr. Yehuda est mort, Yehuda ne jouait pas. Et Gavriel ? Vivant ou non ? Une certitude, une seule, n'importe laquelle, suffirait.

— Tu n'es pas Yehuda, dit-il.

— Qu'en sais-tu ?

— Yehuda est mort. Nous avons récité le *Kaddish* pour lui.

— Cela prouve qu'il est mort pour vous, en vous. C'est tout, pas autre chose.

Grégor rejette sa tête en arrière :

— Nous avons tué pour lui ! Nous l'avons vengé !

— Cela ne prouve toujours rien. Qui vous dit que ce que vous avez fait était bien et juste ? Est-ce Yehuda qui vous l'a dit ?

— Non, puisqu'il était mort !

Grégor s'étrangle. Il sait que l'étranger n'a pas raison, mais comment dissiper son erreur ? Il sait par ailleurs que l'étranger n'a pas tort, mais en quoi ?

— Il ne s'agit pas de Yehuda, dit-il. Il s'agit de Gavriel. Si c'est toi, je sais ce qu'il me reste à faire.

Aller à Paris, en Orient, disparaître et ainsi rompre la chaîne de souffrance, se refaire un passé, une mémoire.

— Tu m'ennuies à la fin avec ton Gavriel, s'énerve l'étranger. On dirait une idée fixe. Es-tu sûr qu'il ait jamais existé ?

Grégor n'est plus sûr de rien. Il ne sait même pas si son interlocuteur est irrité ou pas. Sans doute fait-il semblant. L'étranger connaît ses faiblesses, il sait exactement où frapper.

— Possible que tu aies raison. Il se peut que Gavriel n'ait jamais existé. Et moi non plus. Et toi ? Oui, tu existes. Depuis toujours.

L'homme croise ses bras sur sa poitrine ; il ne rit pas, mais on voit qu'il en a envie.

— Dans ce cas, dit-il avec ironie, continue. Je t'écoute

Humilié, Grégor refuse :

— Je n'ai plus rien à te dire. Laisse-moi m'en aller.

Mais il sait que la bataille est perdue, le juge ne l'aime pas.

— T'en aller ? Quelle idée ! Tu resteras. Jusqu'à la fin. Et tu continueras.

— Mais pourquoi ? Pourquoi ? s'écrit Grégor avec un sursaut d'énergie.

— Tu ne comprends pas. C'est pourtant si simple. Ce sont tes incertitudes qui m'intéressent. Allons, où en étions-nous ? Je t'écoute.

Grégor se met à lui parler de Clara.

La pâleur maladive de Clara et son sourire lointain, bouleversant. Je lui parlais et elle ne m'écoutait pas. Elle écoutait quelqu'un et ce n'était pas moi. J'entendais moi aussi celui qu'elle écoutait, mais j'arrivais à le faire taire. Elle non.

— Tu es fou, murmurait Clara. Complètement fou. Sois gentil, pars ; laisse-moi seule ; nous ferions mieux de ne jamais plus nous revoir.

— Je suis fou, dis-je, et je t'aime. Je ne te quitterai plus.

Il faisait beau ce jour-là et je m'en rendais compte. Je voyais tout ce qui se passait autour de moi et pourtant je ne regardais que la jeune fille qui marchait à mes côtés, sans but, comme en rêve. Je voyais les passants qui se souriaient avec confiance. On riait, on criait, on s'interpellait. Tout était à vendre et tout à acheter. La ville s'ouvrait au printemps naissant, le premier printemps de l'après-guerre. Ici et là, un couple s'arrêtait pour s'embrasser : j'enviais leur joie. Plus loin, on s'embrassait en marchant sans même s'arrêter : j'enviais leur insouciance, leur certitude qu'ils avanceront sans trébucher.

Nous marchions depuis des heures. Portés séparément par la marée humaine qui déferlait sur Paris, nous venions de nous rencontrer, par hasard, au Quartier latin. Cela faisait quelques mois que nous habitions le même quartier, mais nous ne l'avions pas su. Comme moi, elle avait refusé de vivre dans son pays d'origine parmi souvenirs, assassins et ombres. Comme moi, elle pensait s'en aller loin, le plus loin possible : changer de ciel, de nom, de peau : devenir autre. Bête insatiable, pervertie et pourrie qui, depuis des siècles, nourrit ses belles phrases du sang des innocents, l'Europe nous répugnait.

— Leib sera content de te voir, disait-elle en se mordant les lèvres.

Je réprimai un cri d'effroi : je savais que Leib n'était pas revenu.

— Je sais ce que tu penses, ajouta-t-elle. Tu le crois mort. Il est mort pour le monde entier ; pour moi il est vivant. Et je l'aime.

Elle m'avoua qu'elle pensait à lui du matin au soir et surtout la nuit : elle le voyait en chair et en os, plus vivant que les vivants. Que faire? Elle l'aime. Plus qu'avant.

— Si tu veux, nous resterons bons camarades, proposa-t-elle, rêveuse. Tu me raconteras tes aventures vécues ou imaginaires et moi je te ferai part de ma vie avec Leib. Nous sommes libres et adultes, pas vrai?

— Non, Clara. Pas vrai.

Le cœur battant, pris de fièvre, je me mis à lui parler, sans répit, je la suppliais, je la menaçais, mais elle ne se laissait pas fléchir :

— Tu risques de tout détruire. Ne vaudrait-il pas mieux garder le peu que nous possédons? Tu cherches l'aventure? Tu es fou, Grégor. Tu ignores à quoi tu t'exposes. Le lendemain de notre union, que dis-je, la nuit même, je te trahirai avec Leib.

— Leib est mort.

— Je te trahirai avec un mort. Tu t'interposes entre lui et moi, tu m'enlèveras à lui : il t'en voudra. Tu le veux comme ennemi?

— Les morts ne me font plus peur. Ils sont mes amis.

— Et moi, je ne te fais pas peur? Je t'en voudrai. Je me dirai que tu es coupable de sa mort. Car s'il n'était pas mort, tu ne serais pas avec moi.

Un silence s'ensuivit. Encore une croisée de chemins. Après, ce ne sera plus pareil. Impossible de reculer, il faut choisir la direction, bonne ou mauvaise, et alors foncer de l'avant, tête basse.

— Ecoute-moi, dis-je. Je ne te dirai pas que sans toi je mourrais, que sans toi je ne connaîtrais ni bonheur ni joie ; je te dirai seulement que sans toi ma vie serait stérile et mon désir incomplet. La différence qui nous oppose l'un à l'autre, c'est que tu appelles humain ce qui dans l'homme désigne sa faiblesse. Moi aussi. Seulement, j'avance d'un pas et je dis que nous ne devons pas succomber à cette faiblesse. J'ai pour ambition de me définir non par ma victoire ni par ma défaite, mais par ma détermination de marcher vers la source. Souvent j'ai mal, comme toi. Mais, ma souffrance je m'emploie à la dompter, à la désarmer ; toi, tu la subis et souvent tu l'appelles. Les deux attitudes sont humaines, bien sûr. Seulement l'une te rattache à la vie, à la force ; l'autre à la résignation, à la mort.

Je m'interrompis pour voir sa réaction qui ne vint pas. Ni oui ni non. Ni joie ni refus. Rien. Peine perdue? Peut-être. Mais il fallait continuer et advienne que pourra.

— Sortons du cimetière, Clara. Essayons de marcher ensemble. Je sais chanter, écouter et attendre. Je t'offre mon chant, mon silence et ma main tendue.

Je me tus. Des larmes ruisselaient sur son visage. Elle se secoua et dit :

— Pardonne-moi, je te prenais pour Leib. Nous aimions flâner et à ses côtés je découvrais le monde : le coucher du soleil au-delà de la montagne, l'extrême désolation d'une vieille ivrogne assise au bord du trottoir, la démarche calme du Juif pieux se rendant à la synagogue. Tu parlais et c'est Leib que j'entendais. Je m'imaginais morte, réunie à lui : deux morts qui se promènent et se souviennent.

Elle tira un mouchoir de sa poche et sécha ses larmes avant de reprendre avec douceur :

— Je pourrais t'épouser, t'aimer, vivre avec toi, pour toi. A une condition : deviens Leib. Tu veux?

Cette fois, je ne pus réprimer mon cri qui se répercuta dans la rue :

— Non, je refuse !

— Dommage, fit Clara tristement.

Il se mit soudain à pleuvoir, nous continuions à marcher. La pluie ne dura pas longtemps. Puis, le ciel se dégagea. Il faisait frais et bientôt le crépuscule, tel un nuage lumineux, se détacha de l'horizon et s'approcha de la ville. On aurait dit que l'avenir, impatient, venait à nous. Je sentis la fatigue m'envahir. Nous ne disions plus rien. Le temps s'écoulait en nous, hors de nous. Les rues se vidaient, une horloge sonnait onze coups, ou douze. Deux agents cyclistes débouchèrent du coin d'une rue et feignirent de ne pas nous remarquer. La ville dormait, calme et sereine. Quelque part un homme disait à sa femme que la vie valait la peine d'être vécue. Quelque part un homme regardait sa femme et lui disait que leur enfer durera toujours. Je jetai un coup d'œil vers Clara : alors, tout est fini?

— Dommage, dit-elle renouant le fil de ses pensées qu'elle a interrompu des heures auparavant. Dommage que tu t'obstines. Je t'apprendrai à sourire comme lui, à me regarder comme lui. Je te guiderai. La nuit, avant de me prendre, tu me raconteras une histoire; le matin, je ne te laisserai pas partir. Pourquoi refuses-tu?

Je savais la partie perdue. Je regrettais d'avoir parlé. Et d'être venu à Paris. Un bourdonnement remplit mon être. Nous nous sommes retrouvés pour nous séparer. Peut-être avais-je eu tort de vouloir précipiter les choses. J'aurais pu attendre quelques jours, quelques semaines, la préparer, la travailler. Trop tard. J'éclatai :

— Je refuse parce que je suis vivant ! Et parce que je t'aime ! Parce que je veux te sauver !

— Dommage.

J'eus envie de l'empoigner aux épaules et de la battre, quitte à ne plus jamais la revoir. La tristesse et la colère me submergeaient. Que faire? Abandonner? La laisser continuer son chemin seule avec Leib?

— Leib est mort et il était mon ami, repris-je doucement. Cela ne me fait pas aimer la mort. Dis-toi, Clara, que la mort ment, que la mort triche. Elle promet trop et ne tient aucune de ses promesses. Elle prend tout et ne donne rien en échange. Dis-toi, Clara, qu'il y a plus d'éternité dans l'instant qui unit deux êtres que dans la mémoire de Dieu ; il y a plus de paix dans le regard qui sonde un cœur aimé que dans le royaume du ciel. Comment distinguer ce regard, où trouver ce moment, voilà le problème, je te l'accorde. Cela exige beaucoup de patience, beaucoup d'abandon. Je te souhaite cet abandon, je te souhaite cette patience.

Tout en marchant, je parlais encore, une heure, deux heures. Il était tard, puis très tard. Epuisée, la ville respirait bas et baissait ses paupières une dernière fois avant de les rouvrir sur une journée nouvelle. Quelque part un homme observait sa femme endormie en souriant : repos, amour, paix; fermez la porte aux démons; nous voulons vivre; réveille-toi, je te désire; deux corps enlacés, unis; le mystère gît dans leur union; il suffit que l'homme et la femme se donnent l'un à l'autre pour que Dieu leur confère ses pouvoirs; et une nouvelle fois le monde sera tiré du chaos. Quelque part un homme scrute, avec haine, avec rancœur, l'expression tourmentée de son épouse : encore une nuit sans avoir fermé l'œil, sans avoir trouvé l'oubli : oh ! Seigneur, pourquoi m'as-tu abandonné?

Peu après, ils se marièrent. Il pleuvait ce jour-là et le Rabbin leur dit : « Cela est bon signe. »

Les premières nuits ensemble, les premiers réveils troublés, les efforts pour remplir de sève, de générosité, les moments vides, les heures trop longues, les silences trop lourds et hostiles. Ils jouaient. Je t'aime, tu m'aimes, nous aurons des enfants qui ne seront pas tués ni par amour ni par haine ; ils vaincront le désert et ne seront pas humiliés par leur victoire. Ils n'eurent pas d'enfant.

Grégor vivait dans l'angoisse ou dans l'attente de l'angoisse. Lorsque Clara lui disait tu, il ne savait à qui elle s'adressait. Elle non plus. Il aimait la prendre dans ses bras, la serrer fort et lui assurer que tout irait bien, que l'amour leur servirait de protection. Mais soudain, au milieu d'une étreinte passionnée, elle se transfigurait, perdait son regard, devenait autre : elle avait rejoint son amant. « Reviens », criait son mari au bord du désespoir : « Je suis là. ».

Elle était ailleurs, trop loin.

Les mois se suivaient et rien ne changeait. Les jours se ressemblaient, les nuits aussi. Grégor souffrait dans sa chair mais ne le montrait pas. M'aimera-t-elle un jour ? Elle l'aimait, mais en le prenant pour Leib. Ce nom finit par le glacer. « Je ne suis pas Leib, s'exclamait-il en dégageant son corps : Leib est mort ! » « Je le sais bien, mon amour. Leib est mort et je fais l'amour avec un mort. »

Cependant, déterminé à gagner la bataille, Grégor tenait bon. Guérir sa femme, la libérer : le reste ne comptait pas.

— Comment fais-tu pour tenir ?

— Le secret se nomme patience. La plupart des hommes excluent l'attente de leur existence et c'est là leur malheur. Trop pressés de partir, d'arriver, de réussir, ils courent trop vite, arrivent trop tôt et finissent par abandonner leur rêve ou être abandonnés de lui. En Orient on te dira que quiconque sait maîtriser sa respiration, ses impulsions, celui-là se forgera les clefs du royaume. L'immortalité appartient à qui a la plus longue haleine.

Il réussit à se faire engager par un journal. Ils partirent à l'étranger, parcourant l'Afrique du Nord, puis l'Orient, pour finalement jeter l'ancre aux Etats-Unis où ils s'installèrent pour un temps indéfini. Les sages prétendent que quiconque change de place change d'étoile. Clara prouvait le contraire. Son état empirait. Elle gémissait dans le sommeil, à voix étouffée, elle vivait avec son amant, essayant de le séduire. Comme battue par la fièvre, elle délirait et l'appelait. Au matin, elle sanglotait doucement : il la quittait et la solitude lui pesait. Défaite, elle ouvrait les yeux sur son mari et ne le reconnaissait pas. Elle n'était plus la jeune fille, belle et éblouissante de fraîcheur, que Grégor avait connue dans la forêt.

— Tu vas la quitter ? demande Gavriel. Elle a besoin de toi et tu as décidé de t'en aller, c'est cela ?

Oui, c'est cela. Il ne peut plus vivre dans le mensonge. Il n'a plus la force d'autrefois, la foi et la résistance d'autrefois.

— Je ne veux pas la haïr, s'écrie Grégor. Plutôt mourir. Plutôt perdre la mémoire.

— Pourquoi pas la langue ?

Grégor encaisse le coup, sa voix frémit :

— Tu as raison, plutôt perdre la langue.

Sardonique, Gavriel hoche sa tête :

— Solution insuffisante. Tu oublies les yeux : Clara y lira la vérité. Il faudra t'en défaire aussi. Et tes mains également : Clara comprend les gestes.

Grégor s'affaisse, vaincu :

— Tu te moques de moi. Tu m'as sauvé la vie pour la tourner en ridicule. Tu te disais mon ami pour me démontrer que l'amitié n'existe pas, qu'elle ne résiste point aux années. Tu me parlais du Messie dans le seul but d'éteindre son visage.

Les larmes pénètrent sa voix :

— Pourquoi as-tu fait cela ? Dis-moi, Gavriel, pourquoi t'es-tu acharné contre moi, contre nous ? Que cherches-tu à atteindre, à prouver ?

Gavriel l'écoute, l'air amusé. Grégor se dit : Maintenant, je pourrais la haïr. Il se lève pour fuir, mais Gavriel lui ordonne de rester assis.

— Laisse-moi partir, dit Grégor.
— Pas encore. Tu n'as pas encore fini.
— Que veux-tu entendre de plus ?
— Tout.
— Je t'ai tout raconté : le commencement et la fin, le rêve et l'éveil.
— La liste de tes échecs, quoi !
Grégor rentre sa tête dans les épaules et ne dit rien.
— Cela ne fait rien, ajoute Gavriel. Continue. Je n'aime pas les victoires.

Grégor comprit définitivement qu'il n'aimait plus Clara le jour où voyageant dans le métro, son regard croisa celui d'une jeune femme assise sur la banquette opposée. Echange qui ne dura qu'une minute. Il ne remarqua ni la ligne de son cou, ni la couleur de ses cheveux. Il n'aperçut que son regard dont la profondeur lui donna le vertige ; il plongea et se perdit une seconde seulement. Il lui prit la main, lui proposa de le suivre et de ne plus craindre la nuit. Pendant cette seconde irréversible, d'une réalité physique telle qu'elle éveillait la douleur, ils décidèrent de lier leurs espoirs et leurs remords, de s'en moquer, d'en souffrir ; puis, à l'approche de la mort, ils se dirent au revoir et se jurèrent de renier l'éternité si elle signifiait séparation. Le métro s'arrêta à une station, et, bien que la jeune femme fût restée assise à sa place, prise dans son propre rêve, Grégor détourna la tête. Essoufflé, il respirait profondément, à pleins poumons, pour recouvrer l'équilibre, pour s'affranchir du poids énorme qui lui écrasait le cœur.

Il ne revit jamais cette femme, mais son regard le hantait jour et nuit, tel le feu qui se joue du voyageur à la recherche d'une chaumière. Il ignorait son nom et jamais ne le connaîtrait. Il ne savait même pas si elle était belle, sereine ou hautaine ; était-elle capable de se choisir libre ? de mettre le tout dans la balance ? de s'engager sur un sentier immaculé ? Il n'aurait pu le dire. Il savait néanmoins qu'il aurait pu l'aimer. Et que quelque part une erreur cruciale avait été commise : il avait ouvert une porte qui, peut-être, n'était pas la sienne.

Il savait également que dans l'existence commune de deux êtres une situation rigide ne peut que dégénérer. On s'aime plus ou moins, l'amour nie le point mort. En cessant de croître, il change de direction, de signe et finira tôt ou tard par pénétrer le champ magnétique de la haine, car tout vaut mieux que la sécheresse du désert. Grégor le sentait venir et en perdait le sommeil. L'homme n'est pas un ange, son enfer et son paradis se confondent comme se confondent les routes qui y mènent. Ce n'est pas en faisant autre chose qu'il obtiendra accès à l'un ou à l'autre. Il ne peut pas faire autre chose.

On ne peut *rien* faire et Grégor le savait. Il redoutait le jour où, à force de subir le mensonge et la contrainte, il se mettrait à voir une ennemie en celle qu'il avait tenté de sauver. Se sachant désormais ouvert à tous les appels qui traversent et composent l'aventure d'une âme, d'une espérance, il aurait tout donné pour demeurer fidèle à l'image qu'il s'était forgée de lui-même : plutôt éclater que s'en démettre. Tout faire, tout sacrifier plutôt que de céder à la décrépitude. Tout ? Absolument. Mais, tout n'est qu'un mot et les mots ne constituent pas de barrages efficaces. La haine rend muet.

Il avait déjà plusieurs fois envisagé de rompre, de fuir. Partir avant l'épreuve ultime, avant la certitude. Emporter le secret, le doute. Le matin en se rendant au journal, et le soir en rentrant, juste avant de mettre la clef dans la serrure, il y songeait souvent, le cœur battant. Solution pratique, nécessaire. Trancher. Saignée préventive. Causer le mal afin d'épargner un mal plus grand. Déjà les silences se prolongeaient. Tu vas bien ? Oui, merci, et toi ? Moi aussi. Tu as faim, soif ? Je suis fatigué. Moi aussi. Bien dormi ? Oui. Moi aussi. Ils évitaient de se regarder pour ne pas se voir écorcheurs et écorchés. Qu'est-ce qui s'est passé ? Rien. Comment les choses en sont-elles arrivées là ? En apparence rien n'a changé. Cependant, tout a changé. Ce qui faisait hier la beauté de Clara contribuait aujourd'hui à sa laideur. Les gestes qui jadis suscitaient l'émerveillement provoquaient maintenant l'irritation. Quand la bête se mettra-t-elle à hurler ? Il faudrait se hâter, partir avant. Clara comprendra. Intelligente, Clara. Et généreuse. S'il lui avait dit : je dois disparaître, je ne sais où ni comment ni pour combien de temps, elle l'aurait approuvé en souriant courageusement : va, ma bénédiction t'accompagne, reviens quand tu en éprouveras le besoin, j'attendrai. On dit toujours cela. Puis, un jour elle cessera d'attendre. Et de souffrir. Et même de se souvenir. Elle aimera un homme et lui dira : j'ai cru aimer, ne m'en veuille pas ; ce n'était pas *cela*, je l'ai su après.

Mais Grégor restait. Pour l'empêcher de souffrir ce soir-là, demain matin, le jour d'après. Pour qu'elle ne reste pas à table, les yeux rougis et vides fixant la porte qui ne s'ouvre pas, qui ne s'ouvrira plus. Dire que le temps panse les blessures, c'est escamoter le problème : l'homme ne se substitue pas au temps. Il ne se substitue à rien. La culpabilité se définit par rapport à l'immédiat, et non en fonction de l'éternité.

Il restera. Et de même qu'il ne savait pas pourquoi il a pris la décision hier soir de partir définitivement, il ignore pourquoi soudain il l'a révoquée. Gavriel pourrait l'éclairer, mais il se tait, il ne rit même pas. Où est-il ?

— Parle, Gavriel ! Ris, Gavriel ! Je désire entendre ta voix ! Qu'elle trace la frontière entre toi et moi ! Qu'elle confirme que je n'ai pas rêvé ton passé, que je n'ai pas trahi le mien !

Gavriel ne bronche pas. Il écoute et Grégor se sent triste. Il sait déjà que cette fois encore il retournera chez lui où, inquiète, Clara fixe la porte, le visage creusé par l'attente. Où étais-tu ? J'ai marché. Loin, très loin.

Dehors, il ne neige plus. L'aube approche. Les hommes changent de royaume, de roi. Grégor voudrait retenir Gavriel, mais sait que cela est impossible. Il aimerait au moins le faire parler, en vain. Jamais plus, il n'entendra sa voix, son rire, ses questions. Le juge partira avant de prononcer sa sentence. Grégor sent le besoin de crier, de protester. Contre qui, contre quoi ? On ne juge pas les juges.

J'ai grandi, pense Grégor. J'ai vieilli. Gavriel, te souviens-tu de la grotte ? de la forêt ? de la guerre ? Es-tu atteint de la même nostalgie que moi ? Tu me regardes et j'ignore si tu me comprends ou non. J'ignore même si tu me regardes, si c'est moi que tu regardes.

Dans la forêt, Gavriel, c'était différent. La forêt se recueille et écoute les voix au lieu de les étouffer. Elle a des oreilles, la forêt. Et un cœur, et une âme. Aussi la simplicité y est-elle possible, elle en fait partie. L'unité aussi. La liberté là-bas ne t'est pas imposée sous la forme d'une camisole de force. Je suis tel que je me choisis, je suis dans mon choix, dans ma volonté de choisir. Point de divorce entre le moi et son image, entre l'acte et l'être. Je suis cette image, je suis cet acte. Je suis un et indivisible. Dehors, les choses se compliquent : trop de chemins s'ouvrent à toi. Trop de voix t'appellent et la tienne s'y perd. Le moi s'émiette. En choisissant une direction, tu récuses les autres, tu les condamnes. Ils avaient la tâche facile, ces Justes, qui allaient se réfugier dans la forêt et apprenaient le langage des arbres, des oiseaux et des nuages. Rien de plus facile que de vivre dans un univers cloîtré où je suis seul avec Dieu, seul contre Dieu. Ils ont sans doute payé leur droit à la solitude, à la paix, avec des larmes, avec du sang : c'étaient les leurs. Nous n'avons pas cette chance. Qui choisit la solitude et la richesse qu'elle abrite, se déclare complice de ce qui en nous agit contre l'homme ; nous payons avec des larmes et du sang qui ne sont pas les nôtres. Ceux qui prêchent que l'avenir est vierge se leurrent, car il est hypothéqué dès le premier jour, dès le premier cri.

Brusquement, Grégor se tut avec l'impression d'être surveillé par un étranger. Il se frotta les yeux. Il avait trop parlé. Sa gorge, sa poitrine lui faisaient mal, sa tête lui pesait, lourde de bruit et de résonance. De loin lui parvenait une voix inconnue, ou oubliée. Il entrouvrit les paupières : un enfant se tenait devant lui. Un élève de la *Yeshiva*, paillottes noires cernant le visage frêle, cheveux coupés court, une flamme pure brillait dans son regard clair. Il observait Grégor, légèrement moqueur.

— Qu'est-ce qui te fait rire ?

— Toi, fit l'enfant avec nonchalance.

— Explique-toi.

— Je te regarde et je me dis : voilà un homme peu raisonnable. Il a la chance de passer une nuit entière sous le toit du Rabbi et à quoi l'a-t-il employée ? A dormir, à rêver. A rien. Nous, dans la *Yeshiva*, nos nuits blanches, nous les consacrons à l'étude, à la prière, à la méditation. Voilà pourquoi tu me fais rire. Tu m'en veux ?

— Pas du tout. Quand j'étais jeune, je faisais comme toi.

Grégor promena son regard dans la salle. Vide, en désordre. Et Gavriel ? Disparu.

— Qui es-tu ? Que fais-tu là si tôt le matin ?

Le petit haussa les épaules :

— Je te l'ai dit. Je fais partie de la *Yeshiva*, en haut.

Et Gavriel ? Le gamin ne l'avait pas vu sortir. Evanoui, d'un coup ; dissipé dans l'air.

— Il y a longtemps que tu es ici, dans cette salle ?

— Cela dépend. Qu'appelles-tu longtemps ?

— Une heure ou deux.

— Tu vois, ce qui est longtemps pour moi ne l'est pas pour toi. Pour moi, une minute, c'est très long.

Grégor étudie intensément le gamin et sa voix interroge :

— A part moi, y avait-il quelqu'un dans cette salle ?

— Quand ?

— Ce matin.

— Je n'en sais rien. Hier soir, il y a eu foule, tu sais.

— Oui, je sais.

A qui avait-il parlé ? A un étranger qui avait volé ses traits à Gavriel ?

— Nous avons besoin d'un dixième pour le *Minyan*, pour la prière du matin, dit le gamin. Quelqu'un a *Yahrzeit* aujourd'hui. Viens avec moi.

Péniblement, Grégor se lève, tous ses membres engourdis.

— Je viens, dit-il.

En sortant de la salle, il pense à son père. L'anniversaire de sa mort, c'est quand ? Pas aujourd'hui. Le dix-huitième jour du mois de *Shvat*. Cette nuit-là, vers les trois heures du matin, son père rendit son âme, rien d'autre que son âme, car de corps il n'en avait plus. Sur la planche en bois où il agonisait en invoquant le nom de Dieu, peut-être pour le bénir, comment savoir, il y avait bien eu un corps, mais il ne lui ressemblait pas ; le visage ravagé, recouvert de cendres, n'était plus le sien. Il fut un temps où, en Europe, il était interdit aux Juifs de posséder un corps.

D'ordinaire, Grégor observait cette date en se réfugiant dans le souvenir. Il allait à la synagogue, allumait deux bougies et priait pour que l'âme de son père monte plus haut, toujours plus haut, pour aller raconter son histoire à Abraham, Isaac et Jacob : voilà ce qui s'est passé et voilà comment, à vous de me révéler pourquoi ; en bon fils, il apprenait seul ou en compagnie de dix vieillards un chapitre de la *Mishna*, puis récitait le *Kaddish* par lequel il clamait à qui voulait entendre que grand et terrible est le Dieu des Juifs, que ses voies sont justes et impénétrables, qu'il a le droit de s'éclipser, de changer de face et de camp : qui donne la vie, qui dispense la lumière, peut les retirer.

— Tu viens ? dit le gamin, impatient.

Une dernière fois, Grégor tente de se libérer. Non, il n'irait pas. Partir au loin où les morts se taisent et ne songent guère à la vengeance. En pensée il y est déjà. Mais quelqu'un le ramène et il ne sait si c'est son père, ou Gavriel, ou Leib, ou le gamin. Et ce quelqu'un lui dit : Sais-tu pourquoi Dieu exige que tu l'aimes ? Lui n'a nullement besoin de ton amour, il peut s'en passer ; mais toi, toi tu ne pourrais t'en passer. — Alors, Dieu ne nous aime pas ? — Oui ou non, oui et non : qu'importe. Il ne s'agit pas de lui, mais de toi. Ton amour, plus que le sien, peut te sauver.

— Alors, tu viens ? Tu marches comme un somnambule.

Soit, se dit Grégor. Faisons comme si aujourd'hui était l'anniversaire de la mort de mon père qui ne mourra jamais. Je prierai. Que ta volonté soit faite. Je proclamerai ta gloire. Tu es l'éternel gagnant et tu me fais pitié.

Le gamin le conduisit à la petite synagogue du deuxième étage. Petite salle surchauffée. Un instant, Grégor a l'impression que chaque pas le ramène en arrière ; bientôt il va entrer dans la maison d'études du Borsher Rabbi où l'attend l'enfant qu'il a été jadis. Il se secoue pour chasser le froid qui colle à sa peau. Le Borsher Rabbi est mort, sa maison détruite, l'enfance éteinte sous les cendres. Oui, il faut prier. Pour l'âme de père, et pour celle du Borsher Rabbi, et pour celle de son enfance qui elle aussi a dû avoir une âme. Et pour celle de Dieu.

— Comment t'appelles-tu ? demande le gamin.

— Grégor.

Il rougit et se corrige :

— Gavriel. Je m'appelle Gavriel. Grégor n'est pas un nom juif, tu sais.

Le gamin lui demande s'il a les phylactères sur lui. Non, Grégor ne les a pas. Il s'abstient d'avouer que cela fait des années qu'il ne les a plus.

— T'en fais pas, je t'en donnerai une paire.

Il devine les pensées de Grégor et ajoute :

— D'ailleurs, si tu les veux, tu peux les emporter.

— Je les veux.

Clara sera étonnée : « Quoi ? Tu reviens à la religion ? »

Clara, pense Grégor et son cœur fait un bond. Elle doit se dire : il est parti, il ne reviendra plus. Non, Clara. Je ne pars pas, je ne pars plus. Attends-moi. Je rentre. Après la prière, après le *Kaddish*. Reprenons la lutte. Ce que j'espérais réussir avec toi, je dois le réussir avec moi-même. Mieux vaut coucher sur la terre battue, si la réalité est en terre battue que d'errer dans des mirages. Et il ne dépend que de nous pour que la terre battue elle-même ne soit pas un mirage.

Il prie à voix basse. Il a enroulé les *Téphilin* sur son bras gauche. Aussitôt la prière terminée, il reprendra le chemin de la maison, le chemin de la terre battue. Il dira à sa femme : « Viens, assieds-toi, j'ai à te parler. » Il ne la ménagera point : « Sache que nous avons tous nos fantômes. Ils viennent et s'en vont à leur guise, enfonçant des portes sans jamais les refermer tout à fait. Ils portent des noms différents. Evitons de nous laisser séduire par leurs promesses. » Il lui racontera sa rencontre avec Gavriel et dira : « Oui, Clara. Ils vont resurgir, il faudra leur livrer bataille, le couteau entre les dents. Ce sera une bataille âpre, austère, obstinée. La lutte pour survivre commencera ici-même, dans cette pièce, à l'endroit où nous sommes assis. Que le Messie vienne ou pas, peu importe. Nous nous arrangerons sans lui. C'est parce qu'il est trop tard, que l'espoir nous est ordonné. Nous serons sincères, humbles et forts, et alors il viendra, il reviendra tous les jours, mille fois par jour. Il n'aura pas de visage, car il aura mille visages. Le Messie, Clara, n'est pas un seul homme, mais tous les hommes. Et tant qu'il y aura des hommes, il y aura un Messie. Un jour tu te mettras à chanter et ce sera lui qui chantera en toi. Et alors, pour la dernière fois, j'aurai envie de pleurer. Je pleurerai. Sans honte. »

Aux endroits appropriés, Grégor récite le *Kaddish*, cette affirmation solennelle empreinte à la fois de grandeur et de sérénité, par laquelle l'homme remet à Dieu sa couronne et son sceptre. Il lit lentement, se concentrant sur chaque louange, accentuant chaque mot, chaque syllabe. Sa voix tremble, timide, comme celle de l'orphelin qui soudain se rend compte qu'il y a un rapport entre mort et éternité, entre parole et éternité.

Il prie pour l'âme de son père et aussi pour celle de Dieu dont l'âme se fait prière ; il prie pour l'âme de sa propre enfance et surtout pour celle de son ancien camarade de lutte surnommé Leib le Lion, car de son vivant il avait incarné ce qu'il y a d'immortel dans l'homme. Le dernier *Kaddish* sera pour lui ; pour que le guerrier retrouve la paix ; pour que les anges, jaloux de sa force et surtout de sa pureté, cessent de le persécuter et que lui, à son tour, ne fasse plus souffrir ceux qui l'aimaient et qui continuent à l'aimer. Oui, le dernier *Kaddish* sera pour lui, notre messager là-haut.

TABLE

Du même auteur

AUX MÊMES ÉDITIONS

L'Aube
récit, 1960
coll. « Points Roman », 1986

Le Jour
roman, 1961

La Ville de la chance
roman, 1962
prix Rivarol, 1964

Les Portes de la forêt
roman, 1964

Les Juifs du silence
essais, 1966

Le Chant des morts
nouvelles, 1966

Le Mendiant de Jérusalem
roman, prix Médicis, 1969
coll. « Points Roman », 1983

Zalmen ou la folie de Dieu
théâtre, 1968

Entre deux soleils
essais et récits, 1970

Célébration hassidique
portraits et légendes, 1972
coll. « Points Sagesses », 1976

Le Serment de Kolvillag
roman, 1973

Célébration biblique
portraits et légendes, 1975

Un Juif aujourd'hui
récits, essais, dialogues, 1977

Le Procès de Shamgorod
théâtre, 1979

Le Testament d'un poète juif assassiné
roman, 1980
coll. « Points Roman », 1981

Contre la mélancolie
Célébration hassidique II
1981

Paroles d'étranger
textes, contes, dialogues, 1982
coll. « Points », 1984

CHEZ D'AUTRES ÉDITEURS

La Nuit
témoignage, 1958
Éditions de Minuit

Le Cinquième Fils
roman, 1983
prix de la ville de Paris
Éditions Grasset
Le livre de poche, 1984

Signes d'exode
essais, histoires, dialogues, 1985
Éditions Grasset

Job ou Dieu dans la tempête
en collaboration avec Josy Eisenberg
Éditions Fayard/Verdier, 1986

Le Crépuscule au loin
roman, 1987
Éditions Grasset

IMPRIMERIE BUSSIÈRE À SAINT-AMAND (3-88)
DÉPÔT LÉGAL NOVEMBRE 1985. N° 8988-2 (3958)

Collection Points

SÉRIE ROMAN

R1. Le Tambour, *par Günter Grass*
R2. Le Dernier des Justes, *par André Schwarz-Bart*
R3. Le Guépard, *par Giuseppe Tomasi di Lampedusa*
R4. La Côte sauvage, *par Jean-René Huguenin*
R5. Acid Test, *par Tom Wolfe*
R6. Je vivrai l'amour des autres, *par Jean Cayrol*
R7. Les Cahiers de Malte Laurids Brigge, *par Rainer Maria Rilke*
R8. Moha le fou, Moha le sage, *par Tahar Ben Jelloun*
R9. L'Horloger du Cherche-Midi, *par Luc Estang*
R10. Le Baron perché, *par Italo Calvino*
R11. Les Bienheureux de La Désolation, *par Hervé Bazin*
R12. Salut Galarneau !, *par Jacques Godbout*
R13. Cela s'appelle l'aurore, *par Emmanuel Roblès*
R14. Les Désarrois de l'élève Törless, *par Robert Musil*
R15. Pluie et Vent sur Télumée Miracle
par Simone Schwarz-Bart
R16. La Traque, *par Herbert Lieberman*
R17. L'Imprécateur, *par René-Victor Pilhes*
R18. Cent Ans de solitude, *par Gabriel Garcia Marquez*
R19. Moi d'abord, *par Katherine Pancol*
R20. Un jour, *par Maurice Genevoix*
R21. Un pas d'homme, *par Marie Susini*
R22. La Grimace, *par Heinrich Böll*
R23. L'Age du tendre, *par Marie Chaix*
R24. Une tempête, *par Aimé Césaire*
R25. Moustiques, *par William Faulkner*
R26. La Fantaisie du voyageur
par François-Régis Bastide
R27. Le Turbot, *par Günter Grass*
R28. Le Parc, *par Philippe Sollers*
R29. Ti Jean L'horizon, *par Simone Schwarz-Bart*
R30. Affaires étrangères, *par Jean-Marc Roberts*
R31. Nedjma, *par Kateb Yacine*
R32. Le Vertige, *par Evguénia Guinzbourg*
R33. La Motte rouge, *par Maurice Genevoix*
R34. Les Buddenbrook, *par Thomas Mann*
R35. Grand Reportage, *par Michèle Manceaux*
R36. Isaac le mystérieux (Le ver et le solitaire)
par Jerome Charyn
R37. Le Passage, *par Jean Reverzy*

R38. Chesapeake, *par James A. Michener*
R39. Le Testament d'un poète juif assassiné *par Elie Wiesel*
R40. Candido, *par Leonardo Sciascia*
R41. Le Voyage à Paimpol, *par Dorothée Letessier*
R42. L'Honneur perdu de Katharina Blum *par Heinrich Böll*
R43. Le Pays sous l'écorce, *par Jacques Lacarrière*
R44. Le Monde selon Garp, *par John Irving*
R45. Les Trois Jours du cavalier, *par Nicole Ciravégna*
R46. Nécropolis, *par Herbert Lieberman*
R47. Fort Saganne, *par Louis Gardel*
R48. La Ligne 12, *par Raymond Jean*
R49. Les Années de chien, *par Günter Grass*
R50. La Réclusion solitaire, *par Tahar Ben Jelloun*
R51. Senilità, *par Italo Svevo*
R52. Trente Mille Jours, *par Maurice Genevoix*
R53. Cabinet Portrait, *par Jean-Luc Benoziglio*
R54. Saison violente, *par Emmanuel Roblès*
R55. Une comédie française, *par Erik Orsenna*
R56. Le Pain nu, *par Mohamed Choukri*
R57. Sarah et le Lieutenant français, *par John Fowles*
R58. Le Dernier Viking, *par Patrick Grainville*
R59. La Mort de la phalène, *par Virginia Woolf*
R60. L'Homme sans qualités, tome 1, *par Robert Musil*
R61. L'Homme sans qualités, tome 2, *par Robert Musil*
R62. L'Enfant de la mer de Chine, *par Didier Decoin*
R63. Le Professeur et la Sirène *par Giuseppe Tomasi di Lampedusa*
R64. Le Grand Hiver, *par Ismaïl Kadaré*
R65. Le Cœur du voyage, *par Pierre Moustiers*
R66. Le Tunnel, *par Ernesto Sabato*
R67. Kamouraska, *par Anne Hébert*
R68. Machenka, *par Vladimir Nabokov*
R69. Le Fils du pauvre, *par Mouloud Feraoun*
R70. Cités à la dérive, *par Stratis Tsirkas*
R71. Place des Angoisses, *par Jean Reverzy*
R72. Le Dernier Chasseur, *par Charles Fox*
R73. Pourquoi pas Venise, *par Michèle Manceaux*
R74. Portrait de groupe avec dame, *par Heinrich Böll*
R75. Lunes de fiel, *par Pascal Bruckner*
R76. Le Canard de bois (Les Fils de la Liberté, I) *par Louis Caron*
R77. Jubilee, *par Margaret Walker*
R78. Le Médecin de Cordoue, *par Herbert Le Porrier*

R79. Givre et Sang, *par John Cowper Powys*
R80. La Barbare, *par Katherine Pancol*
R81. Si par une nuit d'hiver un voyageur, *par Italo Calvino*
R82. Gerardo Laïn, *par Michel del Castillo*
R83. Un amour infini, *par Scott Spencer*
R84. Une enquête au pays, *par Driss Chraïbi*
R85. Le Diable sans porte (*tome 1 :* Ah, mes aïeux !) *par Claude Duneton*
R86. La Prière de l'absent, *par Tahar Ben Jelloun*
R87. Venise en hiver, *par Emmanuel Roblès*
R88. La Nuit du Décret, *par Michel del Castillo*
R89. Alejandra, *par Ernesto Sabato*
R90. Plein Soleil, *par Marie Susini*
R91. Les Enfants de fortune, *par Jean-Marc Roberts*
R92. Protection encombrante, *par Heinrich Böll*
R93. Lettre d'excuse, *par Raphaële Billetdoux*
R94. Le Voyage indiscret, *par Katherine Mansfield*
R95. La Noire, *par Jean Cayrol*
R96. L'Obsédé (L'Amateur), *par John Fowles*
R97. Siloé, *par Paul Gadenne*
R98. Portrait de l'artiste en jeune chien *par Dylan Thomas*
R99. L'Autre, *par Julien Green*
R100. Histoires pragoises, *par Rainer Maria Rilke*
R101. Bélibaste, *par Henri Gougaud*
R102. Le Ciel de la Kolyma (Le Vertige, II) *par Evguénia Guinzbourg*
R103. La Mulâtresse Solitude, *par Simone Schwarz-Bart*
R104. L'Homme du Nil, *par Stratis Tsirkas*
R105. La Rhubarbe, *par René-Victor Pilhes*
R106. Gibier de potence, *par Kurt Vonnegut*
R107. Memory Lane, *par Patrick Modiano dessins de Pierre Le-Tan*
R108. L'Affreux Pastis de la rue des Merles *par Carlo Emilio Gadda*
R109. La Fontaine obscure, *par Raymond Jean*
R110. L'Hôtel New Hampshire, *par John Irving*
R111. Les Immémoriaux, *par Victor Segalen*
R112. Cœur de lièvre, *par John Updike*
R113. Le Temps d'un royaume, *par Rose Vincent*
R114. Poisson-chat, *par Jerome Charyn*
R115. Abraham de Brooklyn, *par Didier Decoin*
R116. Trois Femmes, *suivi de* Noces, *par Robert Musil*
R117. Les Enfants du sabbat, *par Anne Hébert*
R118. La Palmeraie, *par François-Régis Bastide*

R119. Maria Republica, *par Agustin Gomez-Arcos*
R120. La Joie, *par Georges Bernanos*
R121. Incognito, *par Petru Dumitriu*
R122. Les Forteresses noires, *par Patrick Grainville*
R123. L'Ange des ténèbres, *par Ernesto Sabato*
R124. La Fiera, *par Marie Susini*
R125. La Marche de Radetzky, *par Joseph Roth*
R126. Le vent souffle où il veut
par Paul-André Lesort
R127. Si j'étais vous..., *par Julien Green*
R128. Le Mendiant de Jérusalem, *par Elie Wiesel*
R129. Mortelle, *par Christopher Frank*
R130. La France m'épuise, *par Jean-Louis Curtis*
R131. Le Chevalier inexistant, *par Italo Calvino*
R132. Dialogues des Carmélites, *par Georges Bernanos*
R133. L'Étrusque, *par Mika Waltari*
R134. La Rencontre des hommes, *par Benigno Cacérès*
R135. Le Petit Monde de Don Camillo, *par Giovanni Guareschi*
R136. Le Masque de Dimitrios, *par Eric Ambler*
R137. L'Ami de Vincent, *par Jean-Marc Roberts*
R138. Un homme au singulier, *par Christopher Isherwood*
R139. La Maison du désir, *par France Huser*
R140. Moi et ma cheminée, *par Herman Melville*
R141. Les Fous de Bassan, *par Anne Hébert*
R142. Les Stigmates, *par Luc Estang*
R143. Le Chat et la Souris, *par Günter Grass*
R144. Loïca, *par Dorothée Letessier*
R145. Paradiso, *par José Lezama Lima*
R146. Passage de Milan, *par Michel Butor*
R147. Anonymus, *par Michèle Manceaux*
R148. La Femme du dimanche
par Carlo Fruttero et Franco Lucentini
R149. L'Amour monstre, *par Louis Pauwels*
R150. L'Arbre à soleils, *par Henri Gougaud*
R151. Traité du zen et de l'entretien des motocyclettes
par Robert M. Pirsig
R152. L'Enfant du cinquième Nord, *par Pierre Billon*
R153. N'envoyez plus de roses, *par Éric Ambler*
R154. Les Trois Vies de Babe Ozouf, *par Didier Decoin*
R155. Le Vert Paradis, *par André Brincourt*
R156. Varouna, *par Julien Green*
R157. L'Incendie de Los Angeles, *par Nathanaël West*
R158. Les Belles de Tunis, *par Nine Moati*
R159. Vertes Demeures, *par William Henry Hudson*
R160. Les Grandes Vacances, *par Francis Ambrière*

R161. Ceux de 14, *par Maurice Genevoix*
R162. Les Villes invisibles, *par Italo Calvino*
R163. L'Agent secret, *par Graham Greene*
R164. La Lézarde, *par Édouard Glissant*
R165. Le Grand Escroc, *par Herman Melville*
R166. Lettre à un ami perdu, *par Patrick Besson*
R167. Evaristo Carriego, *par Jorge Luis Borges*
R168. La Guitare, *par Michel del Castillo*
R169. Épitaphe pour un espion, *par Eric Ambler*
R170. Fin de saison au Palazzo Pedrotti, *par Frédéric Vitoux*
R171. Jeunes Années. Autobiographie 1, *par Julien Green*
R172. Jeunes Années. Autobiographie 2, *par Julien Green*
R173. Les Égarés, *par Frédérick Tristan*
R174. Une affaire de famille, *par Christian Giudicelli*
R175. Le Testament amoureux, *par Rezvani*
R176. C'était cela notre amour, *par Marie Susini*
R177. Souvenirs du triangle d'or, *par Alain Robbe-Grillet*
R178. Les Lauriers du lac de Constance, *par Marie Chaix*
R179. Plan B, *par Chester Himes*
R180. Le Sommeil agité, *par Jean-Marc Roberts*
R181. Roman Roi, *par Renaud Camus*
R182. Vingt Ans et des poussières
par Didier van Cauwelaert
R183. Le Château des destins croisés
par Italo Calvino
R184. Le Vent de la nuit, *par Michel del Castillo*
R185. Une curieuse solitude, *par Philippe Sollers*
R186. Les Trafiquants d'armes, *par Eric Ambler*
R187. Un printemps froid, *par Danièle Sallenave*
R188. Mickey l'Ange, *par Geneviève Dormann*
R189. Histoire de la mer, *par Jean Cayrol*
R190. Senso, *par Camillo Boito*
R191. Sous le soleil de Satan, *par Georges Bernanos*
R192. Niembsch ou l'immobilité, *par Peter Härtling*
R193. Prends garde à la douceur des choses
par Raphaële Billetdoux
R194. L'Agneau carnivore, *par Agustin Gomez-Arcos*
R195. L'Imposture, *par Georges Bernanos*
R196. Ararat, *par D. M. Thomas*
R197. La Croisière de l'angoisse, *par Eric Ambler*
R198. Léviathan, *par Julien Green*
R199. Sarnia, *par Gerald Basil Edwards*
R200. Le Colleur d'affiches, *par Michel del Castillo*
R201. Un mariage poids moyen, *par John Irving*
R202. John l'Enfer, *par Didier Decoin*

R203. Les Chambres de bois, *par Anne Hébert*
R204. Mémoires d'un jeune homme rangé *par Tristan Bernard*
R205. Le Sourire du Chat, *par François Maspero*
R206. L'Inquisiteur, *par Henri Gougaud*
R207. La Nuit américaine, *par Christopher Frank*
R208. Jeunesse dans une ville normande *par Jacques-Pierre Amette*
R209. Fantôme d'une puce, *par Michel Braudeau*
R210. L'Avenir radieux, *par Alexandre Zinoviev*
R211. Constance D., *par Christian Combaz*
R212. Épaves, *par Julien Green*
R213. La Leçon du maître, *par Henry James*
R214. Récit des temps perdus, *par Aris Fakinos*
R215. La Fosse aux chiens, *par John Cowper Powys*
R216. Les Portes de la forêt, *par Elie Wiesel*
R217. L'Affaire Deltchev, *par Eric Ambler*
R218. Les amandiers sont morts de leurs blessures *par Tahar Ben Jelloun*
R219. L'Admiroir, *par Anny Duperey*
R220. Les Grands Cimetières sous la lune, *par Georges Bernanos*
R221. La Créature, *par Étienne Barilier*
R222. Un Anglais sous les tropiques, *par William Boyd*
R223. La Gloire de Dina, *par Michel del Castillo*
R224. Poisson d'amour, *par Didier van Cauwelaert*
R225. Les Yeux fermés, *par Marie Susini*
R226. Cobra, *par Severo Sarduy*
R227. Cavalerie rouge, *par Isaac Babel*
R228. Tous les soleils, *par Bertrand Visage*
R229. Pétersbourg, *par Andréi Biély*
R230. Récits d'un jeune médecin, *par Mikhaïl Boulgakov*
R231. La Maison des prophètes, *par Nicolas Saudray*
R232. Trois Heures du matin à New York *par Herbert Lieberman*
R233. La Mère du printemps, *par Driss Chraïbi*
R234. Adrienne Mesurat, *par Julien Green*
R235. Jusqu'à la mort, *par Amos Oz*
R236. Les Envoûtés, *par Witold Gombrowicz*
R237. Frontière des ténèbres, *par Eric Ambler*
R238. Les Deux Sacrements, *par Heinrich Böll*
R239. Cherchant qui dévorer, *par Luc Estang*
R240. Le Tournant, *par Klaus Mann*
R241. Aurélia, *par France Huser*
R242. Le Sixième Hiver, *par Douglas Orgill et John Gribbin*
R243. Naissance d'un spectre, *par Frédérick Tristan*

R244. Lorelei, *par Maurice Genevoix*
R245. Le Bois de la nuit, *par Djuna Barnes*
R246. La Caverne céleste, *par Patrick Grainville*
R247. L'Alliance, tome 1, *par James A. Michener*
R248. L'Alliance, tome 2, *par James A. Michener*
R249. Juliette, chemin des Cerisiers, *par Marie Chaix*
R250. Le Baiser de la femme-araignée, *par Manuel Puig*
R251. Le Vésuve, *par Emmanuel Roblès*
R252. Comme neige au soleil, *par William Boyd*
R253. Palomar, *par Italo Calvino*
R254. Le Visionnaire, *par Julien Green*
R255. La Revanche, *par Henry James*
R256. Les Années-lumière, *par Rezvani*
R257. La Crypte des capucins, *par Joseph Roth*
R258. La Femme publique, *par Dominique Garnier*
R259. Maggie Cassidy, *par Jack Kerouac*
R260. Mélancolie Nord, *par Michel Rio*
R261. Énergie du désespoir, *par Eric Ambler*
R262. L'Aube, *par Elie Wiesel*
R263. Le Paradis des orages, *par Patrick Grainville*
R264. L'Ouverture des bras de l'homme, *par Raphaële Billetdoux*
R265. Méchant, *par Jean-Marc Roberts*
R266. Un policeman, *par Didier Decoin*
R267. Les Corps étrangers, *par Jean Cayrol*
R268. Naissance d'une passion, *par Michel Braudeau*
R269. Dara, *par Patrick Besson*
R270. Parias, *par Pascal Bruckner*
R271. Le Soleil et la Roue, *par Rose Vincent*
R272. Le Malfaiteur, *par Julien Green*
R273. Scarlett, si possible, *par Katherine Pancol*
R274. Journal d'une fille de Harlem, *par Julius Horwitz*
R275. Le Nez de Mazarin, *par Anny Duperey*
R276. La Chasse à la licorne, *par Emmanuel Roblès*
R277. Red Fox, *par Anthony Hyde*
R278. Minuit, *par Julien Green*
R279. L'Enfer, *par René Belletto*
R280. Et si on parlait d'amour, *par Claire Gallois*
R281. Pologne, *par James A. Michener*
R282. Notre homme, *par Louis Gardel*
R283. La Nuit du solstice, *par Herbert Lieberman*
R284. Place de Sienne, côté ombre
par Carlo Fruttero et Franco Lucentini
R285. Meurtre au comité central
par Manuel Vázquez Montalbán
R286. L'Isolé soleil, *par Daniel Maximin*

R287. Samedi soir, dimanche matin, *par Alan Sillitoe*
R288. Petit Louis, dit XIV, *par Claude Duneton*
R289. Le Perchoir du perroquet, *par Michel Rio*
R290. L'Enfant pain, *par Agustin Gomez-Arcos*
R291. Les Années Lula, *par Rezvani*
R292. Michael K, sa vie, son temps, *par J. M. Coetzee*
R293. La Connaissance de la douleur, *par Carlo Emilio Gadda*
R294. Complot à Genève, *par Eric Ambler*
R295. Serena, *par Giovanni Arpino*
R296. L'Enfant de sable, *par Tahar Ben Jelloun*
R297. Le Premier Regard, *par Marie Susini*
R298. Regardez-moi, *par Anita Brookner*
R299. La Vie fantôme, *par Danièle Sallenave*
R300. L'Enchanteur, *par Vladimir Nabokov*
R301. L'Ile Atlantique, *par Tony Duvert*
R302. Le Grand Cahier, *par Agota Kristof*
R303. Le Manège espagnol, *par Michel del Castillo*
R304. Le Berceau du chat, *par Kurt Vonnegut*
R305. Une histoire américaine, *par Jacques Godbout*
R306. Les Fontaines du grand abîme, *par Luc Estang*
R307. Le Mauvais Lieu, *par Julien Green*
R308. Aventures dans le commerce des peaux en Alaska *par John Hawkes*
R309. La Vie et demie, *par Sony Labou Tansi*

Collection Points

1. Histoire du surréalisme, *par Maurice Nadeau*
2. Une théorie scientifique de la culture *par Bronislaw Malinowski*
3. Malraux, Camus, Sartre, Bernanos, *par Emmanuel Mounier*
4. L'Homme unidimensionnel, *par Herbert Marcuse* (épuisé)
5. Écrits I, *par Jacques Lacan*
6. Le Phénomène humain, *par Pierre Teilhard de Chardin*
7. Les Cols blancs, *par C. Wright Mills*
8. Stendhal, Flaubert, *par Jean-Pierre Richard*
9. La Nature dé-naturée, *par Jean Dorst*
10. Mythologies, *par Roland Barthes*
11. Le Nouveau Théâtre américain, *par Franck Jotterand* (épuisé)
12. Morphologie du conte, *par Vladimir Propp*
13. L'Action sociale, *par Guy Rocher*
14. L'Organisation sociale, *par Guy Rocher*
15. Le Changement social, *par Guy Rocher*
16. Les Étapes de la croissance économique, *par W. W. Rostow*
17. Essais de linguistique générale *par Roman Jakobson* (épuisé)
18. La Philosophie critique de l'histoire, *par Raymond Aron*
19. Essais de sociologie, *par Marcel Mauss*
20. La Part maudite, *par Georges Bataille* (épuisé)
21. Écrits II, *par Jacques Lacan*
22. Éros et Civilisation, *par Herbert Marcuse* (épuisé)
23. Histoire du roman français depuis 1918 *par Claude-Edmonde Magny*
24. L'Écriture et l'Expérience des limites, *par Philippe Sollers*
25. La Charte d'Athènes, *par Le Corbusier*
26. Peau noire, Masques blancs, *par Frantz Fanon*
27. Anthropologie, *par Edward Sapir*
28. Le Phénomène bureaucratique, *par Michel Crozier*
29. Vers une civilisation du loisir ?, *par Joffre Dumazedier*
30. Pour une bibliothèque scientifique, *par François Russo* (épuisé)
31. Lecture de Brecht, *par Bernard Dort*
32. Ville et Révolution, *par Anatole Kopp*
33. Mise en scène de Phèdre, *par Jean-Louis Barrault*
34. Les Stars, *par Edgar Morin*
35. Le Degré zéro de l'écriture, *suivi de* Nouveaux Essais critiques *par Roland Barthes*
36. Libérer l'avenir, *par Ivan Illich*
37. Structure et Fonction dans la société primitive *par A. R. Radcliffe-Brown*

38. Les Droits de l'écrivain, *par Alexandre Soljénitsyne*
39. Le Retour du tragique, *par Jean-Marie Domenach*
41. La Concurrence capitaliste
par Jean Cartell et Pierre-Yves Cossé (épuisé)
42. Mise en scène d'Othello, *par Constantin Stanislavski*
43. Le Hasard et la Nécessité, *par Jacques Monod*
44. Le Structuralisme en linguistique, *par Oswald Ducrot*
45. Le Structuralisme : Poétique, *par Tzvetan Todorov*
46. Le Structuralisme en anthropologie, *par Dan Sperber*
47. Le Structuralisme en psychanalyse, *par Moustafa Safouan*
48. Le Structuralisme : Philosophie, *par François Wahl*
49. Le Cas Dominique, *par Françoise Dolto*
51. Trois Essais sur le comportement animal et humain
par Konrad Lorenz
52. Le Droit à la ville, *suivi de* Espace et Politique
par Henri Lefebvre
53. Poèmes, *par Léopold Sédar Senghor*
54. Les Élégies de Duino, *suivi de* les Sonnets à Orphée
par Rainer Maria Rilke (édition bilingue)
55. Pour la sociologie, *par Alain Touraine*
56. Traité du caractère, *par Emmanuel Mounier*
57. L'Enfant, sa « maladie » et les autres, *par Maud Mannoni*
58. Langage et Connaissance, *par Adam Schaff*
59. Une saison au Congo, *par Aimé Césaire*
61. Psychanalyser, *par Serge Leclaire*
63. Mort de la famille, *par David Cooper*
64. A quoi sert la Bourse ?, *par Jean-Claude Leconte* (épuisé)
65. La Convivialité, *par Ivan Illich*
66. L'Idéologie structuraliste, *par Henri Lefebvre*
67. La Vérité des prix, *par Hubert Lévy-Lambert* (épuisé)
68. Pour Gramsci, *par Maria-Antonietta Macciocchi*
69. Psychanalyse et Pédiatrie, *par Françoise Dolto*
70. S/Z, *par Roland Barthes*
71. Poésie et Profondeur, *par Jean-Pierre Richard*
72. Le Sauvage et l'Ordinateur, *par Jean-Marie Domenach*
73. Introduction à la littérature fantastique
par Tzvetan Todorov
74. Figures I, *par Gérard Genette*
75. Dix Grandes Notions de la sociologie, *par Jean Cazeneuve*
76. Mary Barnes, un voyage à travers la folie
par Mary Barnes et Joseph Berke
77. L'Homme et la Mort, *par Edgar Morin*
78. Poétique du récit, *par Roland Barthes, Wayne Booth*
Wolfgang Kayser et Philippe Hamon
79. Les Libérateurs de l'amour, *par Alexandrian*

80. Le Macroscope, *par Joël de Rosnay*
81. Délivrance, *par Maurice Clavel et Philippe Sollers*
82. Système de la peinture, *par Marcelin Pleynet*
83. Pour comprendre les média, *par M. McLuhan*
84. L'Invasion pharmaceutique
par Jean-Pierre Dupuy et Serge Karsenty
85. Huit Questions de poétique, *par Roman Jakobson*
86. Lectures du désir, *par Raymond Jean*
87. Le Traître, *par André Gorz*
88. Psychiatrie et Anti-Psychiatrie, *par David Cooper*
89. La Dimension cachée, *par Edward T. Hall*
90. Les Vivants et la Mort, *par Jean Ziegler*
91. L'Unité de l'homme, *par le Centre Royaumont*
1. Le primate et l'homme
par E. Morin et M. Piattelli-Palmarini
92. L'Unité de l'homme, *par le Centre Royaumont*
2. Le cerveau humain, *par E. Morin et M. Piattelli-Palmarini*
93. L'Unité de l'homme, *par le Centre Royaumont*
3. Pour une anthropologie fondamentale
par E. Morin et M. Piattelli-Palmarini
94. Pensées, *par Blaise Pascal*
95. L'Exil intérieur, *par Roland Jaccard*
96. Semeiotiké, recherches pour une sémanalyse
par Julia Kristeva
97. Sur Racine, *par Roland Barthes*
98. Structures syntaxiques, *par Noam Chomsky*
99. Le Psychiatre, son « fou » et la psychanalyse
par Maud Mannoni
100. L'Écriture et la Différence, *par Jacques Derrida*
101. Le Pouvoir africain, *par Jean Ziegler*
102. Une logique de la communication
par P. Watzlawick, J. Helmick Beavin, Don D. Jackson
103. Sémantique de la poésie, *par T. Todorov, W. Empson*
J. Cohen, G. Hartman et F. Rigolot
104. De la France, *par Maria-Antonietta Macciocchi*
105. Small is beautiful, *par E. F. Schumacher*
106. Figures II, *par Gérard Genette*
107. L'Œuvre ouverte, *par Umberto Eco*
108. L'Urbanisme, *par Françoise Choay*
109. Le Paradigme perdu, *par Edgar Morin*
110. Dictionnaire encyclopédique des sciences du langage
par Oswald Ducrot et Tzvetan Todorov
111. L'Évangile au risque de la psychanalyse (tome 1)
par Françoise Dolto
112. Un enfant dans l'asile, *par Jean Sandretto*

113. Recherche de Proust, *ouvrage collectif*
114. La Question homosexuelle, *par Marc Oraison*
115. De la psychose paranoïaque dans ses rapports avec la personnalité, *par Jacques Lacan*
116. Sade, Fourier, Loyola, *par Roland Barthes*
117. Une société sans école, *par Ivan Illich*
118. Mauvaises Pensées d'un travailleur social *par Jean Marie Geng*
119. Albert Camus, *par Herbert R. Lottman*
120. Poétique de la prose, *par Tzvetan Todorov*
121. Théorie d'ensemble, *par Tel Quel*
122. Némésis médicale, *par Ivan Illich*
123. La Méthode
     1. La Nature de la Nature, *par Edgar Morin*
124. Le Désir et la Perversion, *ouvrage collectif*
125. Le Langage, cet inconnu, *par Julia Kristeva*
126. On tue un enfant, *par Serge Leclaire*
127. Essais critiques, *par Roland Barthes*
128. Le Je-ne-sais-quoi et le Presque-rien
     1. La manière et l'occasion, *par Vladimir Jankélévitch*
129. L'Analyse structurale du récit, Communications 8 *ouvrage collectif*
130. Changements, Paradoxes et Psychothérapie *par P. Watzlawick, J. Weakland et R. Fisch*
131. Onze Études sur la poésie moderne *par Jean-Pierre Richard*
132. L'Enfant arriéré et sa mère, *par Maud Mannoni*
133. La Prairie perdue (Le Roman américain) *par Jacques Cabau*
134. Le Je-ne-sais-quoi et le Presque-rien
     2. La méconnaissance, *par Vladimir Jankélévitch*
135. Le Plaisir du texte, *par Roland Barthes*
136. La Nouvelle Communication, *ouvrage collectif*
137. Le Vif du sujet, *par Edgar Morin*
138. Théories du langage, théories de l'apprentissage *par le Centre Royaumont*
139. Baudelaire, la Femme et Dieu, *par Pierre Emmanuel*
140. Autisme et Psychose de l'enfant, *par Frances Tustin*
141. Le Harem et les Cousins, *par Germaine Tillion*
142. Littérature et Réalité, *ouvrage collectif*
143. La Rumeur d'Orléans, *par Edgar Morin*
144. Partage des femmes, *par Eugénie Lemoine-Luccioni*
145. L'Évangile au risque de la psychanalyse (tome 2) *par Françoise Dolto*
146. Rhétorique générale, *par le Groupe* μ

147. Système de la Mode, *par Roland Barthes*
148. Démasquer le réel, *par Serge Leclaire*
149. Le Juif imaginaire, *par Alain Finkielkraut*
150. Travail de Flaubert, *ouvrage collectif*
151. Journal de Californie, *par Edgar Morin*
152. Pouvoirs de l'horreur, *par Julia Kristeva*
153. Introduction à la philosophie de l'histoire de Hegel *par Jean Hyppolite*
154. La Foi au risque de la psychanalyse *par Françoise Dolto et Gérard Sévérin*
155. Un lieu pour vivre, *par Maud Mannoni*
156. Scandale de la vérité, *suivi de* Nous autres Français, *par Georges Bernanos*
157. Enquête sur les idées contemporaines *par Jean-Marie Domenach*
158. L'Affaire Jésus, *par Henri Guillemin*
159. Paroles d'étranger, *par Elie Wiesel*
160. Le Langage silencieux, *par Edward T. Hall*
161. La Rive gauche, *par Herbert R. Lottman*
162. La Réalité de la réalité, *par Paul Watzlawick*
163. Les Chemins de la vie, *par Joël de Rosnay*
164. Dandies, *par Roger Kempf*
165. Histoire personnelle de la France, *par François George*
166. La Puissance et la Fragilité, *par Jean Hamburger*
167. Le Traité du sablier, *par Ernst Jünger*
168. Pensée de Rousseau, *ouvrage collectif*
169. La Violence du calme, *par Viviane Forrester*
170. Pour sortir du XXe siècle, *par Edgar Morin*
171. La Communication, Hermès I, *par Michel Serres*
172. Sexualités occidentales, Communications 35 *ouvrage collectif*
173. Lettre aux Anglais, *par Georges Bernanos*
174. La Révolution du langage poétique *par Julia Kristeva*
175. La Méthode
    2. La Vie de la Vie, *par Edgar Morin*
176. Théories du symbole, *par Tzvetan Todorov*
177. Mémoires d'un névropathe, *par Daniel Paul Schreber*
178. Les Indes, *par Édouard Glissant*
179. Clefs pour l'Imaginaire ou l'Autre Scène *par Octave Mannoni*
180. La Sociologie des organisations, *par Philippe Bernoux*
181. Théorie des genres, *ouvrage collectif*
182. Le Je-ne-sais-quoi et le Presque-rien
    3. La volonté de vouloir, *par Vladimir Jankélévitch*

183. Le Traité du rebelle, *par Ernst Jünger*
184. Un homme en trop, *par Claude Lefort*
185. Théâtres, *par Bernard Dort*
186. Le Langage du changement, *par Paul Watzlawick*
187. Lettre ouverte à Freud, *par Lou Andreas-Salomé*
188. La Notion de littérature, *par Tzvetan Todorov*
189. Choix de poèmes, *par Jean-Claude Renard*
190. Le Langage et son double, *par Julien Green*
191. Au-delà de la culture, *par Edward T. Hall*
192. Au jeu du désir, *par Françoise Dolto*
193. Le Cerveau planétaire, *par Joël de Rosnay*